블러드 스톰

Blood Storm

블러드 스톰 6

김종휘 판타지 장편 소설

초판 1쇄 찍은 날 § 2003년 5월 9일
초판 1쇄 펴낸 날 § 2003년 5월 17일

지은이 § 김종휘
펴낸이 § 서경석

편집장 § 문혜영
편집 책임 § 이종민
편집 § 장상수 · 박영주 · 권민정
마케팅 § 정필 · 강양원 · 이선구 · 김규진 · 홍현경

펴낸곳 § 도서출판 청어람
등록번호 § 제1081-1-89호
등록일자 § 1999. 5. 31
어람번호 § 제1-0382호

주소 § 경기도 부천시 원미구 심곡1동 350-1 남성B/D 3F (우) 420-011
전화 § 032-656-4452 팩스 § 032-656-4453
http://www.chungeoram.com
E-mail § eoram99@chollian.net

값 7,500원

ISBN 89-5505-577-3 (SET)
ISBN 89-5505-670-2 04810

김종휘 판타지 장편 소설

블러드 스톰
Blood Storm

최후의 전투 **6**
완결

도서출판
청어람

목

차

제28장 **도리스와의 싸움**

도리아와의 싸움

우린 계속 칠인회에 머물며 불사 염원의 실험실을 습격하며 그들의 자료를 수집하고 있었지만 아직까지 레비나를 구하기 위한 자료는 얻지 못한 상태였다.

힘든 일을 마치고 칠인회의 아지트에서 피로를 풀 생각으로 목욕물에 들어가는 순간 갑자기 심장에서 강한 통증이 느껴져 왔다.

계속되는 치열한 싸움에 이제 몸이 무너지는 것이 점점 심해져 가는 것이다.

쿵!

"끅……."

욕조로 들어가려던 난 고통에 무릎이 꺾여 바닥으로 쓰러지고 말았다. 참을 수 없는 통증에 이를 악물며 견디어내려 했지만 도저히 참을 수가 없었다.

잇몸으로 뜨거운 액체가 흘러내리며 욕탕의 물을 붉게 물들였다.

피, 나와 오랜 시간을 같이해 온 나의 영혼과도 같은 색을 보며 난 다시금 힘을 모아 자리에서 일어서려 했으나 무릎이 심하게 떨리며 힘이 들어가지 않는 탓에 다시 한 번 자리에 쓰러지고 말았다.

'젠장… 아직은… 아직은 쓰러져서는 안 돼…….'

아직 레비나를 구하지 못한 상태인데 이대로 끝을 낼 수는 없는 일이었기에 다시 한 번 힘을 내어 자리에서 일어나려 했고, 두 번째 시도는 간신히 성공할 수 있었다.

"휴…….'

숨을 크게 몰아쉬며 마나를 정리하자 몸은 어느 정도 추스를 수 있을 정도의 힘이 돌아오기 시작했다.

난 뜨거운 물의 기운을 느끼며 몸에 쌓여 있는 피로를 풀기 시작했다. 언제까지 이 싸움은 계속될 것인가?

어쩌면 방금 전의 피로 붉게 물든 욕조의 물처럼 피의 수렁 속에서 안식을 느껴야 할 것이라는 생각이 들었다.

몸의 상태로 보아 이제 남아 있는 시간은 한 달여 정도. 안식을 바라지 않는 것은 아니지만 이렇게 끝낼 수는 없기에 마음이 급해짐을 느꼈다.

죽어도 좋으니 레비나를 구하기 위한 자료를 얻을 수 있으면 하는 생각이 나를 지배했다.

간신히 목욕을 끝내고 나오자 이스트와 페드로가 방에서 술을 나누고 있는 것을 볼 수 있었다. 언제나 변하지 않는 친구들의 모습. 그들의 모습에 약간 안심이 되었다.

난 대충 옷을 갈아입고는 밖으로 걸음을 옮겼다.

언제나 밤이 다가오는 시간이면 냉동 봉인되어 있는 레비나에게 갔다 오곤 했기 때문이다. 루드그레인은 투명한 수정 관에 레비나를 뉘어 마법의 영향 아래 있는 아이를 지켜볼 수 있게 만들어주었다.

피부는 창백하게 변해 있었지만 아이의 표정은 편안하게 보이는 것이 마치 잠을 자고 있는 듯했다.

"레비나……."

아이가 다시 한 번 나의 눈앞에서 즐겁게 뛰어노는 모습을 보고 싶었지만 냉동 봉인되어 있는 아이의 표정에는 아무런 변화조차 보이지 않았다.

오랜 시간 같이해 온 나의 딸, 이렇게 잠에 빠진 듯한 모습을 보고 있자니 참을 수 없는 불안감이 밀려왔지만 이내 고개를 젓고는 자리에서 일어났다.

'잘 자거라, 레비나…….'

투명한 수정 관 위로 가볍게 키스를 한 후 방으로 돌아오자 페드로와 이스트가 곯아떨어져 있는 것을 볼 수 있었다.

힘든 일을 같이해 온 친구들이었다.

페드로는 붉은 늑대의 일원에서 우리의 일행이 되었지만 상당한 지식의 소유자로 귀족이나 왕족 출신이 아닐까 생각하고 있다.

하지만 과거의 신분에 아랑곳하지 않고 나에 대해 아직도 경칭을 사용하고 있는 그는 오랜 용병 생활 중에서도 가장 믿음직한 친구였다.

페드로 옆에 이스트가 이불을 헤치며 잠을 청하고 있는 것을 볼 수 있었다.

우연한 일로 일행이 된 친구. 성격은 조금 급하지만 의리가 강한 용병이다.

지금은 보이지 않지만 어디에선가 용병 일을 하고 있을 헤레나, 그리고 불행한 삶을 살다 지금은 따뜻한 세계에 있을 잊혀진 신의 아들 레이드, 함께 다니며 만나온 많은 사람들. 그 모두가 잊을 수 없는 추억으로 내 마음에 자리 잡고 있었다.

하지만 난 이제 얼마 지나지 않으면 그 모든 것을 잊을 수밖에 없는, 영원한 망각의 시간 속으로 사라져야 할 운명이다.

「뭘 그리 감상에 젖어 있는 거야? 어차피 인간이고 마족이고 죽음이란 것은 반드시 찾아온다는 걸 모르는 거냐?」

한참을 그렇게 두 사람의 모습을 보며 생각에 잠겨 있을 때 머리 속으로 킬리스의 목소리가 들려왔다.

수십 년을 같이해 온 애검 블러드에 잠자고 있는 마족. 그 역시 불행한 시간 속에 살다 검 속에 봉인된 자였다.

강한 힘을 소유하고 있으나 그 흉측한 외모로 인하여 같은 마족에게까지 버림받았던 자. 하지만 난 그가 어떤 외모를 지녔다고 해도 다른 이와 같은 행동을 보이지 않을 것이다.

그는 나와 같은 피의 운명을 지닌 유일한 자였기 때문이다.

「고맙군. 대충 집어치우고 잠이나 자라고! 내일이면 다시 싸워야 하니까 말이야!」

"그러지."

킬리스의 말에 고개를 끄덕인 후 근처에 있던 침대에 몸을 뉘었다.

요즘 들어 마나를 쓰지 않아도 몸에 상당한 피로가 쌓이고 있었다. 붕괴되어 가고 있는 몸은 이제 평상시의 생활조차 부담스럽게 느끼는 것이다.

근래에 들어서는 자리에 누우면 다신 일어나지 못할 것 같은 불안감 때문에 쉽게 잠을 이루지 못하고 있었지만 체력을 유지하기 위해선 어쩔 수 없이 잠을 자야 했다.

평상시와 마찬가지로 작은 불안감 속에 나의 의식은 점점 흐릿해져 가기 시작했다.

「네 녀석은 또 무슨 일로 나타났느냐?」

"오랜만이에요, 킬리스 아저씨."

꿈일까? 킬리스의 퉁명스런 목소리 뒤로 맑은 아이의 목소리가 들려왔다. 귀에 익은 목소리. 난 그것이 과거 나와 함께 여행했던 레이드의 목소리라는 것을 알 수 있었다.

서서히 드러나는 어린 레이드의 영상. 명확히 그 모습이 보이지는 않았지만 레이드의 표정이 그리 밝지 않다는 것을 느낄 수 있었다.

"아저씨……'

천천히 나의 곁으로 걸음을 옮긴 아이는 나의 볼을 쓰다듬었고, 그런 레이드의 눈에서는 눈물이 흘러나오고 있었다.

무엇 때문에 그렇게 슬퍼하고 있는 것일까? 알 수 없는 일이었다.

"레이드……."

"아저씨… 흑흑흑……."

난 아이를 보며 천천히 그 이름을 불러보았고, 레이드는 눈물 젖은 얼굴로 나의 품에 안겼다.

"무슨 걱정이 있는 거니?"

"아니요. 아무것도 아니에요."

내 말에 작은 손을 들어 눈물을 닦는 레이드의 모습을 보며 난 천천히 그 아이의 머리를 쓰다듬어 주었다. 꿈인가? 마치 현실과 같은 모습이었으나 이미 레이드는 이 세상 사람이 아니라는 생각에 아이의 눈을 바라보며 말했다.

"사람은 언젠가는 죽는 것이란다. 그것을 슬퍼하거나 두려워하기보다는 받아들일 수 있는 용기가 필요한 것이지."

"하지만… 하지만… 아저씨가……."

그제야 왜 눈물 짓고 있는지 알 수 있었다. 살아 있을 때도 마음씨가 착했던 레이드는 나의 죽음을 예감하고 슬퍼한 것이다.

자신의 불행보다는 타인의 불행을 더욱더 슬퍼하는 아이. 그런 레이드였기에 더욱 사랑스러울 수밖에 없었다.

한참을 나의 품에 안겨 있던 레이드는 잠시 후 고개를 들더니 무엇인가 망설이는 듯한 모습을 보이다 한숨을 내쉬곤 천천히 입을 열었다.

"아저씨… 유온의 땅으로 가세요."

"유온의 땅?"

"예. 그곳 죽음의 사막에 있는 고대의 성지를 찾아가면 레비나를 구할 수 있는 것이 있을 거예요."

"고대의 성지…….'

"예……."

그 말과 함께 레이드의 몸은 서서히 흩어져 가기 시작했고, 잠시 후 형체가 보이지 않는 이의 목소리가 나에 귀로 들려왔다.

"어이! 블러드, 일어나라고!"

명확해지는 목소리에 천천히 눈을 뜨자 이스트가 한심스럽다는 표정으로 나를 보고 있었다.

"휴! 천하의 블러드 스톰이 시간이 지날수록 점점 게을러진다는 것

을 누가 믿겠는가!'

한탄스럽다는 듯이 말을 뱉던 이스트는 잠시 후 나에게 약병 하나를 던져 주며 말했다.

"루드그레인이 가져다 준 약물인데 피로 회복에 좋다고 하더군. 이 거 마시고 정신 좀 차려!"

이스트의 말에 난 고개를 끄덕이며 약병을 받았다. 초록빛을 띠는 액체가 들어 있는 병의 뚜껑을 열고는 단숨에 그것을 들이켰다.

약간의 쓴맛이 혀를 자극하고 있었지만 잠시 후 몸에 쌓여 있던 피 로의 무게가 가벼워지는 것을 느낄 수 있었다.

고개를 돌려보니 살짝 옆으로 돌리고 있는 이스트의 얼굴에 불안한 표정이 역력했다.

'이스트……'

나에 대해 가장 잘 알고 있다고 할 수 있는 친구. 그동안 난 이스트, 페드로와 비교해서 늦게 일어난 적이 없었기에 그는 내 몸의 상태가 좋지 않다는 것을 알아챈 것이다.

그래서 겉으로 드러나지 않게 투덜거리는 모습을 보이는 이스트를 보며 나 역시 평상시처럼 어떠한 말도 건네지 않았다.

다만 마음속으로 그의 마음 씀에 고마움을 느낄 뿐이었다. 그러나 죽음을 예감하기 전에는 지닌 적이 없던 감정이라는 것을 깨닫고는 실 소가 흘러나왔다.

죽음의 시기가 가까워진 만큼 내 의지도 약해지고 있다는 생각이 들 었기 때문이다.

간단히 세면을 끝내고 이스트, 페드로와 아침 식사를 하게 된 난 음 식을 먹고 있는 두 사람을 보며 말했다.

"유온 족 자치령으로 갈 생각이네."

"유온 족 자치령?"

"거긴 무슨 일로?"

두 사람은 갑작스런 나의 말에 영문을 알 수 없다는 표정을 지었다. 난 그들에게 꿈속에서 만났던 레이드의 이야기를 해주었다.

"무슨 헛소리야? 그건 꿈이라고. 꿈!"

이스트는 역시나 나의 생각에 말도 안 된다는 표정을 지으며 말했으나 그것은 단순히 꿈 때문만은 아니었다.

유온의 땅은 척박한 대지를 지닌 사막의 땅. 그런 곳에서는 내 몸의 붕괴가 더욱 심해질 것을 잘 알고 있었기 때문이다.

페드로 역시 나의 결정에 반대하고 있었다.

"저 역시 꿈속의 일을 따르는 것은 반대합니다. 확신도 없이 어떻게……."

"가겠다."

하지만 난 꿈속에서 만난 레이드의 말을 믿고 있었다.

잊혀진 신의 아이 레이드. 그 아이에게는 오성신의 교리에 있어서는 안 되는 예지의 힘이 있었기 때문이다.

지금까지 여행을 다니며 죽은 레이드의 도움을 받은 적이 몇 번 있어 이번 일도 레이드가 나를 도와주는 것이라 믿었다.

물론 페드로와 이스트 역시 레이드의 예지 힘을 알고 있고 나의 꿈이 진실일 것이라는 막연한 추측을 하고 있을 테지만, 나를 위해서 내 의견을 따르지 않으려는 것이 느껴져서이기도 하다.

간단히 아침 식사를 마치고 정원에서 마나 수련을 하고 있을 때 이스트들에게 들었는지 루드그레인이 모습을 보였다. 칠인회의 총회주로 대륙에서 최고 경지에 이르렀다 할 수 있는 마법사인 그는 자신의 조직으로 우리에게 상당한 지원을 해주고는 있었지만 솔직히 그렇게 신용하지 못하고 있었다.

마법사라는 족속에 대해서는 다른 용병들과 마찬가지로 부정적인 생각이 많았기 때문이다.

"블러드님, 유온 족 자치령으로 가신다고 들었는데 사실입니까?"

"그렇습니다."

"음……."

나의 말에 그는 무엇인가를 생각하는 듯하다가 할 수 없단 표정으로 고개를 내젓고는 말했다.

"요즘 유온 족 자치령의 상황이 그리 좋지 못하다고 들었습니다."

"어떤 상황입니까?"

"오랜 시간 자치령을 지배해 온 제국의 유온 자치령 영주 데먼 남작의 악정으로 부족들이 일제히 반기를 들었다고 하더군요. 본 회에 들어온 정보에 따르면 이로 인하여 상로가 막힌 탓에 보급의 사정이 좋지 않다 들었습니다."

루드그레인의 말이 사실이라면 유온 족과 그 생김새가 확연히 다른 우리들이라면 그곳에서 활동하기란 그리 순탄치 않을 것은 분명한 일이었다.

하지만 난 오랜 시간 전쟁터를 살아온 전쟁 용병이기에 그러한 여정은 그리 낯설지 않은 일이었다.

"알았소이다. 정보는 감사드리오."

나의 말에 그는 나의 결정을 막지 못한다는 것을 알고 또다시 한숨을 내쉬며 말했다.

"무슨 일인지는 알 수 없지만 다시 생각해 보시지 않겠습니까? 유온 족 자치령은 대륙에서도 불의 원소의 힘이 가장 강한 곳이라 블러드님 몸의 균형이 깨어질 위험이 있습니다."

"알고 있습니다만 이번의 행로를 바꿀 생각은 없습니다."

현재 나의 몸은 시간이 별로 남지 않았기에 그가 말하는 것에 대해 잘 알 수 있었지만, 이상하게도 내 목숨이 끝나는 한이 있어도 그곳만 큼은 반드시 가야 한다는 생각이 들었다.

레이드의 말대로 그곳에 레비나를 되살릴 수 있는 것이 있다면 어떻 게든 그것을 얻어내야 하기 때문이다.

한참을 그렇게 나를 보며 서 있던 루드그레인은 아무 말 없이 그 자 리를 떠났다.

난 유온 족 자치령으로 가기 위한 준비를 서둘렀다. 많은 시간이 남 아 있는 것이 아닌지라 단 일 분도 낭비하고 싶지 않았기 때문이다. 이 스트와 페드로 역시 내가 생각을 바꾸지 않자 할 수 없다는 표정으로 짐을 싸기 시작했고, 우리들은 다시 유온의 땅으로 가게 되었다.

어느 정도 여행 준비를 마쳤을 때 루드그레인이 몇 가지 물건을 들 고 우리에게 왔는데, 그는 나에게 로브를 하나 건네주며 말했다.

"지금까지 칠인회에 힘써주신 것을 생각한다면 그냥 보내 드릴 수는 없지요. 이 로브는 원소의 균형을 유지해 주는 마법이 인첸터되어 있 으니 사막의 기후에도 몸에 아무런 문제가 생기지 않을 것입니다."

"고맙소이다."

루드그레인이 건네준 로브는 솔직히 내 몸에 상당히 도움이 되는지 라 감사의 인사를 하며 받았다.

그 밖에도 여러 가지 여행에 필요한 물품을 페드로들에게 건네준 그는 미소 지으며 말했다.

"일이 어떻게 될지는 모르겠지만 실패하더라도 레비나는 저희 칠인회에서 반드시 회복시키도록 하겠습니다."

"고맙소."

"텔레포트 마법진이 마련되어 있으니 유온의 땅으로 가는 것은 그리 어렵지 않을 것입니다. 저를 따라오십시오."

시간이 부족한 난 유온의 땅으로 가기 위해 가장 편리한 수단이라 할 수 있는 텔레포트 마법진을 이용할 생각이었고, 그것을 다른 마법사에게 부탁한 적이 있었다.

루드그레인은 그것을 들었는지 우리를 마법진으로 안내해 갔다.

십여 개의 마법원이 그려져 있는 칠인회의 텔레포트 건물은 이곳 마법사들에게는 대륙의 각 곳으로 가장 빠르게 움직일 수 있게 해주는 통로가 되는 곳이었다.

그는 가장 구석에 있는 마법진으로 우리를 안내하고는 길게 한숨을 쉬며 말했다.

"유온의 사정상 칠인회의 마법사들이 움직이는 것은 어려울 것입니다. 하지만 그쪽의 텔레포트 마법진을 운용할 수 있는 사람은 반드시 보낼 것이니 돌아오실 때는 그곳을 이용하시기 바랍니다."

"알겠소."

"그럼 원 안으로 들어가십시오."

그의 말에 우리들이 마법원 안으로 들어가자 그는 마법의 주문을 읊조리기 시작했다.

푸른 빛과 함께 이어지는 알 수 없는 세계의 모습. 텔레포트의 환상의 길을 지나쳐 온 우리는 잠시 후 유온의 땅에 도착할 수 있었다.

고개를 돌려보니 어설프게 만들어진 흙벽돌이 사방을 막고 있는 것을 볼 수 있었는데, 칠인회에서 비밀리에 만든 마법진의 건물이었다.

작게 나 있는 통로를 빠져나가자 눈을 뜰 수 없을 정도의 강렬한 빛과 열기를 뿜는 태양이 그 모습을 드러내었고, 대지는 황금색의 빛을 띤 모래밭이 광활하게 펼쳐져 있었다.

"젠장할! 우라지게 뜨겁군!"

이스트는 마법진의 건물을 나오자 뜨거운 태양을 보며 투덜거리듯 중얼거리고는 후드를 뒤집어썼다.

사막의 뜨거운 열기에 몸을 그대로 드러냈다간 오랜 시간을 견디지 못한다는 것을 잘 알고 있었기 때문이다.

"페드로, 위치는?"

"유온 족 자치령 남부입니다. 칠인회에서 가져다 준 지도에 의하면 이곳에서 북서쪽으로 약 70킬로미터에 자치령의 부족 중 하나인 뮤론 족의 거주지가 있을 거라는군요."

"그럼 그쪽으로 향하자."

"예."

나의 말에 페드로는 고개를 끄덕이고 마법진 곁에 있는 붉은 머리의 마법사에게 다가갔고, 그와 몇 마디 이야기를 나누자 잠시 후 마법사는 세 마리의 낙타를 건네주었다. 사막 지역을 도보로 걷는다는 것은 불가능한 일이기에 사전에 낙타와 여행에 필요한 짐을 부탁해 두었었다.

눈부실 정도로 강렬한 태양, 보이는 모든 것을 태워 버릴 것 같은 열기 그 모든 것이 사막을 걷고 있는 우리들을 괴롭히고 있었지만 다행히 루드그레인이 가져다 준 로브의 도움으로 몸의 균형이 무너지는 것은 막을 수 있었다.

하지만 이 상태가 계속된다면 로브의 힘으로도 견디지 못할 것은 당연한 일이었는데 다행히 해가 서쪽으로 반쯤 기울어질 무렵 뮤론 족의 거주지를 발견할 수 있었다.

유목 민족인 뮤론 족은 사막에서만 사용되는 독특한 주거지인 파오를 사용하고 있었는데 이상하게도 그들의 파오는 허름하기 그지없었다.

유온의 땅에 처음 오는 것이 아니었기에 아무리 힘든 여정을 한다 해도 파오 자체가 이렇게 허름할 리가 없다는 것을 알고 있었는데, 자세히 들여다보니 불에 탄 흔적이 여기저기 보이고 있었다.

뮤론 족의 거주지를 걷고 있을 때 부족민들이 모습을 드러내었는데, 그들은 무엇인가 크게 놀란 듯 바쁘게 움직이더니 잠시 후 무기를 든 청년들이 우리의 앞을 막았다.

그들의 모습에 페드로가 이유를 추측하고는 나를 보며 말했다.

"아무래도 영주군에 당한 듯합니다."

"음……."

그의 말대로 우리들의 앞을 가로막는 청년들 중 대부분은 부상 입은 모습이 역력하게 드러나 있었다. 두려움 가득한 눈빛을 하고 있는 그들을 보며 페드로가 앞으로 나와 그들 앞에 다섯 병 정도의 힐링 포션을 내려놓으며 말했다.

"우리들은 사막을 여행하는 여행자들이오. 오늘 밤 이곳에 잠시 머물까 합니다."

페드로의 말에 청년들은 수군거리기 시작했다. 우리들의 모습에서 적의를 찾아볼 수 없고, 선물로 내놓은 것이 상당한 고가의 물품인 힐링 포션이었기 때문이다.

대륙에서처럼 치료를 담당하는 사제나 의원을 찾을 수 없었기에 유온 족에게는 천금보다 더 귀한 물품이었다.

한참을 그렇게 말을 나누던 그들 중 청년 한 사람이 파오 쪽으로 뛰어갔고, 잠시 후 백발이 성성한 노인 한 사람이 지팡이를 짚으며 천천히 우리들 앞으로 걸어와서는 말을 걸었다.

"그대들은 어디에서 온 여행자들인가?"

"서부 아무르 왕국에서 성지를 찾아온 사람들입니다."

"음……."

이들과 전쟁 중인 제국의 이름을 대었다가는 당장 싸움이 날 수도 있는지라 페드로는 서부 중소국가 중 한 나라에서 왔다고 말했고, 그의 말을 들은 족장은 고개를 끄덕이고는 청년들을 보며 말했다.

"여행자들을 맞이하도록 하여라."

"예, 족장님."

그의 허락이 떨어지자 청년들이 우리에게 보였던 적의도 점차 사라져 갔고, 우린 청년들에 의해 작은 파오로 안내받을 수 있었다.

주위를 살펴보니 단 하나도 멀쩡한 파오가 없어 영주군이 거주지까지 침범했다는 것을 알 수 있었지만 그런 것에 비한다면 사람들의 피해는 조금 덜하다는 생각이 들었다.

파오 안으로 들어서자 그곳에는 오십 대 정도의 한 사람이 긴 담뱃대를 물고 있는 것을 볼 수 있었는데, 우리가 안으로 들어오자 그는 자리에 앉으라는 손짓을 했다.

그의 옆에는 열다섯 살 정도의 어린 소녀가 공손히 자리에 앉아 있다 우리들이 앉자 작은 대접에 젖으로 만든 마유주를 가져다 주었다.

유온 족 특유의 음료수인 마유주는 조금 역겨운 맛이 드는지라 이스트는 미간을 찌푸렸지만 성의를 무시할 수 없어 한숨에 들이키고는 크게 숨을 내쉬었다.

음료를 대접받은 페드로는 품에서 한 병의 힐링 포션을 꺼내어 조심스럽게 소녀에게 건네주었다. 그녀는 그것을 받아야 하나 말아야 하나 고민하는 표정을 지었다.

그 모습에 페드로는 그제야 자신의 실수를 깨달았다. 유온 족은 전통적인 가부장 중심의 부족으로 함부로 여인이 나서지 못하기 때문이었다.

다행히 담뱃대를 물고 있는 중년인이 고개를 끄덕이자 그녀는 페드로가 내민 힐링 포션을 받고 뒤로 물러섰다.

그녀가 물러서자 중년인은 천천히 담뱃대를 내려놓으며 우리에게 말했다.

"성지를 찾고 있다고 들었소이다."

"예. 죽음의 사막에 있는 고대의 성지를 찾아가고 있습니다."

"죽음의 사막이라……'

페드로의 말에 그는 한참을 생각에 잠기는 듯하다가 고개를 저으며 말했다.

"그곳으론 가지 않는 것이 좋을 것이오."

"무엇이 여행자들이 죽음의 사막으로 가는 것을 막는 것입니까?"

그의 말에 페드로가 이유를 물으니 그는 조용히 눈을 감고 나직이 죽음의 사막에 대해서 말하기 시작했다.

"뜨거운 열기의 대지, 모든 것을 집어삼키는 어둠의 마물이 사막을 지나 영원의 성지로 향하는 모든 자들을 집어삼키니 신을 잃은 순례자들의 눈물이 끝없는 강이 되어 흐른다."

"음······."

중년인이 말한 한 구의 시는 죽음의 사막에 있는 성지에 관련된 것이었다. 페드로는 이상한 생각이 들어 그를 보며 물었다.

"그 시구는?"

"이것은 제국이 강요하는 오성신이 아닌 유온의 신을 믿고 있는 많은 사람들이 알고 있는 시요. 조모께서는 이 성지에 다시 순례자들이 신에 대한 제물을 올릴 수 있다면 이 땅은 젖과 꿀이 흐르는 풍요의 땅으로 돌아갈 것이라 말했다오."

"음······."

"하지만 어느 누구도 죽음의 사막을 건너 성지로 들어서지 못했다오."

그의 말대로 루드그레인 역시 상당수의 마법사들을 성지로 보낸 적이 있었지만 단 한 사람도 살아온 이가 없다고 했었다.

성지 주변에는 모든 마법을 무력화시키는 강력한 결계가 존재했고, 그 결계를 지나는 도중 정체를 알 수 없는 마물에 의해 모든 사람이 목숨을 잃었다고 들었다.

강력한 마법의 힘을 가지고 있는 루드그레인 역시 이곳에서는 몸에 쌓여 있는 마나 외에는 외부의 마나를 끌어다 사용할 수 없어 성지를 감싸고 있는 거대한 힘이 신성의 결계가 아닐까 하는 예측을 할 뿐이었다.

한참을 그렇게 이야기 나눈 중년인이 다시 담뱃대를 입에 물고는 사색에 잠기니 소녀가 우리들의 잠자리를 마련해 주었다.

내일의 여행에 대비하여 우리들은 잠을 청했는데, 어느 정도의 시간이 지나자 밖이 소란스러웠다.

"무슨 일이야?"

갑작스러운 소란에 이스트는 자리에서 일어나서는 밖을 살폈다. 그 순간 붉은 빛이 사방에서 작렬하는 것을 볼 수 있었다.

"젠장! 영주군이다!"

이스트는 밖의 상황을 보고 급히 뒤로 돌아 검을 들어서는 밖으로 나갔고, 우리 역시 무기를 들고 파오 밖으로 뛰어나갔다.

파오 밖은 이미 아수라장으로 변해 있었다. 사방에서 들려오는 말발굽 소리와 비명 소리, 그리고 뜨거운 불길이 타오르는 소리가 마치 지옥을 연상시킬 듯 울리고 있었다.

"이런 빌어먹을! 차압!"

"끄윽!"

이스트는 검을 들고 나가자마자 말을 탄 영주군이 달려오는 것을 보며 살짝 옆으로 비껴나 녀석의 옆구리를 검으로 그었고, 말을 탄 병사가 비명을 내지르며 쓰러지자 고삐를 잡아채고는 말에 올랐다.

오랜 시간 우리와 같이 여행해 온지라 이스트의 검술 역시 상당히 성장해 있었다.

"페드로, 저들을 도와주도록 해라."

"예."

청년 한 사람이 세 명의 병사들에게 공격받는 것을 본 난 페드로에게 그를 도와주라는 말을 던짐과 동시에 다른 곳을 향해 몸을 날렸다. 부족을 계속 이어가기 위해서는 가장 먼저 족장의 안전이 우선시되어야 했기에 그를 도와주기 위함이었다.

아니나 다를까, 늙은 족장 주위로 세 명의 청년들이 힘겹게 병사들을 막아서고 있는 모습이 보였지만 영주군에는 기사급의 인물이 섞여 있는지라 한 명의 청년이 기사의 검을 맞고 죽임을 당하고 있었다.

온 힘을 다해서 뛰어갔을 때에는 또 한 명의 청년이 죽임을 당한 후였고, 마지막 남은 자는 팔뚝이 잘려져 나간 순간에도 족장을 보호하기 위해서 이를 악물며 싸우고 있었다.

"블러드 애로우!"

나로선 시간이 없는지라 일단의 병사들을 향해 블러드 애로우를 날렸고, 대여섯 발의 검기는 날카로운 파공음과 함께 병사들의 몸을 꿰뚫었다.

"끄악!!"

"누구냐!"

갑자기 뒤쪽에서 검기가 날아와 부하들을 쓰러뜨리자 기사는 크게 놀라며 뒤로 돌아섰다. 검기를 사용할 수 있다는 것은 상당한 수준의 검사라는 뜻이었기 때문이다.

"뮤론 족의 친구!"

그의 말에 간단하게 답한 난 병사들의 무리 속으로 들어가 큰 원을 그리듯 검을 휘둘렀다.

그들은 마나가 서린 나의 검을 막으려 했지만 병장기와 함께 두 동강이 나버렸다. 기사는 크게 놀라 말을 몰아서는 도망가기 시작했다.

"블러드 애로우!"

하지만 그를 돌려보내고 싶은 마음은 없기에 다시 한 번 검기를 날렸고, 녀석은 등에 검기가 관통해 말에서 떨어져 그대로 대지에 처박히고 말았다.

자신들을 통솔하고 있던 대장이 쓰러지자 병사들은 크게 놀라 후퇴를 하기 시작했다. 지금 상황에서 한 녀석이라도 살려둔다면 뮤론 족에게 무슨 일이 벌어질지는 충분히 예상할 수 있었다. 난 다시 몸을 날려 병사들을 베기 시작했다.

뮤론 족으로 쳐들어온 병사들의 숫자는 약 백 명 정도. 하지만 영주군의 실력은 제국의 정규 군대에 비해 크게 떨어지는 실력이었기에 나와 페드로, 이스트가 뮤론 족의 전사들을 돕자 어렵지 않게 모두 쓰러뜨릴 수 있었다.

싸움이 모두 끝난 후 돌아서자 뮤론 족이 머물고 있던 대지는 붉은 피로 흠뻑 적시어져 있었다.

여기저기 드러난 병사들과 뮤론 족 시신들을 보며 살아남은 자들은 모두 망연자실한 표정으로 어떠한 행위도 하지 못하고 있었다.

나의 눈짓을 받은 페드로가 사람들의 시선을 모으기 위해 박수를 치고는 말했다.

"싸움은 끝났습니다. 빨리 부족민들의 시신을 수습하고 떠날 준비를 하십시오. 영주군이 전멸했으니 어느 정도 시간은 있을 것입니다."

페드로의 말에 그제야 정신을 차린 부족민들은 황급히 시신을 수습하기 시작했다.

우리로선 그리 할 일이 없는지라 이들을 보며 잠시 휴식을 취하고 있었는데 두 명의 청년과 함께 족장이 우리 앞으로 와 공손히 고개 숙여 감사의 인사를 했다.

"순례자들의 도움에 감사드리오."

"이곳에서 신세를 지고 있으니 당연한 일이지요. 그런데 이곳에 왔을 때 보았던 파오 상태로 봐서는 전에도 영주군이 쳐들어왔던 것 같은데… 아닙니까?"

"휴… 그렇소이다. 처음에는 다섯 명 정도의 영주군이 와서 난동을 부렸지요. 하지만 뒤에 있을 군대가 무서워 그들이 원하는 대로 부족들이 가지고 있던 돈과 금을 모두 바쳤는데 이런 일이……."

족장은 도저히 지금의 상황이 믿어지지 않는다는 듯 말했다.

제국은 스스로를 내분으로 어지러운 소국들이나 문명이 뒤처지는 부족들을 위한다 말하고 있었다.

처음에는 자신들의 말대로 내분을 가라앉히며 문명을 전해주기도 했다. 하지만 그것은 시간이 지남에 따라 점점 희석되어 갔고, 나중에는 그들에게서 막대한 돈과 수많은 여인들을 가로채 가는 수법을 취했던 것이다.

이들의 수법을 알아챈 많은 소국들이 더 이상 제국의 도움을 받지 않겠다 하더라도 제국은 그것을 내분이나 미개함으로 치부하고 군대를 보내어 그들을 제압해 다시 자신들의 부를 채우는 것이 일반적이었다.

한 번도 이런 일을 당한 적이 없었던 뮤론 족은 약간의 돈을 바친다면 그들이 자신들을 해하지 않을 것이라 생각했겠지만, 그들이 돈은 돈 대로 챙기고 자신들의 실적을 위해 힘없는 뮤론 족을 공격한 것은 제국의 행위를 잘 알고 있던 우리로선 그것이 예견된 것임을 알 수 있었다.

"어쨌든 빨리 이곳에서 피하는 것이 좋을 듯합니다. 보통 이곳의 영주군들은 약탈을 자행하며 움직이고 있기 때문에 본령으로 돌아가는 시간은 적어도 한 달 이상이 걸립니다. 병사들을 모두 전멸시켜 한 달 정도의 시간은 남아 있으니 충분히 후에 올 병사들을 따돌릴 수 있을 것입니다."

"알겠네."

페드로의 말에 족장은 고개를 끄덕이곤 다시 부족민들에게 일을 지시하기 시작했다.

다음날 어느 정도 정리를 한 뮤론 족은 영주군을 피해 다른 곳으로 피난을 가기 시작했다.

뮤론 족이 피난을 가는 곳이 죽음의 사막 쪽과 방향이 같아 그동안은 일행들도 그들과 함께하기로 했다.

뜨거운 사막 여행은 이곳에서 사는 뮤론 족에게도 힘겹기는 마찬가지여서 나이가 많은 노인들이나 어린아이들의 얼굴엔 힘겨운 표정이 가득 서려 있었다.

아무리 사막의 유랑 민족이라 하더라도 그들이 이동하는 기간은 비교적 좋은 날씨가 대부분이었기에 이렇듯 좋지 않은 날씨에 다른 곳으로 이동하는 것은 극히 드문 일이었기 때문이다.

삼 일 정도 여정이 계속된 후 우리들은 뮤론 족과 헤어져 다른 길로 향해야 했기에 족장과 마지막 인사를 나누었다.

"이곳에서 하루 정도만 가면 죽음의 사막이 나올 것입니다. 무사히 성전으로 향할 수 있기를 빌겠습니다."

"뮤론 족 역시 안전한 곳으로 무사히 향하기를 바랍니다."

족장의 말에 페드로가 미소를 지으며 답했다. 족장은 퍼뜩 무슨 생각이 들었는지 그에게 나무로 만들어진 하나의 패를 건네주었다.

"이것은?"

"일종의 부적입니다. 저희 뮤론 족이 오랜 시간 간직하고 있던 부적인데 신이 당신들을 보살펴 주실 것입니다."

"하지만 이런 것은 저희보다……."

페드로는 그 말에 사양하며 돌려주려 했으나 족장은 고개를 저으며 말했다.

"믿음을 가진 자에게는 부적이 필요없습니다. 신에 대한 경애심이 사라지지 않는 한 신은 우리를 보살펴 주실 것입니다. 이 부적은 오히려 여행자 분들에게 필요한 것이지요."

사양할 수 없다는 것을 안 페드로는 족장에게 감사의 인사를 보냈다.

그는 정중히 우리들에게 인사를 올리고는 부족민들과 함께 사라져 갔다.

뮤론 족과 헤어진 우리는 죽음의 사막으로 향했고, 다음날 지금까지와는 전혀 다른 사막을 보았다.

"음……."

우리들의 눈앞에 보이는 곳은 보통 볼 수 있는 황금색의 사막이 아니었다. 온통 검은색의 모래가 뒤덮여져 있는 사막의 모습에 사악한 기운이 가득 차 있는 것을 알 수 있었다.

페드로는 사막의 검은 모래를 들어 잠시 살펴보고는 고개를 내저으며 말했다.

"알 수가 없군요. 같은 장소에 위치해 있는데도 이렇듯 모래의 색깔이 차이가 나다니 말입니다."

그의 말에 난 황금색의 모래를 들어 천천히 검은색의 모래 위로 뿌렸는데, 그 순간 놀랍게도 검은 안개가 일렁이는 듯하더니 황금색을 순식간에 검은색으로 바꾸어 버렸다.

"일종의 결계가 있는 것 같군."

"결계라면?"

"어둠의 계열에 속한 자의 결계. 킬리스, 이곳에 대해서 아는 것이 없는가?"

우리들의 지식으로는 도저히 죽음의 사막의 정체를 알 수 없기에 난 블러드 소드에 봉인되어 있는 킬리스를 불렀고, 잠시 후 나의 머리 속으로 그의 목소리가 들려왔다.

「신급의 결계다. 상당한 어둠의 기운이 느껴지는 걸 보면 마계의 신 중 하나인 것 같군.」

불모의 땅이나 이런 사막과도 같은 곳은 마신이 힘을 떨치기에 상당히 좋은 장소였다. 그런 이유로 이런 곳의 사람들은 보통 마신을 신으로 숭배하는 경우도 없지 않았는데, 신성교단은 이런 이유로 오성신 이외의 많은 신들을 부정하고 있었던 것이다.

사람들은 성신의 하나로 생각할지 모르지만 그 내막을 자세히 보면 마계의 악신일 경우가 다반사였기 때문이다.

이러한 경우처럼 뮤론 족 역시 마신을 성신으로 오인하며 숭배했을 가능성이 컸다. 마신 역시 자신을 숭배하는 자에게는 신성의 힘을 내려주는지라 지금까지 그 신에 대한 믿음이 이어져 왔을 것이다.

"일단 들어가자."

나의 말에 이스트와 페드로는 고개를 끄덕이며 죽음의 사막을 향해 걸음을 내디뎠다.

검은 모래에 발을 내딛는 순간 온몸에 강한 전율이 느껴졌다. 어둠의 속성이 지배적인 공간으로 들어섰기 때문에 일어나는 현상이었다.

「음… 상당히 강력한 힘이로군.」

"응? 킬리스?"

죽음의 사막으로 들어서자 갑자기 나의 옆에 하나의 형상이 드러나 중얼거리는 것을 볼 수 있었는데, 그 목소리가 낯설지 않은지라 킬리스라는 것을 알 수 있었다.

"어떻게?"

킬리스는 보라색 장발에 전형적인 고위 마족의 모습을 하고 있었는데, 페드로의 말에 미소를 지으며 말했다.

「아무래도 어둠의 힘이 강한 탓에 내 몸이 형성된 것 같군. 하지만 미러 이미지와 마찬가지로 그 형상만이 나타났을 뿐 몸이 실체화된 것은 아니니 너무 걱정하지 말라고.」

킬리스의 말대로 그의 몸은 흐릿한 고스트와 같은 모습을 하고 있었다.

어차피 킬리스라면 우리의 적이 아니니 신경 쓸 필요가 없었기에 다시 걸음을 내디뎠다. 한 발자국 한 발자국 걸을 때마다 상당한 피로가 몸에 쌓이는 것을 느낄 수 있었다.

"힘들군……."

「인간이 신성과 마성 중간인 종족이라곤 하지만 실제로는 신성교단의 힘이 막강하여 신성 쪽으로 조금 기울어져 있다는 게 사실이지. 이런 이유로 어둠의 힘이 강성한 공간에서는 몸에 피로가 쉬이 쌓이는 게 당연한 것이네. 신성의 힘이 가득한 곳에서 신성교도들이 힘을 얻는 것과 마찬가지라고나 할까?」

킬리스는 우리들이 쉽게 피로를 느끼는 것을 보며 말했다. 그제야 원인을 알 수 있었던 페드로는 고개를 끄덕였다.

한 시간여 정도를 걸었지만 우리가 원하는 성지의 모습은 보이지 않았고, 점점 더 짙어져 가는 어둠의 기운에 의해 이스트와 페드로는 상당히 지쳤는지 숨을 헐떡이고 있었다.

어둠의 기운이 가득하고 대지는 검게 변색된 모래라곤 하지만 대지에서 밀려오는 열기는 여전했기 때문이다.

하지만 이대로 뒤로 물러설 수도 없는지라 힘을 내어 걸음을 재촉하고 있었는데, 그때 킬리스의 목소리가 들려왔다.

「블러드, 조심해라. 마물의 기운이 느껴진다.」

"음……."

사막 전체가 어둠의 기운이 가득했기에 마물의 기운을 알아채지 못했는데 마족이었던 킬리스가 녀석의 존재를 느끼고 우리에게 알려왔다.

만약 그가 아니었다면 마물이 있다는 것조차 알 수 없었을 것이기에 다행이라는 생각이 들었다.

'마법사들이 당한 이유를 알겠군.'

어둠의 기운이 가득한 이곳에서 빛에 가까운 그들은 차츰 그 힘에 의해 신체가 어둠의 기운에 적응해 가기 시작하는데 그때는 마물들, 즉 어둠의 생명체에 대한 느낌이 크게 둔화된다.

이런 이유로 마법사들은 계속되는 피로로 인하여 디텍트 이블 마법을 계속 유지할 수 없게 되어 어둠 속에 숨어 있는 마물의 습격에 쉽게 당하게 되는 것이다.

"킬리스, 위치는?"

「전방 오십 미터 정도의 모래 속에 숨어 있는 것 같군. 아무래도 샌드 웜의 변형 종인 것 같은데 엄청난 크기로군.」

영체와 같은 모습을 하고 있는 킬리스는 녀석이 뿜어내는 기운을 느끼며 탄성을 내지르고 있었다.

보통의 샌드 웜이 십여 미터에 달하는 것을 생각한다면 킬리스가 말하는 녀석은 얼마나 클까 하는 생각이 들었다.

"일단 녀석을 끌어낼 볼까?"

샌드 웜이 모래에 숨어 있는 것을 알면서도 앞으로 나서는 것은 어려운 일이었기에 검기를 사용하여 녀석을 끌어내기로 결심한 것이다.

"블러드 애로우!!"

블러드 소드에 마나를 주입한 난 그대로 킬리스가 말하는 방향을 향하여 검기를 날렸는데, 보통 때보다는 좀 더 많은 힘이 빠져나가는 것을 느꼈지만 전체적인 힘에서는 그리 많은 양이 아니었다.

검에서 빠져나온 검기는 모래 위에 처박혀 큰 폭음과 함께 사방에 모래를 날려 일대는 이내 모래먼지로 뒤덮혔다.

"나오지 않는 것인가?"

"킬리스, 잘못……."

크오오오!!

샌드 웜이 모습을 드러내지 않자 이스트는 킬리스를 보며 잘못 본 것이 아닌가 물어보려 했으나 그 순간 고막을 찢어버릴 듯한 괴성과 함께 모래 위로 거대한 물체가 솟구쳐 오르는 것을 볼 수 있었다.

"이런……."

우리들은 녀석의 모습이 드러난 것을 보며 크게 놀랄 수밖에 없었다. 그 크기가 엄청났기 때문이다.

아직 그 모습을 완전히 드러낸 것은 아니었지만 외부로 드러나 있는 몸의 크기만 해도 족히 삼사십 미터는 되는 듯했으니 모든 몸을 드러낸다면 거의 팔십 미터 정도의 초대형 샌드 웜이었던 것이다.

날카로운 이빨이 솟아나 있는 원형의 입은 오우거 정도는 두세 마리를 한꺼번에 삼켜 버릴 정도의 크기였다.

"엄청나군… 저 정도면 드래곤도 삼키겠는데?"

샌드 웜은 자신의 몸집보다 다섯 배 이상 큰 먹이도 한입에 삼켜 버리는 녀석인지라 이스트는 감탄스럽다는 표정으로 중얼거렸는데, 지금 상황은 그리 좋은 편이 아니었다.

샌드 웜의 피부는 상당히 두터웠기 때문에 쓰러뜨리기 만만한 녀석이 아닌 데다 아무리 검기를 사용한다 하더라도 거대한 샌드 웜을 상대로 통할 리가 만무했기 때문이다.

"아무래도 쉽지 않겠군요."

페드로는 녀석의 거대한 몸집을 보며 고개를 내젓고는 가방에서 팔뚝 정도 크기의 유리병을 꺼내었다.

"그건 뭐야?

"기름. 아무래도 태워 버리는 것이 가장 좋을 듯한데, 워낙 커서 제대로 먹힐지 모르겠군."

샌드 웜은 사막 지역에서 살고 있는 마물로 피부 호흡을 하고 있다고 알려져 있어 상인들은 기름병을 사용하여 녀석의 피부에 불을 붙여 호흡하지 못하게 해 퇴치하는 방법을 사용하고 있었다.

페드로 역시 그런 생각으로 기름병을 꺼내기는 했지만 크기가 크기인만큼 녀석에게 얼마나 타격을 줄지는 알 수 없는 일이었다.

크오오오!

드디어 거대한 샌드 웜은 먹잇감인 우리를 발견하고 빠른 속도로 기어오기 시작했다. 그 스피드는 몸집과 달리 상당히 빠른지라 크게 당혹감을 느낄 수밖에 없었다.

"블러디안 댄스!!"

이대로 먹잇감이 될 수는 없기에 빠른 회전력을 바탕으로 강력한 검기를 날리는 블러디안 댄스를 펼치자 초승달 모양의 검기 십여 개가 우리를 향해 쇄도해 들어오는 샌드 웜을 향해 날아갔다.

검기는 녀석의 몸을 파고 들어가며 초록색의 체액을 사방에 뿌려댔지만 그리 충격을 주지는 못했는 듯 녀석의 기세는 전혀 줄어들지 않았다.

"젠장!"

단순히 삼십여 미터 앞까지 밀려들어 오는 샌드 웜을 보며 이스트와 페드로는 사방으로 흩어지기 시작했고, 난 녀석의 시선을 돌리기 위해 검을 들고 살기를 강하게 뿌려댔다.

나의 살기에 반응한 샌드 웜이 옆으로 피한 두 사람을 제쳐 둔 채 나만을 향해 날카로운 원형의 입으로 삼킬 듯이 밀려오는 것을 보며 나는 발을 박차고 몸을 날렸다.

크오오오!!

내가 머리 위로 뛰어오르자 녀석은 긴 몸을 일으키며 나를 삼키기 위해 달려들었으나 녀석의 움직임이 아무리 빠르다 하더라도 나의 스피드를 따를 수는 없었다.

거대하고 긴 몸 위로 뛰어올라 그대로 뒤쪽으로 뛰어가자 샌드 웜은 몸을 틀어 계속 뒤를 쫓아오기 시작했다.

"합!"

어느 정도 거리가 좁혀지자 난 블러드 소드를 그대로 녀석의 몸에 찌른 후 진동검을 사용했고, 마나의 격렬한 진동으로 인해 녀석의 체액이 크게 들끓는 듯하더니 잠시 후 펑 소리와 함께 체액이 사방으로 튀기며 터져 나갔다.

끄오오오!

거의 일 미터가 넘어서는 상처를 입은 샌드 웜은 고통에 괴성을 지르며 몸을 뒤흔들기 시작했다. 자신의 몸 위에 있던 나를 떨구어내기 위함이었다.

"페드로! 기름병을 던져라!"

이 기회를 놓쳐선 안 된다고 생각한 난 페드로를 보며 소리쳤고, 그는 나를 향해 기름병을 집어 던졌다.

"차압!!"

기름병을 받아 든 난 녀석의 입을 향해 빠른 속도로 쇄도해 들어갔고, 샌드 웜은 내가 달려들자 입을 벌리며 맹렬한 기세로 달려들었다.

어느 정도 거리에 닿자 기름병을 녀석의 입에 던진 후 몸을 회전시키며 검기를 날렸다.

챙!!

입속으로 날아가던 기름병은 검기에 의해 날카로운 소리와 함께 깨어지며 사방에 기름을 뿌렸고, 그것을 놓치지 않고 루드그레인에게 받은 매직 스크롤을 사용하여 녀석의 입에 파이어 애로우를 발사했다.

"파이어 애로우!"

시동어를 외치자 스크롤은 푸른 빛에 휩싸이며 화염의 화살을 만들어냈고, 화살은 빠른 속도로 샌드 웜의 입을 향해 날아가 안에 뿌려졌던 기름에 불을 붙였다.

크오오!!

녀석의 입은 그 순간 엄청난 불길에 의해 감싸여졌다. 놈은 괴성을 지르며 괴로워하기 시작했고, 괴로워하는 녀석을 보며 검에 최대한 마나를 끌어올려 가로 방향으로 휘둘렀다.

"차압!!"

그 순간 상당한 크기의 검기가 형성되어 그대로 샌드 웜의 몸을 가르기 시작했다. 뒤로 물러서서 지켜보자 불길에 의해 괴로워하던 녀석의 몸은 잠시 후 두 동강이 나 갈라져 버렸고, 이내 잘려 나간 몸을 남겨두고는 검은 모래 속으로 그 모습을 감추었다.

"휴······.'

큰 상처를 입혀 녀석을 쫓아낸 우린 안도의 한숨을 내쉴 수 있었다. 한 사람도 부상을 입지 않고 처리할 순 있었지만 상당히 힘이 든 싸움이었기 때문이다.

남아 있는 샌드 웜의 몸은 계속 꿈틀거리더니 잠시 후 잠잠해졌다. 이스트는 신기하다는 표정으로 녀석의 몸으로 다가갔다.

"응?'

반으로 잘려진 몸을 구경하던 이스트는 무엇인가를 발견한 듯 다가가 힘을 주어 녀석의 몸에서 긴 물건을 뽑아 들었다. 그것에 묻은 초록색의 체액을 닦아내자 원래의 모습을 드러내었다.

"마법사의 지팡이로군······."

이스트가 뽑아 든 것은 은빛을 내는 마법사의 지팡이였다. 지팡이 전체가 고가의 금속인 미쓰릴로 만들어진 것으로 보아 지팡이의 주인은 상당히 명성있는 마법사란 것을 알 수 있었다. 그 역시 이 어둠의 사막에서 샌드 웜의 밥이 되었던 것이다.

미쓰릴 지팡이를 찾아낸 이스트는 재미가 들렸는지 샌드 웜의 내장 부분을 살피며 몇 가지 물건을 더 찾아내었다. 그것들은 검이나 창과 같은 병장기들이 대부분이었다.

성지를 찾아 들어오다 샌드 웜의 먹이가 된 이들이 상당수가 있었던 것이다.

"만약 킬리스가 녀석의 기운과 위치를 찾아내지 못했다면 우리 역시 저런 꼴이 될 뻔했군요."

페드로는 섬뜩하다는 표정을 지으며 말했다. 그의 말대로 샌드 웜은 지하에 숨어 자신의 위를 지나가는 생물을 한입에 삼키는 사냥법을 사용하는 만큼 죽음을 면치 못할 것은 당연한 일이었다.

거대 샌드 웜을 힘들게 처리한 우리들은 그 후에도 몇 가지 마물에 의해 공격받게 되었지만 킬리스가 미리 녀석들의 위치를 파악해 주고 약점 또한 자세히 알고 있었기에 어렵지 않게 녀석들을 처단할 수 있었다.

하지만 상당한 힘을 소비해 피로가 쌓일 수밖에 없었다.

사막의 한가운데 우뚝 서 있는 검은 모래성. 흐릿한 형상에 마치 신기루같이 보이지만 그것은 절대 환상이 아니었다.

가까이 다가갈수록 주위는 점점 어두운 안개로 뒤덮혀 있어 이곳이 사막이라는 것을 생각한다면 자연의 섭리를 벗어난 모습이라 할 수 있었다.

과거 오아시스가 있었음을 말해 주는 듯한 웅덩이의 주변에는 앙상하게 마른 몸을 지니고 있는 나무가 언제 쓰러질지 모르는 모습으로 서 있었고, 군데군데 인간과 동물의 뼈가 음산하게 흩어져 마치 마계의 한곳이 아닐까 하는 생각이 드는 곳이었다.

"휴… 귀신이라도 나올 듯하군……."

이스트는 도저히 지상계라 볼 수 없는 주변의 모습에 중얼거렸다.

지상에서 밀려오는 어둠의 기운은 성지에 가까이 다가갈수록 더욱 짙어져 두 사람의 피로는 점점 심해져 가고 있었지만 겉으론 그것을 드러내지 않았다.

하지만 나의 경우는 그들과 달리 생과 죽음 두 가지 모두에게서 나타나는 상징일 수도 있는 피의 마나였기에 빛과 어둠의 기운 모두에 아무런 거리낌 없이 다가갈 수 있었다.

지금의 나와는 정반대의 모습을 보이고 있는 마나의 모습이었지만, 또한 나와는 너무나 가까운 기운이기도 했다.

성지로 들어서기 위해선 성지를 휘어감듯이 나 있는 길을 걸어야 했다. 족히 수백 미터는 위에 있는 거대한 성과도 같은 것이 뮤론 족이 말하던 성지라는 것을 알 수 있었다.

「만만치 않군.」

"또 마물인가?"

「그래, 성지로 오르는 중턱쯤에 상당수의 와이번들이 둥지를 틀고 있는 듯하군. 그 숫자는 족히 삼십이 넘는 듯하다. 크기도 보통 와이번의 십수 배는 되는 듯하군. 차라리 드래곤이라고 부르는 것이 나을 듯한데?」

"음……."

보통은 날카로운 발톱과 부리에 나 있는 날카로운 이빨로 먹잇감을 사냥하지만 종류에 따라서는 브레스와 비슷한 것을 뿜는 와이번들도 있었기 때문에 상대하는 것이 쉽지 않은 듯했다.

검기를 날려 잡기에는 그 크기나 숫자로 보아 도저히 감당할 수가 없는지라 이번엔 그들과 싸우기보다는 조심스럽게 성지로 향하는 것이 좋을 듯하다고 판단한 난 숨을 크게 몰아쉬며 심장에서 마나를 운용시키기 시작했다.

「마법을 사용할 생각인가?」

킬리스의 물음에 고개를 끄덕인 난 천천히 마나를 끌어올려 보았다. 다행히 보통의 마법사와 달리 빛과 어둠의 중간 성질을 가진 피의 마나를 사용하는 나였기에 마법을 사용하는 것에 그리 문제가 생기진 않았다.

하지만 검사의 마나를 마법으로 사용함에 그 위력이 떨어지는 것은 어쩔 수 없는지라 얼마나 오래갈지 알 수 없었다.

"위대한 마나의 힘으로 명하니, 모든 자의 시선에서 우리의 모습을 감추어라! 인비지빌리티!"

투명 마법을 사용하자 푸른 빛이 우리들 주변에서 일렁거리기 시작하더니 잠시 후 모두 모습이 보이지 않게 되었다.

"마법이 편리하긴 편리하군."

자신의 모습이 사라지자 이스트는 재밌다는 듯이 중얼거렸다.

옆에 있던 페드로의 목소리가 들려왔다.

"말하는 것은 여기까지야. 위에 올라가면 제발 그 입 좀 다물고 있으라고."

"알았어, 알았다고!"

어느 정도 준비가 갖추어지자 우린 성지로 오르기 시작했다.

오랜 시간 사람이 지나지 않은 길은 여기저기 무너져 내려 폭이 삼십 센티도 남지 않은 곳도 있는 데다 사람이 지나가기에는 좁고 험난했지만 마나를 이용하여 신체의 능력을 극대화할 수 있었기에 그 길을 지나는 것은 어렵지 않았다.

하지만 얼마 지나지 않아 더 어려운 문제가 다가왔다. 바로 와이번들의 둥지가 자리 잡고 있었던 것이다. 오랜 세월 동안 이곳에 자리를 잡고 있던 와이번들은 사막에 널려 있는 마물들을 사냥하며 살아가고 있었으니 먹이 사슬의 가장 위의 있는 존재라고 할 수 있었다.

「블레이즈 와이번이군.」

블레이즈 와이번은 와이번의 종류 중에서도 가장 크고 잔악하다고 알려져 있는 녀석들로 입에서는 레드 드래곤과 같은 화염을 뿜으며 같은 와이번마저 사냥하는 것으로 유명한 종류였다.

녀석들이라면 아무리 나라 할지라도 혼자라면 모를까 이스트, 페드로들과 함께라면 상대하기 힘들 수밖에 없는 존재들인지라 현재 마법을 사용할 수 있는 게 다행이라는 생각이 들었다.

조심스럽게 걸음을 옮겨 와이번의 둥지 곁을 지나 올라선 우리들은 잠시 후 성지의 정문에 닿을 수 있었다.

족히 십여 미터가 넘을 듯한 거대한 석문은 사람의 힘으로는 열 수 없을 것 같은 크기였기에 인비지빌리티 마법을 해제한 난 잠시의 시간을 소비하여 다시 검사의 마나를 되찾기 시작했다.

마법을 실행하게 되면 당분간은 검사의 마나를 사용할 수 없기 때문이었는데, 약 이십 분 정도면 다시 검사로서의 몸을 유지할 수 있었다.

어느 정도 시간이 지나 마나가 돌아오는 것을 느낀 난 천천히 석문에 손을 대고 그것을 밀어붙였고, 잠시 후 귀를 찢어버릴 듯한 소리와 함께 서서히 문이 열리기 시작했다.

"크으……."

문이 열리자 눅눅한 공기가 빠져나와 이스트는 코를 움켜쥐며 뒤로 돌아섰다. 오랜 시간 열리지 않은 문이었기에 안에 밀폐된 공기가 한꺼번에 빠져나왔기 때문이다.

"밀폐된 공간의 공기로군요. 아무래도 외부로 이어지는 문은 이곳밖에 없는 듯합니다."

페드로의 말대로 공기가 빠져나갈 구멍이 없다는 것은 이 성지 자체에 창이나 다른 문 같은 것이 존재하지 않는다고 생각할 수 있었기에 만약 위기에 닥치게 되면 빠져나가는 것이 그리 쉽지 않겠다는 생각이 들었다.

거대한 석문을 지나 걸음을 옮기자 주위로 마신의 성지 대부분이 그렇듯 흉측한 모습을 한 석상들이 일렬로 서 있는 것을 볼 수 있었다.

마치 도반다에서 보았던 마신 시드라의 성지 같았는데, 그곳과 다른 것이라면 이 성지는 접근조차 쉽지 않은 탓에 오랜 시간 어느 누구의 발길도 닿아 있지 않다는 것이었다.

'정말 이곳에서 레비나를 구할 수 있는 물건을 찾을 수 있을까?'

나로서는 꿈에서 말했던 레이드의 말이 틀리지 않기를 바라는 수밖에 없었다.

마물들의 석상을 지나자 또 위로 오르는 원형의 긴 계단이 우리들 앞에 모습을 드러내었다. 계단의 여기저기에 고대의 문자가 적혀 있는 것이 아무래도 몇 가지 기관 장치가 되어 있는 듯한 모습이었다.

"킬리스……."

「알았다고, 잠시만 기다려.」

마계 마신의 성지라면 우리들의 지식으로 알아낼 방도가 없었기에 킬리스를 불렀고, 그는 계단에 쓰여 있는 마도의 문장을 읽더니 잠시 후 우리들 앞으로 와 말했다.

「지금은 사라진 마신 크레이져 시대의 마도 문자다. 암흑 신도의 기도문을 따라 오르는 방법 같으니 내가 밟는 계단만을 밟고 올라오도록 해라.」

마신 크레이져는 수많은 마신 중 최상급의 마신으로 천신과의 싸움 끝에 소멸되었다고 알려진 마신이다. 신마전쟁이 거의 일만 년 전에 있었던 싸움이라는 것을 감안한다면 이 성지가 얼마나 오랜 시간 이곳에 존재해 왔는지 알 수 있었다.

"고대 마도제국의 유물이로군."

「그렇지. 하지만 이 성지 자체는 아직 천 년 이상은 되지 않은 듯하다. 아마 그동안은 유온 족들이 암흑 신도들을 대신하여 신을 숭배하고 있었겠지.」

페드로의 말에 간단히 설명을 한 킬리스는 흐릿한 영상을 유지하며 천천히 계단을 오르기 시작했고, 우린 그의 뒤를 따랐다.

그냥 오르기에도 어려우리만큼 높은 계단이었는지라 신경 쓰며 걸음을 옮기는 우리들의 피로는 더욱 누적될 수밖에 없었다.

하지만 이대로 물러설 수도 없는지라 온몸이 땀 범벅이 된 채 겨우 계단의 끝까지 오를 수 있었는데, 그곳에 도착한 킬리스는 이상하다는 표정을 지으며 말했다.

「블러드, 이것을 봐라.」

"…우리 외에 다른 사람들이 있었군."

킬리스가 말한 곳으로 가보자 수북이 쌓여 있는 먼지 위로 누군가의 발자국이 찍혀 있는 것을 볼 수 있었는데, 그 흔적은 그리 오래되지 않아 적어도 하루나 이틀 사이에 일단의 사람들이 성지에 들어섰음을 알 수 있었다.

"아무래도 이곳으로 향하는 또 하나의 통로가 있는 듯하군."

"마법진인가?"

확실히 마법진일 확률이 높았다. 이곳에 들어서는 석문으로 오랜 시간 밀폐된 공기가 빠져나갔으니만큼 외부의 공기를 유입시키지 않고 이곳으로 들어서기 위해선 한 가지 방도밖에 없었던 것이다.

우리보다 먼저 들어온 자의 흔적을 따라 조심스럽게 걸음을 옮기자 잠시 후 누군가의 목소리를 들을 수 있었는데, 모습을 숨기고 천천히 살펴보자 로브를 입고 있는 마도사 두 명을 볼 수 있었다.

대륙 마법 길드의 정식 복장을 하고 있는 마법사들이었는데, 멀리서 느껴지는 마나는 적어도 5서클 이상의 마법사라는 것을 알 수 있었다.

"답답해서 죽겠군. 무슨 공기가 이렇게 텁텁해……."

"휴… 별수있나. 도리스님의 일이 모두 끝날 때까지는 이곳에 있어야 하는데 말이야."

답답하다는 말에 옆에 있던 마법사 역시 한숨을 쉬며 대답했는데, 그들의 입에서 익히 들려왔던 이름이 나오자 크게 놀랄 수밖에 없었다. 시드라의 성지에서 만났던 마법사의 이름이 들려왔기 때문이다.

'그자가 이곳에……?'

"샌드 웜에 와이번까지 지키는 이곳으로 누가 오겠어? 젠장할!"

경비를 서는 것이 귀찮은지 불만을 터뜨리고 있는 마법사들을 보며 난 옆에 있던 페드로에게 손짓했고, 페드로는 품에서 두 개의 단검을 꺼내어 들었다.

우리가 있는 곳에서 마법사들이 있는 곳까지의 거리는 약 십 미터. 이 정도면 페드로의 단검으로 충분히 처리할 수 있는 거리였다.

"차압!"

"헉!"

"끅!!"

잠시 후 페드로가 나서서 단검을 집어 던지자 마법사들은 크게 놀라 손을 들어 올리며 마법을 사용하려 했지만 단검은 그대로 두 마법사의 목젖에 꽂혀 제대로 시동어를 외치지 못하고 그대로 쓰러지고 말았다.

두 명의 마법사를 처리한 우리들은 그들을 지나 계속 앞으로 나아갔다.

잠시 후 서너 명의 마법사들과 함께 잊을 수 없는 인물인 도리스의 모습이 눈에 들어왔다.

그는 거대한 마신의 석상 앞에 서서 무엇인가를 중얼거리고 있었는데, 그의 주위로 검은색의 마나가 일렁이는 것이 그동안 상당 수준의 힘을 얻었다는 것을 알 수 있었다.

'쉽지 않겠군…….'

느껴지는 마나의 기운으로 보아 과거와 비교해 수배 이상의 힘을 얻었다는 걸 느낄 수 있어 이마에서는 식은땀이 흘러내렸다.

그때 주문을 외우던 그가 고개를 돌리더니 우리가 있는 쪽을 보며 천천히 입을 열었다.

"이만 나오시지 그러나, 블러드 스톰."

녀석은 이미 우리가 들어선 것을 알고 있었던 것이다.

도리스에게 우리의 위치를 들킨 이상 더 이상 숨어 있는 것도 의미 없는 일이기에 그의 앞으로 모습을 드러낼 수밖에 없었다.

숨어 있던 우리가 나오자 도리스는 미소를 지으며 말했다.

"오랜만이군요. 또다시 유온의 땅에서 당신을 보게 될 줄은 몰랐습니다."

"……."

마치 오랜 친구를 만나는 것과 같은 그의 모습에선 상당한 여유가 흘러나오고 있었지만 그의 말투에선 그리 친근감을 느낄 수가 없었다.

오히려 숙적을 상대할 수 있다는 것에 기쁨을 느끼는 것과 같은 모습이었는데, 그는 자신의 뒤에 있던 마신의 석상을 잠시 쳐다보고는 말을 이었다.

"당신 역시 이것을 노리고 오신 것 같지만 저로서는 쉽게 양보할 수가 없겠는데…… 어떻습니까, 이 신상의 힘을 걸고 저와 대결하시는 것?"

솔직히 신상의 힘이 어떤 것인지 몰랐고, 그것이 레비나를 다시 되살릴 수 있을지도 몰랐지만 지금 상황에서 하나의 희망을 포기할 수도 없거니와 도리스 역시 우리들을 쉽게 보내줄 리 없다는 것을 잘 알고 있었기에 난 오른손을 들어 검으로 가져갔다.

나의 이러한 행동을 보며 도리스는 재밌다는 표정으로 마법 지팡이를 앞으로 가져갔기에 난 뒤에 있는 이스트와 페드로에게 눈짓을 보냈다.

도리스와의 싸움에서 오히려 방해가 될 수 있기 때문이었는데 나의 생각을 안 두 사람은 천천히 뒷걸음질치며 물러났다.

"합!"

두 사람이 어느 정도 안전한 거리로 물러나자 난 도리스를 향해 기합을 내질렀고, 그 순간 나의 몸에서 마나의 폭풍이 일어나며 바닥에 쌓인 수북한 먼지로 그의 시야를 가렸다.

"실드!"

이미 어느 정도 예상을 하고 있었는지 그는 눈을 가리는 먼지를 실드로 막아 시야를 확보하며 두 번째 마법 시동어를 외쳤다.

"윈드 커터!"

그의 시동어와 함께 바람의 칼날이 대여섯 개 나를 향해 빠른 속도로 쇄도해 들어왔기에 검을 뽑아 들어 우선 몸 쪽으로 날아오는 두세 개의 윈드 커터를 자르며 녀석을 향해 몸을 날렸다.

챙!!

가까이 접근하여 녀석의 실드를 소드 브레이커의 수법으로 강타하며 깨어버리려 했지만 녀석의 마법력이 과거와 비교해 상당히 높아져 있는 상태라 약간의 금이 갔을 뿐 완전히 깨어지지 않아 녀석의 이어진 마법 공격에 무방비 상태로 몸을 드러내고 말았다.

"익스플로젼!"

쾅!!

실드 뒤에서 회심의 미소를 짓는 도리스가 그대로 나의 몸에 익스플로젼 마법을 실행했고, 강한 화염의 폭풍이 나의 몸에서 일렁이며 큰 폭발을 일으켰다.

하지만 익스플로젼 마법은 근접 거리에서 상대의 몸에 직접적인 타격을 줄 수는 있지만 상대가 실행한 익스플로젼의 마나를 몸에서 밀어낼 수만 있다면 타격에서 벗어날 수 있는 수법이기도 했다.

과거 마법사와 싸워봤던 경험이 있어 그가 시동어를 외침과 동시에 몸에서 마나를 뿜어냈기에 익스플로젼의 화염은 내 몸에서 삼십 센티미터 정도 떨어진 거리에서 폭발했다.

"과연 블러드 스톰이군요!"

자신이 시전한 익스플로젼 마법을 효과적으로 방어하는 걸 보며 그는 레비테이션 마법으로 공중에 부상하기 시작했다.

그 모습을 본 난 그대로 몸을 날려 녀석을 향해 검기를 날렸다.

"블러드 애로우!!"

내가 날린 수십 개의 검기는 위로 떠오르고 있는 녀석의 실드를 빠르게 강타하기 시작했다.

처음 소드 브레이커를 날렸을 때 생긴 실드의 균열이 점점 커지고 있었지만 실드가 깨질 것을 이미 예상하고 있었는지 공중에서 나를 내려다보던 그는 또다시 마법을 날렸다.

"인페르노!"

그 순간 그가 들고 있던 마법의 지팡이에서 모든 것을 태워 버릴 듯한 열기를 지닌 화염이 뻗어 나와 나에게로 밀려왔다.

"블러디안 댄스!"

녀석의 불길을 피할 수 없다고 생각한 난 그를 향해 비교적 강한 위력을 지닌 블러디안 댄스를 날렸다.

반월형의 검기는 녀석의 인페르노를 갈라 버리며 마법 지팡이를 부수어 버릴 듯이 날아갔고, 이에 놀란 도리스가 급히 인페르노 마법을 멈추고 옆으로 몸을 피해 검기는 성지의 천장과 부닥쳤다.

쿠구궁!!

굉음과 함께 천장이 무너져 내리며 거대한 돌들이 머리 위로 쏟아지고 있었기에 나는 급히 뒤로 몸을 피했다.

도리스 역시 천장이 무너지자 마법을 더 사용하지 못하고 몸을 피하기에 급급한 것을 볼 수 있었다.

이것이 기회라는 것을 깨달은 난 급히 신상을 향해 몸을 날렸다.

성지의 신상은 과거 이곳에서 숭배받았던 신을 조각한 듯한데 나로서는 이것을 어떻게 해야 하는지 알 수가 없었다.

「뭐 하는 거야? 신상에 마나를 주입하라고!」

그때 킬리스의 목소리가 머리 속으로 울려왔고, 난 급히 손을 들어 신상에 마나를 주입하기 시작했다. 그 순간 붉은 빛이 일렁이며 신상 전체를 휘감더니 잠시 후 석상의 다리 부분에서 작은 문이 열리기 시작했다.

"그렇게 쉽게 얻지는 못할 것이다! 체인 라이트닝!!"

하지만 나의 행위를 보고 있던 도리스는 내가 성지의 물건을 차지할 수 없게 마법을 날렸고, 강한 전격의 힘이 빠른 속도로 밀려왔기에 난 급히 블러드 소드를 땅에 꽂고 그대로 마나를 흘려 넣었다.

쿠구궁!!

전격계의 마법은 몸에 있는 금속을 타깃으로 하여 날리기 때문에 마법사들 거의 대부분은 상대가 전사일 경우 검을 목표로 마법을 시동한다. 그래서 급히 들고 있던 검을 땅에 꽂았던 것이다.

나의 짐작은 틀리지 않았는지 도리스의 전격계 마법은 검의 폼멜에 부닥치고는 그대로 대지로 스며들어 가며 사라졌다.

서서히 열리던 신상 다리 쪽의 문은 이제 반 이상이 열리며 안에 들어 있던 물건을 볼 수 있었는데, 그것은 하나의 작은 유리병이었다.

「저걸 잡아라! 리저렉션 포션이다!」

킬리스는 유리병이 모습을 드러나자 그것이 무엇인지 확인하고는 소리쳤고, 난 급히 열려진 문 안에 있던 포션을 빼 들었다.

리저렉션 포션, 부활의 약이라고 알려져 있는 이것은 죽은 자를 다시 한 번 소생시킬 수 있는 포션이었다.

오성신의 교리는 죽은 자를 살리는 것은 신이 만들어놓은 자연의 섭리에 벗어난다며 그것에 대한 마법이나 연구 자체를 금지하고 있었다.

이런 이유로 부활의 약은 전설 속에서만 존재한다고 알려져 있었는데 나의 눈앞에 그것이 모습을 드러낸 것이다.

하지만 도리스가 쉽게 부활의 약을 손에 넣게 하지 않을 것임을 잘 알고 있었기에 급히 품에 포션을 집어넣은 후 바닥에 꽂았던 검을 잡고 뒤돌아섰는데, 그 순간 뜨거운 화염이 나를 향해 맹렬한 기세로 밀려오기 시작했다.

"차압!"

불길을 막을 수 없다고 판단한 난 몸을 날려 신상 뒤로 피했고, 강렬한 화염은 일대를 휩쓸기 시작했다.

약간만 늦었어도 한 줌 재가 되는 것을 면치 못했을 정도의 엄청난 열기에 온몸에선 식은땀이 흘러내릴 수밖에 없었다.

'어쩔 수 없는가……'

불길은 수그러들 줄 모르고 일대에 넓게 퍼져 있었기에 도저히 빠져나갈 방법이 없다는 것을 깨달은 난 어쩔 수 없이 최후의 방법을 사용할 수밖에 없었다.

내 몸의 생명의 불씨가 빠르게 타 들어가는 한이 있어도 이 포션만큼은 레비나에게 가져다 주고 싶었기 때문이다.

"하압!!"

마나를 최대한으로 끌어올리기 시작한 나의 몸에서는 붉은 기운이 서서히 퍼져 나가기 시작했다.

모든 존재를 파괴할 수 있는 영역, 바로 블러디 에이리어가 형성되기 시작한 것이다.

내가 만든 마나의 공간은 피의 영역이 이루어지기에 나의 살기는 점점 짙어져 가기 시작했고, 떨어지고 있는 힘 역시 다시 원상태로 회복하기 시작했다.

하지만 이 힘은 신체의 붕괴를 점점 가속화시키기에 얼마 남지 않은 생명은 이제 더욱더 줄어들 것이다.

"차압!"

피의 영역으로 밀려나던 마법의 불길은 빠른 속도로 사그라들며 도리스의 모습이 불길 속에서 서서히 드러나기 시작했다.

"블러디 에이리어라… 마지막 수를 선택하셨군, 블러드 스톰!"

마치 조롱하는 것과 같은 그의 말은 나의 살기를 더욱 짙어지게 했다.

블러디 에이리어가 형성된 지금의 난 모든 생명을 파괴시키고 싶은 욕구가 가득했고, 도리스에 대하여 강한 분노가 밀려오기 시작했다.

"끄와아아!!"

강한 분노는 나의 몸을 자극하기 시작했고, 곧 괴성과도 같은 목소리로 그를 향해 달려드는 나를 볼 수 있었다.

"실드!"

나의 몸이 빠른 속도로 쇄도해 들어가자 도리스는 급히 실드를 사용해 공격을 피하려 했지만 지금 나의 마나는 방금 전과는 전혀 달랐다.

분노로 인해 소드 오버러의 힘이 크게 상승되었기에 일검의 위력도 평상시와는 다를 수밖에 없었다.

채쟁!!

날카로운 소리와 함께 일검에 의해 도리스의 실드는 깨어져 버렸고, 그 힘을 이어가며 다시 그의 가슴을 향해 검을 내찌르자 도리스는 크게 놀란 표정을 지으며 급히 마법어를 시동했다.

"하이 그래비티!!"

급히 시동어를 외치자 나의 몸을 강한 압력이 짓누르기 시작했다.

쿵!!

엄청난 무게로 인해 검은 자연히 아래로 향할 수밖에 없었고, 떨어진 검은 바닥의 돌을 부수며 밀려갔다.

바닥의 돌들이 검에 의해 일제히 밀려 나가기 시작하자 순식간에 거대한 산과 같은 돌 더미가 도리스를 향해 솟구쳐 올라갔다. 그는 크게 놀라 급히 플라이 마법을 사용하여 몸을 날렸다.

"파이어 웨이브!!"

몸을 날린 그가 지팡이를 앞으로 내밀어 시동어를 외치자 화염의 파도가 맹렬한 기세로 밀려오기 시작했다.

"하압!"

하지만 내가 마나를 뿜어내자 마치 물이 갈라지는 것같이 나의 앞으로 밀려들어 오던 화염의 파도가 반 갈래로 크게 갈라졌다. 그 기회를 놓치지 않고 난 녀석의 향해 검기를 날렸다.

"블러드 애로우!!"

검에서 방출된 수십 개의 검기는 녀석을 향해 숫구쳐 올라가기 시작했다.

"실드!"

채재재쟁!!

검기가 날아오자 도리스는 다시 실드를 사용하여 공격을 막았으나 그것은 내가 기다리고 있는 순간이었다.

검기를 방출함과 동시에 이미 도리스를 향해 숫구쳐 올라간 그대로 손바닥에서 검을 회전시키며 최후의 일격을 가한 것이다.

"블러드 드릴!!"

검기를 튕겨낼 정도로 강했던 실드는 블러드 드릴에 닿자 푸른 불꽃을 사방에 뿜어내기 시작했고, 잠시 후 날카로운 소리와 함께 실드가 깨지며 검은 그의 복부를 향해 쇄도해 들어갔다.

"큭!"

검이 다가오자 도리스는 급히 마법의 지팡이를 사용하여 나의 공격을 막았지만 내가 가진 검술 중 최고의 관통력을 가지고 있는 블러드 드릴은 그대로 그의 지팡이를 부수며 전진해 나갔다.

그는 급히 시동어를 외치며 몸을 피했다.

"패스!"

그 순간 푸른 빛과 함께 그의 몸은 사라졌으나 이미 마나의 흐름을 예측하고 있던 난 땅에 착지함과 동시에 발을 박차고 오른쪽으로 몸을 날리며 크게 검을 휘둘렀다.

"젠장!"

패스에 의해 이동한 도리스는 검이 머리 쪽으로 날아오자 크게 놀라며 소리쳤는데, 그때 양 옆에서 누군가의 시동어가 터져 나왔다.

"파이어 볼!"

시동어를 외친 인물들은 도리스와 함께 온 마도사들이었다. 그들은 그가 위험하자 마법을 사용하여 나를 공격한 것이다.

"합!!"

이대로 도리스를 공격하게 된다면 그를 쓰러뜨릴 순 있지만 옆에서 날아오는 파이어 볼에 나 역시 큰 부상을 면치 못할 것이라는 걸 잘 알고 있었기에 검을 회수해 뒤로 몸을 날릴 수밖에 없었다.

쿠구궁!!

양 옆에서 날아오던 파이어 볼은 서로 맞부닥치며 큰 소리와 함께 사방에 불꽃의 폭발을 이루어냈고, 일대는 폭발의 여파로 튕겨져 날아간 바닥의 돌로 인해 아수라장으로 변하고 말았다.

"블러드! 여기야!"

그때 나의 귀로 이스트의 목소리가 들려와 고개를 돌려보니 통로 쪽에서 이스트가 나를 부르는 것을 볼 수 있었다.

나로서는 도리스와의 싸움보다 레비나를 위해 리저렉션 포션을 가져가는 것이 더 중요했기에 머리 속을 울리는 강한 살의를 간신히 억누르며 몸을 피했다.

이스트의 뒤에 있던 페드로는 정체를 알 수 없는 유리병을 나의 뒤쪽으로 집어 던졌다.

콰과광!!

페드로가 던진 병은 바닥에 떨어져 깨어지자 큰 폭발음과 함께 또다시 일대에 강한 광풍을 만들어냈다. 도리스와 마법사들은 나의 뒤를 쫓지 못하고 얼굴을 가리며 뒤로 물러설 수밖에 없었다.

"빨리 도망가자!"

이스트의 말에 난 고개를 끄덕이며 처음 우리가 들어왔던 방향을 향해 몸을 날렸는데, 잠시 후 밑으로 내려가는 계단을 보자 침음성을 흘릴 수밖에 없었다.

그 계단은 일정한 순서대로 밟지 않으면 기관 장치가 움직이는 계단이었기 때문이다.

"일단 내려가고 보자고!"

여기서 시간을 끌 수는 없는지라 이스트는 앞뒤 생각할 것 없이 계단을 뛰어 내려가기 시작했고, 나 역시 그의 뒤를 따를 수밖에 없었다.

정해지지 않은 순서대로 내려가자 계단은 잠시 후 암흑의 빛을 뿜어내기 시작하며 사방의 벽이 일제히 우리들을 향해 무너져 내리기 시작했다.

"난리군, 난리야!"

뒤쪽에서부터 떨어져 내리는 돌들을 보면서도 중얼거리는 것을 멈추지 않는 이스트였다.

그의 중얼거림을 들으며 난 뒤를 향해 눈앞까지 밀려오는 돌 무더기를 향해 검기를 날렸다.

"차압!"

쿠구궁!!

강한 검기가 작렬하자 돌덩이가 무너지면서 부서져 사방으로 떨어졌다. 잠시간의 시간을 벌 수 있었지만 이대로 계속됐다가는 큰 부상은 물론이요, 죽음을 면하지 못할 것은 분명했다.

내려가려면 상당한 시간이 필요한 반면 붕괴는 점점 가속화되고 있으니 마음이 급할 수밖에 없었다. 그때 우리들 앞으로 익숙한 사람이 모습을 드러내었다.

"상당히 바쁜가 보군요."

"루드그레인!"

놀랍게도 그는 칠인회의 총회주 루드그레인이었다. 위험에 처한 우리로서는 반가운 사람이 아닐 수 없었다.

"젠장할! 잔말 말고 어떻게 좀 해봐!"

루드그레인은 플라이 마법을 통해 계단을 밟지 않고 있는지라 이스트는 그를 보며 투덜거렸다.

할 수 없다는 표정을 지은 루드그레인은 무너져 내리는 돌 더미를 보며 마법 시동어를 외쳤다.

"토네이도!"

그의 시동어가 터져 나오자 강한 돌풍이 형성되어 떨어져 내리는 돌 더미를 향해 밀려가기 시작했고, 잠시 후 거대한 돌을 마치 어린아이 장난감처럼 들어서는 그대로 솟구쳐 올려 버리기 시작했다.

이스트는 마법의 위력에 탄성을 내지를 수밖에 없었다.

"파티에 마법사가 왜 필요한지 이해가 되는군."

"이곳을 빠져나갑시다."

"그나저나 어떻게 이곳으로 온 거지? 마법사들은 접근하기조차 힘든 곳이라고 했잖아?"

이스트는 어떻게 루드그레인이 이 성지로 들어섰는지가 궁금해 물어보았지만 나와 페드로는 이미 그가 우리의 뒤를 따라오고 있음을 알고 있었다.

어둠의 사막을 지나며 가끔씩 뒤쪽에서 익숙한 마나의 흐름이 느껴져 왔기 때문이다.

어둠의 기운으로 인해 마법을 사용하기 힘들다고는 하지만 루드그레인은 칠인회 총회주의 직위를 맡을 만큼 상당한 수준의 마도사였기에 인비지빌리티를 유지하며 몰래 우리의 뒤를 따르는 것은 그리 어려운 일이 아니었다.

또한 곳곳에 있는 마물들은 우리들이 하나둘씩 처리하며 움직이고 있었기에 지금까지 큰 마나의 손실 없이 성지까지 무사하게 올 수 있었다.

"계단 아래쪽에 마법진을 그려놨으니 그곳으로 탈출하도록 하지요."

"마법진? 이곳에서 마법진으로 빠져나갈 수 있어?"

"사막에 있는 수많은 마물들 때문에 어둠의 기운이 가득한 이곳을 텔레포트 마법진으로 빠져나갈 마나가 남지 않았었는데, 다행히 블로드님 덕분에 쉽게 들어왔기 때문에 마나는 충분합니다."

"다행이군."

어떻게 생각하면 얄미운 일이었다. 그는 우리들의 뒤에 숨어서 좇아오며 안전하게 어둠의 사막을 통과했던 것이다. 하지만 다시 한 번 마물들을 헤치며 사막을 넘지 않아도 된다는 생각에 우리들은 안도의 한숨을 내쉴 수 있었다.

루드그레인의 마법에 의해 무사히 계단 아래로 내려오자 푸른 빛을 뿜고 있는 마법진이 눈에 들어왔고, 우리들은 마법진 안쪽으로 걸음을 옮겼다.

머리 위쪽으로 느껴지는 강한 기운. 고개를 들어 보자 무너진 계단 한쪽에서 도리스가 미소 지으며 앉아 있었다.

'설마……'

그의 얼굴엔 방금 전 싸움에서 낭패를 본 흔적은 전혀 보이지 않고 오히려 즐거웠다는 표정이 가득했다. 그 모습에 그가 우리를 일부러 놔준 것은 아닐까 하는 생각이 들었다.

"도리스란 자로군요."

루드그레인 역시 그를 발견했는지 심각한 표정으로 말하고는 다시 고개를 돌려 우리들에게 말했다.

"자, 이제 이만 빠져나가도록 하지요."

힘들었다는 표정을 지으며 중얼거리던 그는 잠시 후 마법 주문을 외우기 시작했다. 바닥에 그려진 마법진은 더욱더 강한 빛을 뿜으며 우리들의 몸을 감싸기 시작했다.

그때 나의 귀로 누군가의 목소리가 들려왔다.

「블러드 스톰님, 이번에는 정말 즐거웠습니다. 당신에게 아무런 미련이 남아 있지 않은 때 진정한 대결을 해보고 싶군요.」

'도리스?'

나의 머리 속으로 직접 전달된 목소리의 주인은 도리스였다. 나의 생각대로 그는 이번 싸움에서 최선을 다하지 않았던 것이다.

분명 그의 몸에서 느껴지는 마나의 기운이 나를 상회하는 힘이었던 것에 비해 모든 힘을 다 하지 않은 블러디 에이리어에 계속 밀렸다는 것은 있을 수 없는 일이었기 때문이다.

그 싸움에서 생명을 걸 수 없는 만큼 완전한 힘을 사용하지 않은 것을 그는 너무나 잘 알고 있었던 것이다.

그로써 그가 나에게 리저렉션 포션을 일부러 내준 것이란 걸 알 수 있었다.

그가 마음만 먹었다면 충분히 포션을 차지하려는 나를 막을 수 있었을 것이기 때문이다.

'왜 도리스가…….'

그가 왜 나에게 자신이 노리던 것을 쉽게 내어주었는지 알 수 없었지만, 후에 있을 그와의 일전은 결코 둘 중 한 사람이 죽지 않으면 끝나지 않을 것임을 예감할 수 있었다.

제29장 과거에 대한 회고

과거에 대한 회고

"도리스님, 어찌하여 저들을 돌려보내는 것입니까? 리저렉션 포션만 있으면 그분을 되살리는 것도 어렵지 않을 텐데 말입니다."

무너진 성지의 한편에서 사라진 블러드 스톰 일행들을 보며 도리스의 옆에 있던 마법사는 이들에게 아무런 제지도 하지 않고 돌려보내는 그에게 영문을 알 수 없다는 듯 물었다.

"블러드 스톰… 저자와 아무 미련 없이 만나고 싶었기 때문이네."

"아무 미련 없이 만나다니요?"

도리스의 말에 마법사는 도저히 이해를 하지 못하고 되물어볼 수밖에 없었다.

"블러드 스톰이란 자는 적이 아니라 오래된 친구와 같다는 생각이 들어서 말이야. 언젠가 그와 목숨을 건 승부를 해야 될 것 같지만 지금은 아니다. 이제 그의 생명의 불은 꺼져 가고 있다. 마지막 일전을 위해 녀석이 세상에 남기고 있는 미련을 모두 떨쳐 버릴 수 있는 기회를 주고 싶었을 뿐이다."

"음······.'

블러드 스톰은 불사의 염원에서도 상당히 주시하고 있던 인물인지라 그의 딸이 불치병에 걸려 칠인회에 있다는 것을 알고 있던 마법사는 침음성을 흘렸다.

자신의 앞에 있는 도리스가 불사의 염원이 추구하는 그분의 부활보다 자신의 승부에 더 관심이 있는 자로 보였기 때문이다.

*　　　*　　　*

죽음의 사막을 루드그레인의 도움으로 간신히 벗어난 우리는 이틀 후 안전하게 칠인회의 본부로 돌아갈 수 있었다.

성지에서 얻은 리저렉션 포션이 레비나를 살리는 중요한 포션인 것만은 사실이었지만 루드그레인의 말을 들은 나로선 결정을 내릴 수가 없었다.

"무슨 소리야? 레비나를 죽여야 하다니?"

이스트 역시 도무지 이해 못하겠다는 표정을 하며 묻자 루드그레인은 한숨을 내쉬며 우리에게 설명을 계속했다.

"리저렉션 포션은 말 그대로 죽은 자를 부활시키는 효력을 지니고 있는 포션이니만큼 그 효능이 발휘되기 위해선 죽은 자에게 사용할 수밖에 없습니다. 레비나의 몸은 불치병에 걸려 가사 상태만을 유지시키고 있는데, 몸에 있는 사악한 기운을 완전히 몰아내기 위해선 죽은 자의 몸이 되어 그 기운을 완전히 몰아내는 것이 중요합니다."

"젠장할! 그건 대충 넘기고, 만약 우리가 구한 리저렉션 포션이 오랜 시간 방치되어 있어서 효능이 떨어지거나, 아니면 가짜라던가 하면 어떻게 되는 거야?"

"그렇다면… 레비나를 되살릴 수 없겠지요."

이스트의 말에 루드그레인이 고개를 저으며 말하니 나로서는 쉽게 결정을 내릴 수가 없었다. 우리가 가져온 리저렉션 포션은 한 사람밖에 살릴 수 없는 적은 분량이기 때문에 다른 자를 상대로 실험도 할 수 없는 입장이었다.

이런 상황에서 아직 효능이 입증되지 않은 포션을 믿고 레비나를 죽인다는 것은 어떠한 부모라도 쉽게 승낙하지 못할 게 당연한 일이었다.

더구나 도리스가 우리를 쉽게 보내준 것도 걸리는 일이었다. 만약 이 포션이 가짜라고 한다면 그의 암계에 걸려들어 큰 실수를 한 꼴이 되기 때문이다.

루드그레인 역시 이러한 나의 마음을 아는지 난처한 모습을 하고 있었다.

난 그런 그를 보며 말했다.

"아무래도 쉽게 정하지 못할 것 같군요. 잠시 시간을 주시겠습니까?"

"예, 그렇게 하십시오."

루드그레인과 헤어져 방으로 돌아온 난 이 일에 대해서 생각해 보았다. 이제 내 생명이 남아 있는 시간은 이십 일 정도, 리저렉션 포션을 포기한다면 레비나를 살릴 수 있는 시간은 전무하다고 할 수 있었다.

'어떻게 해야 하지……'

리저렉션 포션을 사용하지 않으면 레비나를 살릴 수 없다. 물론 남아 있는 이스트와 페드로가 칠인회의 도움을 받아 내가 죽은 후에도 레비나를 살리기 위해 움직일 순 있지만 나로서는 칠인회를 그렇게 쉽게 믿지 못한다.

오랜 용병 생활을 해온 나의 경험으로 본다면, 현재의 내가 그들에게 도움을 주기 때문에 어느 정도 레비나에게 신경을 쓰는 것이지 내가 죽으면 미련없이 아이를 버릴 수도 있는 일이었다.

이스트와 페드로의 힘으로는 불사의 염원이란 조직에서 레비나를 구할 수 있는 방법을 찾아낸다는 것은 힘든 일, 아니, 불가능한 일이었다.

그러나 포션을 사용하는 것은 어려웠다. 아니, 내 눈앞에서 레비나의 죽음을 본다는 것이 두려웠다.

레아에게 약속을 했건만 아직 세상의 빛도 제대로 받아보지 못한 아이를 이대로 보낼 수는 없었다. 어떻게든 살려 세상을 알게 하고 싶었다.

이런저런 생각으로 고심하고 있을 때 문이 열리면서 페드로가 안으로 들어오는 것을 볼 수 있었다.

"페드로……."

"블러드님… 어떻게 하시겠습니까?"

"…나로서는 쉽게 어느 하나를 선택할 수가 없네……."

나의 말에 페드로. 역시 이해할 수 있는지 고개를 끄덕였다. 내가 레비나를 생각하는 마음을 잘 알고 있는 사람 중 하나였기 때문이다.

"하지만 선택하셔야 합니다."

"알고 있네."

둘 중 어느 하나도 선택하지 못한다는 것은 절대로 해서는 안 되는 일 중 하나였다. 오랜 용병 생활 속에서 두 가지 선택의 시간을 가져야 했을 때, 어느 하나를 선택하지 못하고 망설이다가 둘 다 이루지 못한 채 실패하는 경우가 많았기 때문이다.

한참을 그렇게 또다시 생각에 잠겼던 난 드디어 결정을 내렸다.

"포션을 사용하도록 하세."

"블러드님."

"이대로 시간을 끈다고 레비나가 되살아난다는 보장이 없다면 이번에 얻은 포션으로 모험을 하는 게 나을 것 같네."

"…알겠습니다. 루드그레인에게는 그렇게 전하도록 하겠습니다."

내 말에 고개를 끄덕인 페드로는 루드그레인에게 말을 전하기 위해 방을 나갔고, 난 자리에 앉아 자신의 선택에 대해서 생각해 보았다.

하지만 이내 고개를 젓고 말았다. 지금 그것에 대해 생각하며 후회하고 싶지는 않았다. 지금 이 순간 내가 할 수 있는 것은 포션의 힘으로 레비나가 완쾌되기만을 신께 기원하는 일뿐이었다.

시간은 점점 흐르고 루드그레인은 마법사들과 함께 냉동 가사 상태에 있던 레비나를 깨우기 시작했다.

리저렉션 포션을 먹기 전 아이와 나의 마지막 대화를 위해서였다.

유리 관 속에 얼려 있던 아이는 마법사들의 마법에 의해 점차 몸이 녹아가기 시작했고, 아이의 몸이 모두 녹자 마법사들은 여러 가지 시술을 통해서 아이의 의식을 깨우기 시작했다.

난 그들 곁에서 아이가 깨어나기만을 기다리고 있었는데, 얼마의 시간이 지났을까? 아이의 숨소리가 들려왔고, 잠시 후 서서히 눈이 떠지기 시작했다.

"레비나……."

"…아저씨……."

아직 몸에 힘이 들어가지 않는 듯 나를 부르는 레비나의 숨소리와 목소리는 미약하기 그지없었다.

작고 여린 아이의 몸은 움직이고 싶지만 그럴 힘이 들어가지 못하는지 떨리고만 있었기에 난 아이에게 다가가 손을 잡아주었다.

내가 손을 잡자 그제야 안심이 됐는지 불안해하던 아이의 표정은 조금씩 평온해지기 시작했다.

"이제는 아이의 몸을 따뜻하게 해주는 것이 중요합니다. 다음번 시술은 삼 일 후에 시행할까 합니다."

"알겠소."

다음번 시술, 그것이 무엇인지 알고 있었기에 아이가 깨어났음에도 마음이 편하지는 않았다.

며칠의 시간이 지났을까? 깨어난 레비나는 방으로 옮겨졌고, 어느 정도 힘을 찾았지만 루코시스 병이 나은 것은 아니었기에 혈색은 창백하기 그지없었다.

"아저씨… 추워요."

푸르스름한 입술을 떨며 말하는 아이의 손에 마나를 불어넣어 몸을 따뜻하게 해주었지만, 아이의 몸이 허해진 탓에 쉽게 추위가 사라지지 않았던 것이다.

네다섯 시간 동안 계속 마나를 불어넣어 주어서야 간신히 잠이 든 레비나의 모습에 안도의 한숨을 쉬며 자리에서 일어서려는데, 그 순간 가슴에서 참을 수 없는 통증이 느껴졌다.

"큭……."

목구멍에서 넘어오는 뜨거운 느낌은 잠시 후 기침과 함께 피를 토해 내게 만들었다.

'젠장……'

다리의 힘이 빠지며 자리에 주저앉아 버린 나로선 도저히 몸을 움직이지 못할 정도였기에 당황할 수밖에 없었다.

레비나가 깨어나기라도 한다면 크게 걱정할 것이 분명한 일이었기 때문이다. 하지만 아이가 깨어나기 전에 문이 열렸다.

"블러드님!"

방으로 들어온 사람은 페드로였다.

그는 내가 자리에 쓰러져 있는 것을 보며 크게 놀란 표정으로 달려 왔고, 몸을 일으켜서는 근처에 있던 의자에 앉혔다.

"블러드님, 괜찮으십니까?"

"괜찮네……"

페드로의 말에 고개를 끄덕이며 괜찮다는 말을 하긴 했지만 몸의 상태는 그리 좋지 않았다. 이제 생의 시간이 얼마 남지 않은 상태에서 발작은 점점 가속화되어 가고 있었다.

한 번 발작할 때마다 느껴지는 통증은 나로서도 쉽게 감당할 수 없을 정도였기에 한숨만이 나왔다. 이렇게 아무 힘도 쓸 수 없을 정도의 상태가 계속 이어진다면 나로서는 이제 아무것도 할 수 없는 몸이 될 수밖에 없기 때문이다.

'이대로 쓰러질 순 없다… 적어도 마지막으로… 레비나가 아무런 고민 없이 살 수 있는 시간이라도 만들어주고 싶다……'

아버지로서 마지막으로 아이에게 해줄 수 있는 모든 것을 해주고 싶었다. 그것이 내가 현재까지 살아남은 이유이기 때문이다.

가슴에서 느껴지는 통증을 이겨내며 난 흔들리는 무릎을 잡고 자리에서 몸을 일으켰다.

"블러드님……."

나의 모습에 페드로의 표정은 안타까움으로 가득했다.

무엇 때문에 나를 그렇게 보는가… 아직 난 죽을 시간이 아닌데 말이다.

그의 눈이 내가 아닌 다른 것을 보았으면 하는 생각이 들었지만 그 시선이 싫은 것은 아니었다. 사람을 사랑할 수 없는 나와 달리 타인을 사랑함에 나오는 눈빛을 가진 시선이기 때문이다.

통증을 억누르고 자리에서 일어나자 어느 정도 움직일 수 있었기에 페드로를 보며 말했다.

"아이는 잠들었으니 이제 방으로 돌아가도록 하지."

나의 말에 페드로는 비장한 표정을 짓더니 떨리는 목소리로 말했다.

"블러드님… 리저렉션 포션을… 리저렉션 포션을 사용하십시오."

"그것은 이미 사용하기로 결정한 일이 아닌가?"

"아니… 레비나가 아니라 블러드님이 사용하시기를 바라는 것입니다."

페드로의 말에 잠시 말문이 막힐 수밖에 없었다.

"무슨 소린가……?"

"솔직히 저로서는 레비나보다 블러드님이 더 중요할 수밖에 없습니다. 이제 한 달도 남지 않았습니다. 레비나는 블러드님이 살아만 계신다면 어떻게든 병을 고칠 수 있지 않습니까?"

"안 들은 것으로 하겠네."

"블러드님!"

나의 말에 페드로는 답답하다는 표정으로 소리쳤지만 그것만은 절대 들어줄 수 없는 말이었다.

내 생애, 난 죽음의 시간을 얼마나 기다렸던가? 수많은 시간 동안 죽음을 위해 살아왔던 나에게 삶을 유지하라 하는 페드로의 말은 지금까지의 내 삶을 부정하라는 말과 같았다.

나를 바라보며 포기하는 기색을 보이지 않는 페드로, 그때 문이 열리며 또 한 친구 모습이 보였다.

이스트, 그 역시 비장한 표정을 짓고 있는 것으로 보아 우리가 나눈 대화를 들었다는 걸 알 수 있었다.

"블러드, 나 역시 페드로와 같은 생각이다. 리저렉션 포션을 사용해라."

"……"

그의 말에 난 고개를 저을 뿐이었다.

"나가주게……."

"블러드……."

"제발 나가달란 말이네!"

노기 어린 나의 목소리를 들은 두 사람은 할 수 없다는 표정으로 방문을 나섰고, 난 한숨을 쉴 수밖에 없었다.

왜 나를 이렇게 괴롭히는 것일까?

하지만 난 그들을 미워할 수 없었다. 친구로서 그들이 하는 말은 어찌 보면 당연했다.

현실적으로 나에게 레비나는 수양딸일 뿐 그 이상도 그 이하도 아니었고, 이스트와 페드로가 보이는 우정은 나를 중심으로 이루어져 있기 때문이었다.

하지만 나에게 레비나는 단순히 수양딸의 의미가 아니었다. 죽어간 나의 딸의 환생이요, 죽음을 향해 살아가던, 그리고 살아가고 있는 나의 유일한 빛이었기 때문이다.

나의 목숨과 딸아이의 목숨 중 하나를 선택하라면 레비나의 목숨을 선택함이 당연했지만 친구들은 나의 이런 마음을 알지 못한다.

아니, 알았어도 그것을 이해해 주지 못하는 것이리라.

다음날 난 레비나와 함께 근처에 있는 산으로 산책을 나갔다. 아직 거동이 불편한 아이였는지라 칠인회에서 만들어준 작은 의자같이 만든 수레에 태워 나갔는데, 아이는 바깥바람을 맡자 상당히 좋아하는 표정을 짓고 있었다.

"아저씨, 저거 잡아주세요."

한참 산책을 즐기던 중 아이는 꽃 사이를 이리저리 날아다니던 나비를 보며 말했고, 난 가볍게 마나를 사용해 그것을 잡아 아이에게 가져다 주었다. 레비나는 나비를 받고 한참을 망설이다 다시 하늘로 날려주었다.

"왜 다시 날려주었지?"

그것을 보며 이상하게 생각한 내가 묻자 레비나는 한숨을 쉬며 말했다.

"꽃 사이를 날아다닐 때는 예뻤는데 손에 잡힌 나비는 이상하게 예쁘지 않았어요. 왜 그렇지요?"

"글쎄… 아마 나비는 자유롭게 날아다닐 때 더욱 아름답게 보이는 것이 아닐까?"

"음……."

나의 말에 레비나는 생각에 잠기는 듯했다. 나로서는 아직 어린아이가 이런 생각을 한다는 것이 놀라울 수밖에 없었다.

4살 정도 되는 해에 어미인 레아를 잃고 우리들과 함께 대륙을 여행했던 레비나는 그 나이 또래의 다른 아이들에 비해 상당히 성숙한 편에 속했다.

아직 아이와 같은 천진함이 대부분이긴 하지만, 간혹 가다 나와 다른 일행들에게 말하는 것에 우리조차 미처 생각지 못했던 생각이 많이 포함되어 있었다.

'자유로운 나비와 억압된 나비라…….'

그 실체는 똑같을지 모르지만 의미에선 전혀 다를 수밖에 없는 것이기에 아이가 대견하게 느껴졌다.

이 간단한 이치를 알지 못해 얼마나 많은 이들이 죽어야 했던 것일까?

지금도 수많은 왕국에선 독재와 억압이 이루어지지만 그들은 사소한 이치를 알지 못하고 수많은 내전과 반란 속에 살아가야 한다.

천천히 아이의 볼을 쓰다듬어 준 난 다시 걸음을 옮겼는데, 그때 멀리서 한 여자가 환한 미소를 지으며 다가오는 것을 볼 수 있었다.

"헤레나 아줌마!"

놀랍게도 그녀는 헤레나였다. 그녀가 이곳에 나타날 줄은 몰랐기에 크게 놀랄 수밖에 없었는데, 아이는 그녀를 보자 크게 기뻐하는 표정을 지으며 달려갔다.

헤레나는 가까이 다가와 레비나를 안고는 볼에 키스해 주며 말했다.

"오랜만이네, 레비나."

그녀가 이곳을 어떻게 알고 왔는진 알 수 없었지만 레비나에게는 마지막 만남일 수도 있는지라 다행이란 생각이 들었다.

"자, 레비나에게 선물을 가져왔단다."

"와!"

그녀가 레비나에게 건네준 것은 은으로 도금이 되어 있는 작은 머리 장식이었는데 그것을 받아 든 아이는 상당히 기뻐하며 좋아했다.

아직 일어난 지 얼마 되지 않은 시간인지라 부석부석한 레비나의 머리를 헤레나는 미소 지으며 천천히 정돈해 주고 은빛 머리 장식을 해 주었다. 머리 쪽을 살짝 올려다보는 레비나의 얼굴에 미소가 번졌다.

"헤레나, 어떻게 된 일이지?"

"칠인회의 마법사에게서 연락을 받았어요. 페드로가 부탁을 했다고 하더군요. 레비나에게 제가 필요할 거라고요."

"그렇군."

나로서는 페드로의 마음 씀씀이에 고맙다는 생각이 들었다. 역시 남자들의 품에 있는 것보다 여자와 같이 있는 것이 레비나에게는 더욱 좋을 수밖에 없기 때문이다.

하지만 나를 보는 헤레나의 표정이 그리 밝지만은 않았다. 그 모습에 단순히 레비나를 위해 찾아온 것만이 아님을 알았다.

하지만 아이의 앞에서 그런 이야기를 할 순 없는지라 헤레나는 다시 미소 지으며 레비나와 이야기를 나누었다.

난 두 사람의 모습을 보며 천천히 근처에 있는 나무 둥치로 가 앉아 명상에 잠겼다.

가슴에서 느껴지는 통증은 점점 심해져 일어서 있는 것조차 힘이 들었다.

이미 체력은 약간을 걸어도 상당히 피로함을 느낄 정도로 약해져 있었다.

'시간이… 시간이 얼마 남지 않았군…….'

하지만 레비나의 병이 낫는 것만은 지켜보고 싶었고, 전사로서 나에게 마지막 기회를 준 도리스란 자와 대결해 보고 싶은 마음도 있었다.

'나라는 존재와 싸우고 싶었던 것일까?'

리저렉션 포션을 나에게 넘겨주었던 그의 진의가 궁금하기도 했다.

얼마 남지 않은 생명의 시간, 전사로서의 삶을 시작하게 된 동기가 된 친구 생각이 났다. 이스트들과는 달리 그는 평범했던 나에게 아무런 거리낌 없이 다가왔고, 나의 고통을 함께 나누었다.

그 역시 비슷한 고통을 겪어야 했던 사람이었다.

영주의 폭정으로 아내와 아이가 불모로 잡힌 채 전쟁에 나가야 했고, 모든 싸움이 끝나 돌아갔을 때 가족들이 감옥에서 굶어 죽은 것을 알게 된 친구다.

그와 처음 만나게 된 것은 죽음과 가장 근접한 곳을 찾기 위해 걸음을 옮겼던 용병 길드에서였다.

사냥꾼 출신의 나는 용병이란 존재에 대해 알고 있는 것이 거의 전무했기 때문에 망설이고 있을 때 그가 나의 곁으로 다가왔다.

"어이, 글자를 쓸 줄은 아는 건가?"

"아, 예."

용병 길드에서 나누어 준 용병 신청서를 보며 망설이는 나에게 다가온 얼굴에 긴 흉터를 지니고 있는 그는 한눈에 보아도 성격 급한 용병임을 확연히 드러내고 있었는데, 그런 사람이 나에게 다가오자 크게 당황될 수밖에 없었다.

딸이 죽고 영주에게서 도망쳐 온 나에게는 모든 이들이 두려움의 대상이었다.

이때의 난 죽음을 찾아 움직이고 있었지만 죽음에 대한 두려움도 같이 가지고 있는 보통의 사람이었기 때문이다.

자살조차 할 수 없을 만큼 연약한 마음의 소유자인 나, 그것이 부끄러울 수밖에 없었다.

"그걸 쓰면 내일이라도 전쟁터에 나가야 된다는 것은 알고 있는 건가? 용기없으면 그만두라고. 용병은 아무나 하는 게 아니니까."

그의 말에 발끈할 수밖에 없었던 난 그대로 펜을 들어 내 이름을 길드 신청서에 써서는 접수원에게 건네주었고, 잠시 후 모든 접수가 완료되며 오급의 용병패를 받을 수 있었다.

"미친 짓이야, 미친 짓. 쯧쯧⋯⋯."

나의 행동에 혀를 차며 안타까워하는 모습을 보이는 그에게 화가 났지만 그는 그런 나의 생각을 아는지 모르는지 어깨를 잡으며 말했다.

"접수비도 조금 남은 것 같으니까 술이나 사라고, 술."

"아니⋯ 왜⋯⋯."

"거참! 이렇게 만난 것도 인연이 아닌가!"

갑자기 나를 끌고 가는 그의 행동에 당황스러운 데다 그의 완력을 거부할 수 없어 우린 근처에 있는 주점으로 갔다.

남아 있는 돈이 얼마 되지 않았던 나로선 술 한 잔의 값도 버거울 수밖에 없었으나 한두 잔씩 계속 마시다 보니 어느 순간 그런 감각도 무뎌지게 되었다.

나를 주점으로 데리고 간 이의 이름은 저스틴. 그때는 그와 내가 잊을 수 없는 친구가 되리라곤 생각지도 못했다.

"난 저스틴이라 하네. 자네 이름은 뭔가?"

몇 병의 싸구려 위스키를 나눈 후에야 미소를 지으며 나에게 자신의 이름을 말한 그는 나의 이름을 물었다.

"노먼… 노먼 아디스라 하오."

술을 마신 후여서 정신이 혼미해져 있는 상태라 그의 말에 힘없이 대답했다.

그와 난 여러 가지 이야기를 나누었고, 난 그런 이야기를 나누다 눈물을 흘릴 수밖에 없었다.

지금 내가 이런 곳에서 술을 마시고 있는 것조차 딸아이에게 너무나 미안했기 때문이었다.

"휴… 자네도 편한 삶을 살기는 어려울 것 같군."

저스틴은 눈물을 흘리며 괴로워하는 나를 보곤 고개를 내저으며 중얼거렸다. 하지만 난 그 당시 그가 나의 이런 고통을 알기나 할까 하는 생각이 들었다.

그때의 나에겐 왜 수많은 사람들 중 나에게만 이런 고통이 있는 것일까 하며 신에 대한 부정이 가득했기 때문이다.

서러운 눈물을 흘리며 괴로워하는 나를 저스틴은 마치 친한 친구와 같이 대해주었다.

그리고 난 그가 마음속에 감추어둔 이야기를 들을 수 있었다.

나와 같이 사랑하는 사람을 잃고 혼자서 살아갈 수밖에 없는 운명이 된 이야기를 말이다.

여러 이야기를 나눈 다음날 정신을 차려보니 난 어딘지 알 수 없는 침대 위에 있었고, 나의 옆에서 코를 골며 잠자고 있는 저스틴의 모습을 볼 수 있었다.

주점에서 취해 쓰러진 나를 여관까지 데리고 온 것이다.

내가 자리에서 일어나 침대가 들썩이자 저스틴은 잠에서 깨어 반쯤 감긴 눈을 들어 나를 보며 말했다.

"벌써 일어났나? 어제 용병패를 받았으니 당장이라도 일을 하고 싶은 것을 알겠네만 지금 같은 시기에 제대로 된 일이라고는 전장으로 나서는 일밖에 없으니 좀 참으라고."

"…전장으로 가겠소."

"지금 그 몸으로 갔다가는 제대로 싸워보기도 전에 죽을걸?"

"용병이 된 것도 죽기 위해서였으니 상관없소이다."

나의 말에 저스틴은 크게 한숨을 내쉬더니 어깨를 두드리며 말했다.

"어제 자네의 이야기를 들어 그 심정 모르는 바는 아니네만, 그렇게 가치없는 죽음은 자네의 딸도 원하지 않을 것이네."

"당신이 뭘 안다고 함부로 지껄이는 거지!"

그의 말에 나는 화가 났다. 타인에게서 비참하게 죽은 딸에 대한 이야기가 나오는 것을 참을 수가 없었기 때문이다.

"거참, 꽉 막힌 녀석이로군… 하지만 말이야!"

그는 나의 말에 머리를 긁적이며 중얼거리다가 갑자기 멱살을 잡아 얼굴을 가까이 끌어서는 협박하듯이 말했다.

"나 역시 네 녀석같이 꽉 막힌 녀석에게 쓸데없는 참견 같은 건 하기 싫지만, 그것보다 더 싫은 것은 자신의 더러운 운명에 맞서지도 못하고 스스로 무너지는 녀석을 보는 거라고. 알겠나?"

"큭……."

나로서는 그의 말에 소리라도 지르고 싶었지만 지금의 나에게 그보다 나은 점이 무엇이 있겠는가? 그에게 어떠한 소리조차 할 수 없는 나였기에 입을 열 수가 없었다.

"따라와라!"

저스틴은 나의 멱살을 잡아 밖으로 나갔고, 난 완력에 의해 그에게 끌려갔다.

그와 도착한 곳은 용병 길드에서 운영하고 있는 검술관이었는데 일반 용병들을 위해 개방된 곳이었다.

많은 용병들이 이곳에서 기본 검술을 익히고 있었는데, 그가 나를 이곳에 끌고 온 이유를 알 수 없었다.

"왜 나를 이곳으로……."

"전장에 나가려면 그래도 기본 검술 정도는 알고 있어야 하지 않겠는가?"

"그런……."

"잘 들어. 전장에 나가게 되면 옆 사람의 실수로 인해 수많은 사람이 죽을 수 있다. 네 녀석 목숨 하나야 문제될 건 없지만, 너로 인해서 다른 사람들이 죽는 꼴은 절대 두고 볼 수가 없다고."

"…알겠소."

저스틴의 말이 틀린 것은 아닌지라 나로선 고개를 끄덕일 수밖에 없었다. 나 역시 다른 사람에게 피해를 주면서까지 죽음을 원한 것은 아니었기 때문이다.

용병 길드에서 운영하고 있는 검술관에는 몇 개의 장애물과 함께 연습용 검 수십 자루가 진열되어 있을 뿐 아무것도 없었다.

하지만 상당히 많은 수의 오급용병들이 이곳을 찾고 있었다.

길드에서 이삼급 정도의 용병으로 하여금 이들을 가르치게 하고 있어 돈을 벌기 위해 용병이 된 사람들은 이곳에서 한두 달 정도 수련을 마친 후 전장에 나가는 것이 보통이었다.

나같이 죽고 싶어 전장으로 향하는 이가 아니라면 말이다.

사방에서 기합 소리를 지르며 연습용 검을 휘두르는 오급용병들의 모습이 보였는데, 아직 약관의 나이를 넘기지 못한 사람부터 환갑에 가까운 나이로 보이는 노인까지 다양했다.

"나이가 몇 살이지?"

"33살이오."

"조금 늦은 편이기는 하지만 아주 몸이 굳을 나이는 아닌 것 같군. 직업은?"

"…사냥꾼이었소."

계속 나에게 질문을 던지는 그가 귀찮았지만, 이곳까지 따라온 이상 거부할 수 없는 노릇이기에 미간을 찌푸리면서도 꼬박꼬박 대답해 줄 수밖에 없었다.

사냥꾼이었다는 말에 고개를 끄덕인 그는 장애물이 있는 코스로 나를 끌고 가서는 말했다.

"이 코스를 한번 돌아보겠는가?"

"음… 알겠소."

귀찮았지만 거부하지 못한 난 고개를 끄덕이고 검술관 외곽에 만들어진 코스를 향해 뛰었다.

검술관의 코스는 허리 정도의 장애물에서부터 바퀴처럼 생겨 쇠사슬이 걸린 장애물, 밑으로 기어가는 장매물 등 여러 가지가 있었지만 수풀이 우거진 산에서 활로 짐승을 잡던 나에게 이러한 것은 그리 어려운 것이 아니었다.

하지만 보는 것과는 달리 상당한 체력을 요하는지라 한 바퀴 돌아왔을 때는 가쁜 숨이 목구멍까지 올라오고 있었다.

"헉… 헉……."

"장애물을 통과하는 것은 별문제없는데, 아무래도 체력이 그리 좋지 못한 것 같군. 좋아, 이제부터 새벽에 일어나서 한 시간씩 뜀박질을 하도록 하게."

"……."

대답하고 싶지 않았다. 도대체 이자가 왜 나에게 이렇게 간섭하는지 이해할 수 없었다. 내가 알고 있는 용병이란 존재는 산적들보다 못한 자들이었기 때문이다.

하지만 그는 나에게 무엇을 얻으려는 것도, 뺏으려는 것도 아니었다. 마음만 먹었다면 지금 난 알몸으로 거리에 쫓겨나고도 남았기 때문이다.

그때의 난 저스틴이란 자가 나의 모든 것을 방해하는 존재로밖에 생각되지 않았다. 어떻게든 그의 손에서 벗어나고 싶었기에 그가 하라고 하는 것은 이를 악물며 해냈고, 그렇게 삼 개월 정도가 지났을 때 난 용병 길드에서 전혀 기대하지 않은 것을 받게 되었다.

"이것은……."

"축하하네. 자네는 오늘부터 사급용병이야."

"하지만……."

저스틴이 나에게 내민 것은 황동으로 만들어진 용병패, 바로 사급임을 나타내는 표식이었다. 이 용병패는 어느 정도 실적을 이루어야 받을 수 있다고 알고 있었기에 나로서는 승급했다는 것이 도저히 믿어지지 않았다.

그런 나를 보고 있던 그가 미소를 지으며 말했다.

"난 용병 길드에서 지정한 검술관의 교관이라고. 교관은 수련 기간 동안 뛰어난 발전을 보여준 오급용병에게 한 등급 승급시켜 줄 수 있는 자격이 있지. 어떤가, 3개월 동안의 고생에 보람을 느끼겠지?"

"……."

뭐라고 할 말이 없었다. 분명 3개월의 시간은 나에게 지겹고 고통스러운 순간이었는데 그것의 보답으로 전혀 예상하지 못한 것이 이루어졌기 때문이다.

"이제 자네라면 전장에 나가도 그리 쉽게 죽진 않을 걸세. 뭐, 오래 살고 싶지 않은 것은 알지만 그래도 용병이 됐으면 적어도 일급 수준까지는 노려봐야 남자지."

"……."

마치 자신의 일인 양 기뻐해 주는 저스틴의 모습에 나는 마음 한구석에서 고마움을 느꼈다.

죽기 위해 찾아온 이곳에서 딸의 죽음 이후 처음으로 나를 위해주는 사람을 만날 수 있었다는 것에 나의 인생이 그렇게 비참하지만은 않다는 생각이 들었다.

사급용병의 자격을 획득한 난 일주일 후 전장으로 향하게 되었다.

내가 가게 된 곳은 이웃 국가인 레딘 왕국이었다.

레딘 왕국은 미디아 왕국과 전쟁을 벌이고 있었는데, 두 국가 사이에 흐르고 있는 강의 남쪽 평야 소유권 문제로 다투고 있었던 것이다.

레딘 왕국은 이번 싸움에서 총력을 기울일 모양으로 많은 수의 용병을 끌어들였다. 거의 만 명이 넘는 용병들이 모여들었지만 그들의 대부분은 돈을 벌기 위해 갓 들어온 오급용병이었다.

제대로 된 훈련도 하지 못한 이들의 손에는 나무꾼들이나 쓰는 손도끼에서부터 직접 나무를 잘라 아녀자들이 쓰는 식칼을 고정시킨 엉성한 창까지 가지각색이었다.

병기라고 부를 수 있는 것을 지닌 자는 눈에 띄지 않을 정도로 소수였지만 그나마 제대로 검을 가지고 있는 자도 손질을 하지 않아 녹이 슬거나 부러져 있는 것이었다.

고용했다고는 하지만 무기를 보급해 줄 생각은 전혀 안 하는 레딘 왕국이기에 이런 무기라도 들고 있는 것이 살아남는 것에는 도움이 될 일이었다.

개중에는 나무 막대를 들고 나타난 이들도 없지 않았다.

이런 자들의 대부분은 처음 일전에서 반 이상 죽어 나갈 것이 분명했으니 어차피 이들이 죽게 되면 돈을 지급하지 않아도 되는 왕국으로선 이들의 희생으로 적게나마 적군의 숫자를 줄인 후 본대를 보낼 것임을 알 수 있었다.

'차라리 잘됐군.'

나로서는 차라리 이런 싸움이 이 더러운 세상에서 떠나기에는 좋은지라 씁쓸한 미소를 지었다.

허리에는 마지막 남은 돈을 모두 털어 마련한 청동검이 들려 있었다. 적의 철검과 마주치게 되면 쉽게 부러져 나갈 엉성한 검이지만 다른 이들과 비교한다면 상당히 양호한 수준이라 할 수 있었다.

나와 같은 저급한 용병들과 달리 멀리 떨어져 있는 막사에 한눈에 봐도 상당히 실력있는 듯한 용병들이 머물고 있었는데, 그들은 이삼급의 등급을 지닌 이들이었다.

우리 같은 저급용병들은 건더기도 없는 묽은 죽에 검은 빵 하나가 왕국에서 보급하는 한 끼 식사였지만 저들은 왕국의 정병과 같은 대우를 받는 이들이다. 제대로 된 검과 방패를 지니고 있는 데다 그 실력

또한 우리들과는 달랐기 때문이다.

주위를 돌아보니 부러운 듯 그들을 쳐다보고 있는 용병들의 모습을 볼 수 있었다.

그때 뒤에서 누군가의 목소리가 들려왔다.

"이거 엉망인걸? 첫 전투에서 전멸한다고 해도 이상할 것이 없겠군."

"저스틴?"

그 목소리의 주인이 저스틴이라는 것을 안 난 놀랄 수밖에 없었는데, 그는 미소를 지으며 어깨를 두드려 주고는 말했다.

"어떤가, 첫 번째 전투에 나서는 심정이?"

"…모르겠소."

"그럴 테지. 나 역시 첫 번째 전투에서는 정신이 하나도 없었으니까 말이야."

모르겠다는 말에 고개를 끄덕이며 대답한 그는 잠시 후 허리에 차고 있는 검을 보고는 혀를 차며 말했다.

"이런, 청동검 아니야?"

"남아 있는 돈으로 살 수 있는 검이라곤 이것밖에 없더군."

"그래? 뭐, 검이야 전장에서 얼마든지 주울 수 있으니까."

일단 전투가 시작된다면 검이야 사방에 널려진 시체들 속에서 얼마든지 주울 수 있다고 그는 아무렇지도 않게 대답했는데, 나로서는 그가 왜 이곳에 있는지 알 수가 없었다.

내가 알고 있는 저스틴은 이급용병이었기 때문이다.

"그런데 당신이 왜 이곳에 있는 거지? 이곳은 저급용병들이 대기하는 곳 아니오."

"글쎄… 자네가 걱정돼서 왔다고 한다면 믿어줄 텐가?"

"…왜 나에게 이런 호의를 베푸는지 알 수가 없군요."

나로서는 이자가 왜 나의 곁에 머무는 것인지 알 수가 없었다. 분명 이곳에서 저스틴이란 자와 같이 있는다면 살아남을 확률이 더 높기는 하겠지만 내가 원하는 것은 그런 것이 아니었기 때문이다.

"글쎄… 자네를 이대로 죽게 하고 싶지는 않았거든."

"무슨 소리요?"

"자네는 닮았어……."

"닮았다니……."

하지만 저스틴은 더 이상 대답하지 않았다.

나로서는 그와 멀어지고 싶었지만 내가 가는 곳마다 그는 따라왔고, 할 수 없이 난 그에게서 멀어지는 것을 포기할 수밖에 없었다.

이 주일이 넘는 행군 끝에야 우린 전장에 닿을 수 있었다. 멀리 보이는 평야의 끝에는 푸른색의 깃발과 함께 그 끝이 안 보일 정도로 많은 수의 병사들이 길게 진을 이루고 있었는데, 그들의 모습을 확인한 용병들은 웅성거리기 시작했다.

워낙 먼 거리였기에 자세한 것은 알 수 없었지만 하나하나 제대로 된 병기를 들고 있는 정병의 모습을 확인할 수 있었기 때문이다.

"이런, 젠장할……. 그래도 첫 번째 전투에서 반 정도는 살아남을 줄 알았는데 전멸을 면치 못하겠는데?"

"그렇게 심각하오?"

나의 물음에 그는 고개를 끄덕이며 말했다.

"저급용병이 싸우기에는 상대가 너무 좋지 않아. 이런 허수아비들을 상대로 경보병을 진열의 선두에 둘 것은 전혀 생각하지 못했어. 오합

지졸을 상대로 훈련된 정병이란 것은 계란으로 바위 치기밖에 되지 않는다고."

"윽……."

"이렇게 죽는 건가……."

저스틴의 말에 근처에 있던 용병들은 얼굴이 사색이 되며 수군거리기 시작했다. 이 전투에서 이기는 것보다는 살아남아 돈과 길드에서 승급에 필요한 실적을 올리려 했던 사람이 대부분이었기 때문이다.

둥! 둥! 둥!

뒤쪽에서 들리는 북소리, 전투가 시작되기 전 들리는 개전 예고 신호였다.

북소리가 들려오자 저스틴은 입고 있는 레더 아머를 움직이기 편하게 조절하기 시작했고, 나 역시 전투 시작할 준비를 마쳤다.

이제 개전의 나팔이 울리면 왕국의 기사가 지시했던 대로 우리들 저급용병은 적 궁병들의 화살을 뚫으며 돌격해 적군과 마주치게 된다.

저급용병들의 손에는 화살을 막기 위한 우드 실드가 하나씩 들려 있었지만 엉성하게 만들어져 있는지라 제대로 화살을 막을 수 있을지조차 의문이 들 수밖에 없었다.

하지만 하늘을 뒤덮을 듯이 쏟아져 내릴 화살을 생각한다면 엉성한 방패라 할지라도 버릴 수는 없는 노릇이었다.

저급용병들이 적군의 진열까지 도달하게 되면 궁병은 뒤로 물러날 수밖에 없는데, 그때 아군의 이삼급용병들이 나서게 된다.

기마대가 있다면 싸움에 상당히 도움이 될 것은 분명하지만, 워낙 말의 가격이 비싸기 때문에 그 숫자가 적은지라 전술적으로 중요한 순간이 아니면 양쪽 다 기마대를 함부로 움직이지 않는다. 때문에 개전 이후 한동안 보병끼리의 전투가 이어지는 것이 보통이었다.

"개전 나팔이 불면 혼자 뛰어나갈 생각 하지 말고 옆으로 붙도록 하게. 또 아군이 잔뜩 몰려 있는 데 있지 말고 어느 정도 간격을 유지하도록 해. 괜히 앞 사람에게 눈이 가려서 고슴도치나 되지 말고 말이야."

저스틴은 이런 싸움을 꽤 많이 해봤는지 몇 가지 주의 사항을 말해주고 있었지만 난 그다지 그의 말을 들을 생각이 없었다.

어차피 이 싸움은 죽기 위해 나선 것이기 때문이다.

부우우우!!

"와아아아!!"

드디어 개전 나팔이 울렸고, 함성 소리가 고막을 찢을 듯이 울리며 전투가 시작됐다. 수많은 사람들이 뛰어가는 것과 함께 나 역시 우드실드와 검을 들고 뛰어나가려 했는데, 그때 누군가가 나의 뒷덜미를 잡아챘다.

"끅!"

"젠장할! 죽고 싶은 것은 알겠는데! 제발 말 좀 들어라!"

나로서는 그의 완력을 이길 수 없기에 잡혀 있을 수밖에 없었다. 어느 정도 용병들이 앞으로 나가자 저스틴은 잡고 있던 손을 놓으며 내 등을 밀곤 앞으로 뛰어나갔다.

"한꺼번에 몰려가는 녀석들 무리에 섞인다면 적 궁병의 밥이 되기 적당하다고. 자넨 혼자 나설 생각 하지 말고 나만 따라와!"

"큭……."

사사건건 방해하는 그에게 이가 갈릴 수밖에 없었지만 어찌할 도리가 없는 나로선 그의 옆에서 적을 향해 뛰어갔다.

후두둑!!

돌격해 들어가던 용병들이 어느 정도 거리에 이르자 적진에서 궁병들이 화살을 쏘기 시작했고, 잠시 후 하늘을 뒤덮을 듯이 날아오른 화살은 후두둑 소리와 함께 땅으로 떨어지기 시작했다.

"끄아악!"

"으악!"

화살의 소나기가 퍼부어지자 앞으로 내달리던 용병들은 우드 실드를 들어 화살을 막으려 했지만 뛰어가며 우드 실드로 화살을 막는 것은 쉬운 일이 아니었다.

마치 강풍에 짚단 쓰러지듯이 용병들은 비명과 함께 쓰러지기 시작했다.

슈슈슉! 텅! 텅!

저스틴과 나 역시 앞으로 돌격해 나가고 있는지라 잠시 후 화살들이 떨어져 내려오기 시작했다. 파공음과 함께 날아온 화살은 대지에 꽂히기 시작했고, 그중 몇 개의 화살은 나와 저스틴에게 날아왔으나 우드 실드를 사용하여 간신히 두 발의 화살을 막을 수 있었다.

"아직 죽고 싶은 생각은 없나 보군. 그래야지!"

"큭……."

두 발의 화살을 막자 저스틴의 목소리가 들려왔다. 이에 치밀어온 노기는 제대로 자리 잡기 전에 다른 감정으로 바뀌어갔다.

사방에서 들려오는 사람들의 비명과 신음 소리, 땅으로 박히는 화살에 용병들의 함성 소리가 귀를 울리고 있었다.

하늘에서 쏟아져 내려오는 화살에 앞을 바라볼 용기조차 생기지 않은 나는 신음하며 쓰러진 다른 용병들의 모습에 심장 박동이 더욱 거세어질 수밖에 없었다.

레비나가 살아 있을 때도 영주의 명령으로 전쟁에 나선 적이 있지만 그때는 아무것도 모른 채 오로지 살 생각만으로 싸웠기에 다른 것에 신경 쓸 수가 없었다.

하지만 지금은 전쟁의 두려움이 밀려오고 있었다. 죽음에 대한 공포, 죽기 위해 이곳으로 왔지만 도저히 우드 실드를 내려 화살밥이 될 용기가 생기지 않았다.

'이것이 나의 본모습인가……'

좌절감마저 밀려왔지만 왼손에 들려 있는 우드 실드는 내려갈 생각을 하지 않고 있었다.

도저히 정신 차릴 새도 없이 밀려드는 공포감은 시간이 지날수록 더욱 거세어지고 있었는데, 그때 등에서 통증이 밀려왔다.

"어이! 정신 차려!"

"아!"

저스틴이 그런 나의 모습에 손바닥을 들어 그대로 등을 가격한 것이다. 덕분에 간신히 정신을 차릴 수 있었다.

"눈앞에 적들이 보이잖아! 검까지 놓치고 잘한다!"

그의 말에 정신을 차려보니 마지막 남은 돈을 털어 샀던 청동검은 손에 들려 있지 않았다. 정신없이 화살의 소나기를 뚫고 달려오다 검을 떨어뜨려 버린 것이다.

"휴… 뭐, 이런 상황에서 많이 일어나는 일이긴 하지만 이제 어떻게 싸울 생각이냐?"

"큭……"

나로서는 도저히 뭐라 할 말이 없었다. 전쟁터에서 화살에 정신 팔려 검을 떨어뜨렸다는 것이 창피했기 때문이다.

"으랏차!"

하지만 앞으로 달려나가던 저스틴이 무엇인가를 발견하고 몸을 숙여 줍고는 나에게 건네주었는데, 그것은 화살에 맞아 죽은 저급용병이 가지고 있던 녹슨 검이었다.

"일단은 이거라도 들고 있으라고. 기껏해야 쇠몽둥이밖에 되지 않겠지만 나중에 적병의 무기를 빼앗아 바꾸면 되니까."

"…알겠소."

그가 내민 녹슨 검을 받아 들고는 다시 적진을 향해 뛰어갔고, 잠시 후 하늘을 뒤덮던 화살이 잦아드는 것을 볼 수 있었다.

"드디어 선두의 용병들이 적과 충돌했군."

날아오던 화살이 줄어들었다는 것은 앞서 나갔던 용병이 길게 늘어져 있는 적진 선두에 있는 경보병과 마주쳤다는 것을 의미하고 있었다.

"이제부터가 시작이니 정신 차리라고!"

저스틴의 표정은 지금까지완 전혀 달랐다. 이제부터 시작되는 난전은 실력있는 자라 할지라도 살아남는 것이 힘겨웠기 때문에 그 역시 긴장 상태에 들어간 것이다.

죽고 싶어 왔다는 생각도 하지 못한 난 그가 건네주었던 녹슨 검을 들었고, 드디어 적진으로 들어갈 수 있었다.

챙!!

"끄억!!"

"아악!!"

싸움은 치열하게 이루어지고 있었다. 하지만 땅에 쓰러지고 비명을 지르는 자들의 대부분은 나와 같은 저급용병들이었다.

가끔씩 귀로 병장기가 부닥치는 날카로운 쇳소리가 들려오고 있었지만 경보병이 휘두르는 검을 두 번 이상 막는 자는 드물었고, 저급용병들은 제대로 싸우지도 못한 채 땅으로 쓰러지고 있었다.

하지만 쉴 새 없이 밀려드는 용병들에 의해 경보병들 역시 쓰러지는 자들이 눈에 들어왔는데 지금의 나에게는 다른 이의 죽음을 신경 쓸 겨를이 없었다.

들고 있던 우드 실드를 집어 던진 저스틴은 그대로 저급용병을 쓰러뜨리고 달려드는 경보병을 향해 검을 날렸다.

"끄윽!!"

저스틴은 녀석이 휘두르는 검을 쳐낸 후 유연한 움직임으로 다가가 녀석의 정수리에 검을 내려쳤고, 경보병은 신음 소리와 함께 그대로 쓰러지고 말았다.

앞으로 넘어지는 경보병의 검을 가로챈 저스틴이 나에게 검을 던져주었기에 왼손으로 급히 그것을 받아 들었다.

"내 곁에 붙어!"

"아!"

그의 외침에 나도 모르게 그의 곁으로 뛰어갔는데, 내가 다가오자 그는 사람들의 비명에 묻히지 않기 위해 큰 소리로 말했다.

"내 뒤를 지켜라! 적은 내가 알아서 처리할 테니까 뒤에서 공격해 오는 녀석을 막으라고! 알았어?"

"아… 예!"

다급한 그의 목소리에 고개를 끄덕이며 대답한 난 그의 뒤에 붙어 용병으로서의 첫 전투를 시작했다.

저스틴은 쉴 새 없이 검을 휘두르며 자신에게 달려드는 경보병들을 베어 나가기 시작했고, 난 그의 뒤에 붙어 저스틴의 등을 노리는 적을 막기 위해 버티기 시작했다.

"우와아아!"

"헉!!"

챙!!

그렇게 저스틴의 뒤에 붙어 있을 때 거구의 보병 한 사람이 나를 향해 달려들며 검을 휘두르자 심장이 터지는 듯한 흥분감이 밀려왔다. 제대로 눈을 뜰 수도 없었기에 눈을 감으며 나 역시 검을 휘두를 수밖에 없었는데, 그 순간 손목에 묵직함이 느껴지며 병장기가 부닥치는 날카로운 소리가 고막을 울렸다.

"잘했어! 끄압!!"

"끅!"

그 순간 등 뒤에서 저스틴의 목소리가 들려옴과 동시에 시퍼런 기운을 지닌 검이 내 옆을 스쳐 지나갔고, 검은 나를 공격하던 거구 경보병의 목젖에 꽂혔다.

목에 검이 들어오자 녀석은 가래 끓는 소리와 함께 동공이 커지더니 그대로 땅에 쓰러졌고, 저스틴은 나를 향해 미소 짓고는 다시 몸을 날려 앞에서 달려들던 경보병을 향해 검을 날렸다.

도저히 정신을 차릴 수 없었기에 이 순간 난 단지 검을 들고 있을 뿐이지 살아 있는 사람 같지가 않았다.

"아군의 경보병이다!"

그때 나의 귀로 누군가의 외침이 들려와 고개를 돌려보니 길게 진을 이룬 아군의 경보병들이 밀려오고 있는지라 안도의 한숨을 쉴 수 있었다.

우리들의 싸움은 여기에서 끝이 났기 때문이다. 아군의 경보병이 밀려오면 우리 같은 저급용병들은 뒤로 물러나야 하는데, 실력없는 우리들이 도리어 아군의 공격을 방해할 우려가 있었기 때문이다.

"멍청아! 아군의 창에 죽고 싶지 않으면 나를 따라와!"

"무슨 소리?"

"진을 이루고 있는 아군 병사들이 우리가 있다고 진을 깨뜨리고 피해서 움직일 것 같아? 우리 같은 저급용병을 앞세운 것은 적 진세를 깨뜨리며 밀고 올라가기 위해서라고! 아군이라 할지라도 진세를 막고 있는 것은 모조리 죽이고 올라올 테니까 빨리 나를 따라와!"

저스틴의 말을 증명이라도 하는 듯이 일렬로 밀려오는 아군의 경보병들이 자신의 앞에 있는 모든 것을 죽이며 밀고 올라오고 있었다.

이를 보고 있자니 등에서 식은땀이 흘러내렸다.

아군의 경보병이 올라오면 모든 것이 끝날 줄 알았지만 그것이 아니었다. 왕국에게 우리 같은 저급용병들은 소모품에 지나지 않았던 것이다. 오히려 나중에 내어줄 돈을 절약하기 위해서라도 이런 싸움에서 수를 줄이는 것이 왕국으로선 이득이었다.

나로서는 어찌할 바를 알 수 없었기에 저스틴의 뒤를 쫓아갔고, 간신히 아군의 검에 죽는 것은 면할 수 있었다.

전투가 일어난 첫날 8천 명에 이르던 사오급의 저급용병들의 숫자는 삼 분의 이 이상이 전장의 고혼이 되었다.

남아 있는 이들 역시 반수 이상 부상 입은 것을 감안한다면 상당한 숫자였다. 이제 제대로 싸울 수 있는 저급용병들의 숫자는 천 명 정도에 지나지 않았다.

나 역시 그들 중 한 명이 되어 저물어가는 태양을 보며 삼삼오오 모닥불로 모여든 용병들 사이에 끼어 있었다.

온몸을 자극하는 강한 피로감에 도저히 정신을 차릴 수가 없었다.

"기분이 어떤가?"

그때 고개를 숙인 나의 귀로 저스틴의 목소리가 들려왔다. 하지만 대답할 기운도 없었던지라 아무 말도 할 수 없었는데, 그는 손바닥을 들어 내 등을 몇 번 치고는 말했다.

"죽을 시간도 없었지?"

"……."

할 말이 없었다. 막상 죽음의 기로에 섰을 때 난 살기 위해 발버둥 쳤기 때문이다.

"사람이란 게 말이야, 이상하게 죽고 싶을 때는 쉽게 죽을 수가 없더라고. 살려고 발버둥 치면 길거리 돌멩이에 걸려 넘어져도 죽고 말이야. 재밌지 않나?"

"…그렇군요."

"이게 세상살이인 것 같아. 살기가 싫을 정도로 불행한 일이 계속되는가 하면 울고 싶을 정도로 기쁜 일이 계속 이어질 때도 있고 말이야."

계속되는 그의 말에 난 고개를 들 수밖에 없었다.

내가 자신을 보자 그는 입가에 미소를 짓고는 말했다.

"나도 죽고 싶었는데 말이야, 이상하게 죽으려고 하니까 무서워지더라고. 부모도 아내도… 아이도 비참하게 죽었는데 말이야……. 그들을 사랑한 만큼 죽고 싶은 마음도 컸는데… 죽을 수 없었지… 그것도 무서워서 말이야… 어때, 천하의 겁쟁이가 아닌가?"

하지만 그를 겁쟁이라 말할 수 없었다. 나 역시 이 싸움에서 그와 같았기 때문이다.

내가 아무 말이 없자 그는 어깨를 두드려 주고는 말했다.

"자, 내일도 싸움이 있을 수 있으니 이런 이야기는 그만두지. 아! 그래, 자네 특급용병에 대해서 들어본 적이 있나?"

"특급용병?"

"이거 용병이 그런 것도 모르다니 아직 멀었군, 멀었어."

그때 당시에는 용병이 되었다는 것보다 언제 죽을 것인가에 더 신경을 쓰고 있었기에 특급용병이란 것은 들어본 적이 없었다.

"자네도 알겠지만 용병은 오급에서 일급까지 있고, 그것이 청동, 황동, 철, 은, 금으로 만든 신분패로 가려진다는 것을 잘 알고 있을 것이네."

"예."

"하지만 이들 다섯 개 위에는 용병 길드의 길드장과 부길드장, 그리고 열두 개의 길드 지부장이 승인을 해야 가능한 등급이 있는데, 그것이 바로 특급용병이네."

"음……."

나로서는 용병 중에 그러한 등급이 있다는 것을 알지 못했기에 상당히 흥미가 돌 수밖에 없었다.

"자네도 소드 마스터라는 것을 알고 있지?"

"예."

"특급용병은 모두가 소드 마스터에 이르거나 그 이상의 경지라고 한다면 조금 이해가 쉬울 것이네."

"아!"

소드 마스터, 검으로 마나를 사용할 수 있는 경지로 기사라 할지라도 그 경지를 이루어내는 이는 극히 소수에 불과한 경지였는데, 일개 용병이 소드 마스터나 그 이상의 경지에 이르렀다는 것은 나에게 큰 충격으로 다가올 수밖에 없었다.

"특급용병의 신분을 가진 이가 우리가 싸우는 이 왕국에 투신하겠다고 말만 하면 족히 공작급에 이르는 작위를 얻을 수 있다고 하니 그 신분이 얼마나 큰지는 예상할 수 있겠지?"

"공작······.'

"대륙의 거의 모든 용병들은 그런 이유로 특급용병을 꿈꾼다고 할 수 있지. 나 역시 특급용병을 꿈꾼다네. 그렇게 되면··· 나의 모든 것이 사라지게 만든 영주 녀석을 쓸어버릴 수 있을 테니 말이야······."

일개 용병으로 시작하여 공작의 직위까지 넘볼 수 있는 위치, 나로서는 꿈과 같이 생각될 수밖에 없었다.

물론 그때는 내가 특급용병 중 한 사람이 될 것이라고는 꿈에도 생각지 못했다.

"죽고 싶은 생각일랑 버리고 용병으로서의 꿈을 찾아가게. 스스로의 손으로 인생을 개척하지 못한다면 죽음이라 할지라도 자네를 반기지는 않을 것이네."

"······."

나로서는 그의 말에 선뜻 대답할 수 없었다. 그가 하는 말은 지금의 나에게는 너무나 먼 이야기일 수밖에 없었기 때문이다.

"저스틴······."

"아저씨! 아저씨!"

"아! 미안하구나."

생각에 잠겨 있던 난 레비나의 목소리에 정신을 차릴 수 있었다. 헤레나와 레비나는 미소 지으며 나를 바라보고 있었다.

시간이 많이 흐른 걸 깨닫고는 자리에서 일어나 아이에게 다가가 수레를 밀고 다시 숙소로 돌아왔다. 헤레나는 아이를 데리고 식사하기 위해 식당으로 향했고, 난 내 방으로 돌아왔다.

몸의 통증 때문에 식욕이 사라졌기에 명상을 하는 것이 좋을 것이라 생각했기 때문이다.

침대에 앉아 명상에 잠겨 있을 때 방문이 열리며 누군가 안으로 들어왔고, 기의 흐름으로 그가 이스트라는 것을 알 수 있었다.

"젠장할!"

나를 보며 투덜거리던 그는 침대 위에 음식을 가져다 놓고는 미간을 찌푸리며 말했다.

"한 끼라도 굶는 것 보였다가는 가만히 두지 않을 테니 각오하라고."

"…미안하네."

내가 끼니 거른 것을 안 그가 음식을 가져온 것이다. 평상시야 그냥 넘길 수 있는 일이었지만 내 몸이 좋지 않은 것을 잘 알고 있는 이스트였기에 그것을 보고 그냥 넘기지 못했던 것이다.

이스트는 내가 음식을 먹기 전까지는 자리를 떠나지 않을 거란 걸 잘 알고 있었기에 할 수 없이 수푼을 들어 음식을 입에 가져갔다.

몸이 좋지 않은 나를 위해 신경 써주는 이스트를 보며 또다시 과거의 일이 생각났다. 용병으로서의 생활이 갓 3년이 넘은 시점이었다.

"젠장할! 힘 좀 내보라고!"

"…제… 제발 나를 이곳에… 버려두고… 가줘…….."

3년이 넘는 기간 동안 저스틴은 언제나 나의 곁에 있었다. 대륙 이곳저곳을 돌아다니며 전쟁 용병으로 있던 우린 수많은 싸움에서 함께해 왔다.

하지만 아직 어설픈 나의 실력으로 3년 동안이나 큰 부상 없이 지내왔다는 것은 신기에 가까운 일이었다. 아니, 운과 함께 저스틴이 나를 위해 상당히 힘을 써주었기 때문이다. 하지만 그런 것이 계속될 수는 없는 일이었다.

치열한 난전의 상황에서 난 적 병사의 검에 옆구리에 큰 부상을 입고 말았다.

검에 의해 중상을 입은 옆구리로 쉴 새 없이 피가 흘러나오고 있었다. 움직일 수조차 없는 상태였는데 저스틴은 그런 나를 부축하며 전장을 벗어나 십여 킬로미터나 넘는 거리를 도망쳐 나왔다.

날은 점점 어두워지고 사방에서 피 냄새를 맡은 맹수들의 포효 소리가 울려 퍼지고 있었다. 부상당한 몸으로 상당한 거리를 걸어온 나로선 제발 그가 나를 버려두고 갔으면 하는 생각이 굴뚝같았다.

이제 부상의 통증보다 피곤함이 나의 몸을 더 압박해 와 점점 눈이 감겨지고 있었지만 저스틴은 그런 나를 절대 잠들게 하지 않았다.

"정신 차리라고! 정신 차려!"

"제… 제발 날 좀…….."

나로서는 쏟아지는 피곤에 저스틴에게 애원하듯이 말해 보았지만 아무 소용이 없었다.

그렇게 끌려가기를 몇 시간, 이제 세상은 한 치 앞도 보이지 않는 어둠으로 감싸였다. 더 이상 길을 걷는다는 건 불가능하다 생각했는지 저스틴이 근처에 있던 나뭇가지들을 모아 불을 피우기 시작했다.

하지만 모닥불을 피웠음에도 극심한 추위가 몰려와 난 온몸을 사시나무 떨듯이 흔들고 있었다. 저스틴은 이런 나를 보며 입고 있던 망토를 벗어 감싸듯이 입혀주었지만 좀처럼 추위는 사라지지 않았다.

"이… 이제야 죽는 것인가… 크크크……."

죽음이 가까이 왔다는 것을 깨달은 난 자신도 모르게 웃음이 흘러나왔다. 3년이란 시간 동안 전장을 헤매었지만 이루지 못했는데 드디어 죽음 직전까지 도달할 수 있었기 때문이다.

"미안하지만 내가 그렇게 내버려 두지는 않을 걸세."

나의 웃음에 저스틴은 미간을 찌푸리며 다가와서는 망토를 벗기고 무엇인가를 상처에 바르기 시작했다.

"끄으윽!!"

"참아! 죽고 싶다는 놈이 이 정도 고통도 참지 못해?"

"…크윽……."

저스틴의 말에 고통을 참으며 이를 악물었고, 뜨거운 기운이 입 안을 돌기 시작했다. 고통을 참기 위해 악물었던 이가 부러져 버리고 말았기 때문이다.

"이런! 젠장할!"

입에서 피가 흐르는 것을 보며 저스틴은 머리를 긁적이더니 급히 내 입을 열어 헝겊을 물리고는 다시 상처에 무엇인가를 바르기 시작했는데, 근처에 있던 약초를 뜯어서 저스틴이 급히 제조한 것이었다.

상처에 바르는 것을 멈추자 차가운 기운이 옆구리를 자극하기 시작했고, 난 간신히 가쁜 숨을 몰아쉬며 고개를 내릴 수 있었다.

"상처에 좋은 약초에 조금 남은 힐링 포션을 섞어 만든 것이다. 내장이 크게 다치지만 않았다면 몸이 좋아질 테지만 만약 그렇지 않다면… 자네가 원하는 죽음의 길을 걷게 될 걸세."

희미한 정신 속에서 들려오는 저스틴의 목소리, 나로서는 더 이상 참지 못하고 눈을 감으려 했지만 또다시 저스틴이 나를 흔들어 깨웠다.

"정신 차려! 그렇게 염원하던 것이라면 제정신 속에서 얻으라고! 세상 저편에 있을 딸을 흐리멍덩한 정신 속에서 만나고 싶은가!"

그 순간 난 심장에 무엇인가가 꽂힌 것처럼 빠져들어 가던 잠에서 깨어났다. 내가 삶과 죽음의 경계를 넘고 싶었던 것은 모두 딸을 만나고 싶어서가 아닌가?

"끄아아아!"

더 이상 잠의 유혹에 빠지지 않기 위해 난 입술을 깨물며 눈을 떴다.

"딸 이야기가 즉효였군."

내가 스스로 잠의 경계에서 뛰쳐나오자 저스틴은 안도의 한숨을 내쉬고는 나의 고개를 들어 무엇인가를 입에 흘려 넣어주었다.

차가운 물의 기운이 입에서 식도로, 그리고 내장으로 흘러가며 내장을 태워 버릴 듯한 열기를 식혀가고 있었다.

한 모금의 물은 나에게 또다시 생명의 힘을 불어넣어 주었고, 난 눈을 뜨고는 하늘의 별을 바라보았다. 별은 수많은 인생의 격동 속에서도 변하지 않고 과거의 모습을 그대로 유지하고 있었다.

사람의 삶이 그와 같다면 좋을 것이지만 세상은 사람을 내버려 두지 않았다.

"누구냐!"

저스틴이 무엇인가에 놀란 듯이 벌떡 일어나 검을 뽑아 들자 난 적이 나타난 것은 아닐까 생각할 수밖에 없었는데, 그때 수풀 한쪽이 들썩거리며 인영 하나가 우리들 앞으로 모습을 드러내었다.

"불빛을 보고 찾아왔습니다. 실수로 부싯돌을 잃어버려서 말입니다."

"음⋯⋯."

수풀을 헤치며 나온 자는 언제 빨았는지도 모를 지저분한 망토를 뒤집어쓰고 있는 자였다. 얼굴 가득히 수염이 자라나 나이조차 알아볼 수 없었는데, 그가 멋쩍은 미소를 지으며 말하자 저스틴은 적은 아니라고 생각했는지 검을 집어넣고는 말했다.

"불씨를 빌려줄 테니 다른 곳으로 가도록 하시오. 우리와 같이 있다가는 당신도 피해를 입을 수 있을 테니 말이오."

"그렇게만 해주셔도 고맙지요."

이런 숲 속에서 맹수들을 피하고 밤을 지새우기 위해선 불이 반드시 필요했기 때문에 그는 고맙다는 말을 하며 근처에서 몇 개의 나뭇가지를 주워 모닥불의 불씨를 꺼내가려다 피투성이가 되어 누워 있는 나를 보고는 말했다.

"아무래도 이쪽 분이 부상을 입으신 것 같은데⋯⋯."

"알 것 없으니 빨리 불씨나 가지고 가시오."

"음⋯ 제가 어설프긴 하지만 신성 마법을 쓸 줄 아는데⋯ 허락만 하신다면⋯⋯."

그 말에 저스틴은 크게 놀란 표정을 하고는 그를 보며 물었다.

"파, 파문 사제이십니까?"

"과거 아리시아 성교회의 사제였던 적이 있지요."

파문 사제, 대륙에 흩어져 있는 그 숫자만도 천여 명이 넘는다고 알려져 있는 이들은 매년 백여 명 이상이 성기사들의 검에 의해 희생된다고 한다.

타락한 성교회를 떠나 진정한 교리를 전하기 위해 사제의 직을 버리고 교회를 떠난 이들이었으나 교황은 이러한 자들을 파문시킨 것도 모자라 성기사단으로 하여금 사살령을 내린 것이다.

재물을 모아들이는 데 주력하는 교단의 사제에게는 눈에 거슬릴 수밖에 없었던 것이다.

하지만 성교회에 속한 사제보다 진정한 교리를 전하고 있는 이들 파문 사제들은 거의 대부분이 상당한 신성력을 소유하고 있었고, 개중에는 고위 사제보다 한 단계 위의 힘을 지니고 있는 자들도 있었다.

막대한 돈을 기부해야만 치료받을 수 있는 성교회보다는 이들 파문 사제들이라면 무료로 병을 치유받을 수 있는지라 힘없고 가난한 민중들에게는 진정한 신의 사제라 생각되는 이들이다.

파문 사제 대부분은 이러한 전쟁터를 돌아다니며 전쟁으로 인해 죽임을 당한 일반 민중에게 기도를 올려주었고 부상당한 병사들을 치유해 주었기에 전쟁터에서 이들 파문 사제를 본다는 것은 용병들에겐 신의 은총을 받은 것과 다름없었다.

그중 태양의 신 아리시아 성교의 파문 사제들은 대지모신 안트라네와 더불어 상당히 높은 치유의 신성력을 가지고 있었다.

파문 사제가 나에게 다가와 두 손을 상처 위에 올려놓고 천천히 기도문을 외우자 그 순간 순백의 빛이 그의 손에서 빛나기 시작했다.

"아!"

나로서는 이들 사제들의 치유의 신성력을 받는 것은 처음이었기에 크게 놀랄 수밖에 없었다. 신성력은 단순히 상처를 치유하는 것만이 아니었다.

따뜻한 온기가 온몸을 자극하는 듯했고, 마음이 안정되는 듯한 느낌이 들었다. 마치 어머니의 자궁 안에 있는 것과 같은 편안함이었다.

십여 분의 기도가 끝나자 참을 수 없는 고통이 밀려왔던 나의 몸은 언제 그랬느냐는 듯이 가벼워졌고, 나에게 신성력을 발휘하던 파문 사제는 상당히 지친 몸이 되어 뒤로 무너지듯이 쓰러졌다.

"괜찮습니까?"

저스틴이 쓰러진 파문 사제에게 급히 뛰어가 부축하자 그는 고개를 끄덕이고는 미소를 지어주며 말했다.

"괜찮습니다. 아직 신에 대한 믿음이 부족한 모양입니다. 이 정도로 지치다니 말입니다."

하지만 그의 말은 틀린 것이었다. 후에 난 신성교단 사제의 신성력을 몇 번 본 적이 있지만 그때 나의 몸을 치유했던 허름한 복장의 파문 사제 이상의 신성력을 지닌 이는 단 한 번도 본 적이 없었다.

그가 보여준 신성력은 죽어가는 자를 살릴 수 있는 정도, 신성교단의 지위로 본다면 고위 사제를 뛰어넘는 힘이었다.

고개를 들어 상처 쪽을 살펴보자 검에 의해 깊숙이 찔려 피가 멈추지 않았던 상처는 이제 약간의 흔적만을 남긴 채 아물어 있었으니 나로서는 한숨을 내쉴 밖에 없었다.

나에게 죽음의 안식이란 존재하지 않는다는 생각 때문이다. 그런 나를 보며 파문 사제는 이상하다는 표정을 지었고, 그 모습에 저스틴은 이제 지쳤다는 듯이 말했다.

"저 자식은 죽고 싶어 안달하는 놈입니다. 스스로 죽음의 안식을 찾아 용병이 된 녀석이니까요."

"그런……."

그의 말에 파문 사제는 안타깝다는 표정으로 나를 바라보았다. 그런 그의 측은한 눈빛에 소리라도 치고 싶은 심정이었지만 그의 맑은 눈을 보는 순간 아무 말도 할 수 없었다.

그의 눈은 마치 자신의 아이가 잘못되었을 때 보여주는 어머니의 눈빛과 같았기 때문이다.

나는 그와 눈이 마주치는 것이 부담스러워 고개를 돌렸다.

"일단 여기에 앉으십시오. 제가 따뜻한 차를 내어드리겠습니다."

용병들에게 파문 사제는 멀기만 한 정식 사제들보다 더욱 가까운 사람이었기에 저스틴은 정중하고 조심스럽게 행동하고 있었다.

한때 용병들 중 한 사람이 파문 사제의 옷을 훔친 적이 있었는데, 그는 다음날 목이 베어지고 말았다. 술자리에서 그 이야기를 했다가 다른 용병들에게 죽임을 당한 것이다.

그 정도로 용병들이 파문 사제를 생각하는 것은 자신의 부모를 대하는 것보다 더 중했다. 전쟁터에서 부상을 당해 죽음이 임박했다면 그들을 도와줄 수 있는 사람은 가족도, 동료도 아닌 파문 사제뿐이었기 때문이다.

아무런 대가 없이 희생하는 그들에게 거친 용병들조차 경의를 표하는 것이다.

저스틴이 끓여준 차를 받아 든 파문 사제는 미소 지으며 그에게 말했다.

"따뜻하군요. 당신처럼 말입니다."

"하하하, 저 같은 용병이 무슨……."

"아니요, 마음의 따뜻함은 그것을 잃었다 생각하는 자에게서 더 강하게 느껴지는 것입니다."

파문 사제의 말을 우리는 이해할 수 없었다. 용병의 삶을 살고 있는 우리에게 인간의 정이라는 것은 아득히 먼 과거의 얘기로밖에 생각되지 않았기 때문이다.

"사제님의 말씀을 이해할 수가 없습니다."

"글쎄요. 저로서는 이 말을 당신들에게 이해시켜 드릴 수가 없군요. 하지만 언젠가는 두 분 모두 제가 한 말을 깨닫게 되는 날이 있을 것입니다."

"음……."

저스틴은 고개를 갸우뚱거리며 사제의 말을 생각하는 듯했다. 과연 그가 하는 말이 무슨 뜻일까?

나에게도 따뜻함을 느낄 수 있는 날이 있을까? 나 역시도 사제의 말은 너무나 멀리 있는 존재로밖에 느껴지지 않았다.

하지만 후에 레비나를 처음 만났을 때 난 따뜻함을 느꼈고, 그제야 사제가 했던 말을 이해할 수 있었다.

얼어붙은 마음으로 살아가는 자라 할지라도 신은 그를 버리지 않는다. 언젠가는 그가 생각지도 못한 순간에 인간의 정을 느낄 날이 오는 것이다.

이스트가 보여주는 따뜻함은 나의 가슴을 자극하고 있었다.

강제로 아침 식사를 마친 후 두 시간 정도 명상을 하자 몸은 어느 정도 안정이 되기 시작했다. 하지만 이제 움직일 수 있는 시간이 얼마 남지 않았다.

점점 발작의 간격이 짧아지고 있었기 때문이다.

오후가 되어 잠시 칠인회의 건물 밖에 있는 정원에서 휴식을 취하고 있을 때 루드그레인이 나에게로 다가왔다.

"발작의 간격이 짧아졌다고 들었는데 사실입니까?"

그의 힘이라면 불규칙하게 흔들리는 내 마나의 흐름을 느끼고 있을 것이기에 고개를 끄덕였다.

"음… 리저렉션 포션을 당신이 사용하는 것은 어떻습니까?"

루드그레인 역시 포션을 사용하라는 말을 하고 있었지만 난 고개를 저으며 그의 말을 거부했다. 이제 얼마 남지 않은 생을 더 이상 늘리고 싶은 마음이 없었기 때문이다.

하지만 죽음의 경계에서 한 가지 일을 하고 싶었다.

"도리스란 자와 싸우고 싶소. 마지막 남은 시간 동안 말입니다."

"휴… 어쩔 수 없군요. 그것은 걱정할 것 없습니다. 칠인회에서 들려오는 정보에 따르면 불사의 염원의 실험이 완성됐다 하더군요."

"실험이라면?"

"그들이 궁극적으로 노리고 있는 건 스스로를 봉인한 불사왕 매드가리스를 다시 되살아나게 하는 것이었는데, 그것을 위한 실험이 완성되고 있다 하더군요."

"불사왕 매드가리스……."

마신 시드라의 저주에 의해서 불사의 힘을 얻고, 죽음에 대한 염원으로 현재 불사의 염원이란 조직을 만들어낸 열두 명의 마도사를 만들어낸 인물, 그런 자가 다시 되살아난다면 대륙이 큰 혼란에 빠질 것은 분명한 일이었다.

"매드가리스를 부활시키려는 자가 바로 블러드 씨가 찾는 도리스이니 저희들을 도와주신다면 만나게 될 것입니다."

"이것이 당신이 노리던 거였군."

"휴… 일단은 저희들도 힘이 필요하니까요. 그런 면에서 블러드 스톰 씨는 상당히 필요한 전력입니다."

루드그레인의 말에 오히려 안심이 되었다. 용병들은 절대 아무런 대가도 없는 친절을 믿지 않기 때문이었다.

"레비나를 부탁한다."

"물론입니다. 대가없는 친절을 받아들이지 않는 용병의 생리를 저 역시 잘 알고 있으니까요."

다음날 드디어 레비나가 칠인회 마법사의 시술을 받는 날이었다.

이제 나로서는 무엇 하나 해줄 수가 없었다. 리저렉션 포션이 효능이 있다고 하더라도 아이가 깨어나려면 적어도 죽어버린 신체의 마나가 안정을 찾을 때까지 시간이 필요했다.

지금 시술에 들어간다면 다음에 깨어날 시간은 한 달 후, 내 생명의 시간은 이제 십여 일 정도밖에 남지 않았기에 두 번 다시 아이를 볼 수 없으리란 것을 알고 있었다.

침대에 누워 있는 아이는 불안한 눈으로 나를 바라보고 있었기에 천천히 작은 손을 잡아주었다.

"아저씨……."

"완쾌될 테니 너무 걱정하지 말아라."

"…레비나는 아저씨가 하는 말은 다 믿어요."

아이의 말에 가슴이 격동됨을 느꼈지만 그것을 겉으로 드러내지는 않았다.

"이제 시술에 들어갈 시간입니다."

마법사의 말에 난 고개를 끄덕이며 아이의 손을 놓았고, 레비나는 마법사들과 함께 칠인회의 시술실로 들어갔다.

이제 다시는 볼 수 없는지라 나로서는 방 안으로 들어갈 때까지 아이에게서 눈을 떼지 않았다.

"블러드……."

이스트는 나의 이런 상황을 잘 알고 있었기에 안타까운 표정으로 나를 보았고, 난 그의 손을 잡으며 말했다.

"이스트, 부탁하네."

"…그래……."

난 나의 죽음 뒤에 레비나를 보살필 수 있는 사람은 이스트밖에 없다고 생각하고 있었다. 거친 행동과 급한 성격을 지녀 아이를 보살피기에는 어울리지 않을 듯했지만 누구보다 따뜻한 마음을 가진 사람임을 잘 알고 있기에 망설임은 없었다.

마지막으로 사람을 떠나보냄의 아픔, 그것은 죽음을 염원했던 과거의 시간에도 겪어본 적이 있었다.

딸아이가 죽은 이후 만난 유일한 친구라 생각했던 저스틴, 그는 나의 곁에서 마지막을 맞이했었다.

그와 함께 다닌 지도 거의 5년이 다 되어가는 시간. 이제 난 이급용병의 직위에 올라 있었고, 저스틴은 지금까지 용병으로서의 실적과 실력이 인증되어 일급용병이 되어 있었다.

검술조차 제대로 배우지 않은 상태로 시작해 십 년 넘게 용병 생활을 해온 그는 소드 마스터를 바라볼 수 있는 실력까지 이르러 있었다.

마음먹고 자신과 친분이 있는 용병들과 함께 작은 왕국에 들어간다면 자작이나 남작의 작위까지도 얻을 수 있었지만, 그는 편히 살 생각을 하지 않고 있었다.

　용병으로서 직급이 올라가는 것 역시 빠르고 액수 또한 많기는 하지만 언제 죽을지 모르는 전쟁 용병은 거의 일급 정도만 되면 귀족들의 수하로 들어가거나 어느 정도 명성이 있다면 자신의 용병단과 같이 남작이나 자작과 같은 작위를 얻어 편히 살아가는 것이 보통이었다.

　저스틴에게도 이러한 제의가 들어오지 않을 리가 없었다.

　알칸서스 평원에서의 전투가 거의 끝나갈 무렵 숙소에서 검을 손질하고 있는 우리에게 녀석이 찾아온 것은 의외였다.

　녀석이 안으로 들어오자 저스틴은 미간을 찌푸릴 수밖에 없었는데, 카이도란 이름의 그는 용병 사이에서 악명이 자자한 인물이었기 때문이다.

　이급용병인 그는 손속도 잔인하지만 돈을 위해서라면 아이마저 아무 거리낌 없이 죽이기로 유명한 자였다.

　한 번은 내전의 영향이 작은 마을에까지 이어진 적이 있었는데, 그는 실적을 위해 그곳에서 여자와 아이의 귀를 잘라 그것으로 적을 죽였다 말하기도 했다. 아무리 용병이라고는 하지만 그런 일은 수치일 수밖에 없었는데, 그는 그런 것을 자랑 삼아 이야기하고 다녔었으니 저스틴과 나로서는 결코 친해질 수 없는 인물이었다.

　"어이! 저스틴, 오랜만이야?"

　"쳇, 더러운 악취가 풍기는군. 네 녀석이 이곳엔 어쩐 일이냐?"

　알카서스 평원에 투입된 용병은 모두 3개 대대였다. 저스틴은 제1대대의 용병대장을 맡고 카이도는 제3용병대대의 대장을 맡았다. 싸움 도중 3대대 대장이 의문의 죽임을 당해 그가 맡게 된 자리였다.

　항간에는 당시 부대장이었던 그가 돈을 위해서 대장을 죽였을 것이라는 소문이 돌고 있었는데, 카이도에 대해서 잘 알고 있던 용병들은 그것을 거의 사실로 믿고 있었다.

"며칠 동안 씻지를 못했으니 냄새가 좀 나겠지. 하하하!"

"흥!"

저스틴은 자신의 조롱에도 아무렇지 않게 받아넘기는 녀석의 뻔뻔함에 말조차 하기 싫어하는 모습이었다.

하지만 그런 것은 아랑곳하지 않는 듯 카이도는 근처에 있던 의자에 앉아서는 저스틴에게 한 장의 양피지를 건네주었다.

"이건 뭐지?"

"읽어보라고."

카이도가 넘겨준 것은 한 왕국에서 용병대를 모집하고 있다는 방이었는데, 오백 명 이상의 용병대와 함께 정규군에 입대하게 된다면 남작 이상의 작위를 약속한다는 것이었다.

"이게 뭐?"

"알칸서스의 싸움도 이제 끝나가니 슬슬 자리를 잡고 싶어서 그런데, 솔직히 내 밑으로 들어오려는 녀석이 있어야지."

"흥! 네 녀석의 악명은 용병이라면 뻔히 다 알고 있으니 당연하겠지."

"그래서 말인데, 생각 어때? 저스틴 너라면 오백 명 정도 끌어들이는 것은 그리 어렵지 않을 텐데 말이야."

그의 말에 난 그가 무엇을 노리고 있는지 알 수 있었다. 카이도 혼자라면 어디에서도 환영받지 못할 것은 당연했다. 자신의 안위를 위해서라면 동료마저 밥 먹듯이 배신하는 그의 부하로 들어갈 용병은 거의 전무했기 때문이다. 그렇기 때문에 그런대로 명성과 인의가 있는 저스틴의 밑으로 들어가 귀족 행세를 하고 싶었던 것이다.

하지만 저스틴 역시 카이도 같은 녀석과 동료가 되고 싶은 생각은 없는지 양피지를 던지며 말했다.

"아직 귀족이란 것에 그리 마음이 동하지도 않을 뿐더러, 설사 마음이 있다 해도 네 녀석 같은 놈과 동료가 되고 싶은 마음은 없다. 지금 당장 목이 달아나고 싶지 않으면 그 더러운 낯짝 치우시지."

"큭……."

그의 말에 카이도는 이를 갈 수밖에 없었다. 참았다고는 하지만 성질 급한 그가 계속된 조롱에 기분이 그리 좋을 리 없었기 때문이다.

이를 갈던 그는 당장이라도 허리에 차고 있던 검을 뽑으려고 했지만 저스틴의 곁에 있던 내가 검을 천천히 들어 올리자 눈치를 보더니 그대로 뒤로 물러서며 말했다.

"오늘의 일, 후회하게 해주지."

"흥!"

저스틴은 녀석의 살기 어린 말에도 전혀 두려워하지 않고 콧방귀를 뀌고는 그가 이를 갈며 사라지자 손을 내저으며 말했다.

"노먼, 너도 조심하는 게 좋겠다. 아무래도 저 녀석이 이 일을 이대로 넘기지는 않을 것 같으니 말이야."

"죽이자."

인간으로서 최하의 녀석이란 것을 알기에 죽이자는 말을 건넸지만 그는 고개를 저었다.

"아무리 인간적으로 질이 떨어진다 하더라도 녀석이 우리에게 해를 주지 않는 한 함부로 살인하는 것은 옳지 못하다네."

"어차피 전장에서 수없이 많은 살인을 하지 않았는가?"

나로서는 한 번 전장에 나가면 검에 피를 묻히지 않을 수 없는 전쟁 용병인 그가 하는 말을 도무지 이해할 수가 없었다.

전장에서 어쩔 수 없이 적을 죽이는 것보다는 인간으로서 질이 떨어지는 녀석을 죽이는 것이 훨씬 좋은 일이 아니던가?

하지만 저스틴은 나와는 전혀 다른 생각을 하고 있었다.

"만약 이대로 우리가 카이도란 자를 죽인다면 그와 무엇이 다르겠는가?"

"그럼 우리가 녀석과 똑같다는 말인가?"

나로서는 카이도 같은 더러운 녀석과 똑같다는 말을 도저히 이해할 수가 없어 소리칠 수밖에 없었는데, 그는 미소를 지으며 말했다.

"녀석은 돈이란 목적을 위해서 함부로 사람을 해하고 있지. 하지만 우리가 카이도란 자를 죽인다면 그것 역시 녀석을 단순히 싫어한다는 이유로 죽이는 것이 아닌가. 아직 일어나지도 않은 위협으로 사람을 죽인다면 이 세상에 수많은 살인이 범해질 것은 분명한 일이 아닌가?"

"…하지만 녀석은 다르지 않은가……."

"잘 듣게나. 우리가 사람을 죽여 돈을 버는 전쟁 용병이라곤 하지만 함부로 살인을 해서는 안 되네. 만약 너의 말대로 우리가 카이도를 죽인 후에도 또다시 그런 자가 나타나면 살인을 하게 될 것이고, 나중에는 자신의 목숨을 구하기 위해 그런 자가 우리의 목을 칠 수도 있는 것이네."

저스틴의 말은 틀리지 않았다. 용병 사회에서는 그와 같은 경우가 다반사로 일어나고 있었기 때문이다.

나로서는 저스틴의 말에 반박할 말이 없었다. 하지만 왠지 알 수 없는 불안감이 밀려오고 있었다. 카이도 그자는 자신에 대한 모독을 아무 일 없이 지나갈 자가 아니었기 때문이다.

알카서스 평원의 전투는 이제 그 끝에 다다르고 있었다.

이번 전투는 평원의 서북쪽 계곡에 숨어 남아 있는 전 군사들을 용병들이 정규군들이 매복해 있는 계곡 서쪽으로 유인하는 전투였다.

예상되고 있는 적 병사의 숫자는 오천 명 가까이 되는지라 이천 명정도의 용병으로서는 조금 부담이 가는 숫자였지만, 전쟁에서의 경험은 용병 쪽이 한 수 위였기에 녀석들을 유인하는 것은 그리 어려운 일이 아니었다.

저스틴과 난 이들의 가장 선두에 서 적 병사들과 가장 가까운 곳에위치하게 되었는데, 일단은 4개의 대대 중 가장 많은 수가 남아 있는것이 우리가 맡고 있는 제1대대였기 때문이다.

난 1대대에서도 가장 선두에 서는 부대의 부대장을 맡고 있었는데가장 위험한 곳에 위치하고 싶어 자원한 자리였다. 이때부터 지금의이름과 같은 피의 예명을 지니게 되었다.

항상 적진의 깊숙한 곳에서 싸운 덕에 블러드 레인이라는 별명이 붙은 것이다.

대여섯 명이 일렬로 간신히 지나다닐 수 있는 좁은 계곡의 길로 칠십여 명의 부하들과 함께 적병이 있는 곳으로 향하고 있던 난 주위를돌아보는 것을 멈추지 않았다.

계곡 저편으로 불안한 기운이 느껴지고 있었기 때문이다.

"아무래도 불안하군. 첨병 둘을 먼저 보내게."

"예."

내 명령에 두 명의 용병이 조심스럽게 앞으로 걸음을 옮기기 시작했다. 백여 미터 정도 떨어졌을까. 그들이 적이 없다는 표시를 보내와 우

리는 다시 앞으로 걸음을 옮기기 시작했지만 나의 불안감은 적중하고
말았다.

갑자기 누군가의 외침 소리가 들려오더니 계곡의 양 옆에서 수백 명
의 병사들이 모습을 드러내었기 때문이다.

"함정이다!"

크게 놀란 우리들은 뒤로 물러나기 시작했으나 폭우가 내리듯이 떨
어져 내리는 화살에 벌써 반 이상의 부하들이 목숨을 잃은 후였다.

궁병들의 공격에 대비해 우드 실드를 하나씩 장비하고는 있었지만
장소가 그리 좋지 않았던 것이다.

천천히 뒤로 물러서며 화살의 사정거리에서 멀어지자 계곡의 반대
편에서 수백 명의 병사들이 모습을 드러내기 시작했고, 우리는 계획대
로 천천히 그들을 유인하기 시작했다.

한참을 가자 대기하고 있던 저스틴의 본대가 눈에 들어왔다. 저스틴
과 함께 온 병사들의 숫자는 칠백 명가량이었다.

그들을 보며 우리는 뒤로 물러서는 것을 멈춘 후 유인한 적을 향해
공격해 들어갔다.

이대로 계속 뒤로 물러선다면 녀석들도 이것이 자신들을 유인하기
위해서라는 것을 눈치 챌 수 있었기 때문이다.

"공격!"

나의 외침과 함께 나를 선두로 이백여 명의 용병들이 몰려드는 적군
을 향해 몸을 날렸다.

우리들이 들어오자 녀석들은 창과 방패를 들고 있는 병사들이 진을
이루어 우리들을 막아섰지만, 용병들은 두려움을 보이지 않았다.

가장 선두에서 나와 함께 중병기를 든 용병들이 적군이 들고 있는

창과 방패의 진을 뚫고 들어가면 이어 들어오는 일반 용병들이 밀려들어 가는 전투 방식을 취하고 있었다.

"끄와압!!"

사방에서 고함을 내지르며 용병들이 적병이 방패로 만든 진세를 뚫고 들어가자 드디어 본격적인 싸움이 시작되었다.

정규적인 훈련을 받았다고는 하지만 난전에 그리 익숙지 않은 병사들은 용병들에 의해 처음에는 밀리기 시작했지만 이내 그들이 많은 숫자로 밀어붙이자 용병들이 그 기세에 눌리기 시작했다.

둥! 둥!

싸움이 계속된다면 숫자가 월등히 많은 적에 의해 패전을 면치 못할 것이란 건 뻔한 사실이었다. 그때 본진에서 후퇴 신호가 들려왔다.

십여 명의 적 병사들을 베어넘긴 난 다른 용병들과 함께 저스틴이 있는 본대 쪽으로 후퇴하기 시작했고, 뒤에는 상처 입고 걸음이 느린 용병들이 적 병사들의 무기에 비명을 내지르며 죽임을 당하는 소리가 끊이지 않고 들려왔다.

그때였다.

저스틴이 있는 본대와 합류하여 본격적으로 물러서려 했을 때 갑자기 우뢰와 같은 소리가 들려왔다.

"산사태다!"

우리가 후퇴하고 있는 계곡 쪽으로 갑자기 거대한 돌들이 굉음과 함께 떨어져 내리기 시작한 것이다. 계획대로 녀석들을 끌어들인 후 후퇴하던 우리로서는 크게 놀랄 수밖에 없는 일이었다. 이 산사태로 퇴로가 완전히 막혀 버렸기 때문이다.

"젠장할!"

갑작스런 산사태로 퇴로가 막히자 도저히 빠져나갈 방법이 없었다.

그때 계곡의 위에서 이십여 명의 사람들이 모습을 드러내었다.

"저자는……."

그들 사이로 낯설지 않은 이의 얼굴을 확인한 난 도저히 믿을 수가 없었다. 우리를 함정으로 몰아넣은 자는 바로 카이도였던 것이다.

"저스틴……."

"녀석이 배신을… 으드득……."

전의 일로 자신을 배신했다는 것을 알게 된 저스틴으로선 이를 갈 수밖에 없었지만 지금 그것을 신경 쓸 시간이 없었다.

퇴로가 완전히 막혀 버린 지금 적은 쉴 새 없이 밀려들어 왔다. 전의 싸움으로 남아 있는 용병의 숫자는 500명 남짓, 그에 비해서 적의 숫자는 우리의 수배는 되었다.

"노먼… 살아남아라……."

"저스틴……."

이제 살아남기 위해선 수많은 적병들을 뚫고 가야만 했다.

저스틴이 비장한 표정으로 말했기에 나로선 뭐라 할 말을 찾지 못했다.

"돌격!"

저스틴의 외침과 함께 살아남기 위한 처절한 전투가 시작되었다.

비명과 죽음을 벗어나고자 하는 절규가 울려 퍼지는 가운데 쉴 새 없이 밀려드는 적을 베어넘기기를 삼십 분여, 이제 남아 있는 용병들의 숫자는 수십 정도밖에 되지 않았지만 적병의 숫자는 기천을 넘어서고 있었다.

주위에 있는 용병들의 눈에는 절망감이 서려 있었지만 저스틴은 결코 포기하지 않았다. 자신의 앞으로 밀려드는 적들을 베어넘기는 그는 땀으로 뒤범벅되어 있었고, 움직임에는 피로가 가득했지만 그는 절대 멈추어 서지 않았다.

막혀진 계곡으로 넘어가기 위해 필사적인 도주를 감행하는 자들도 보이고 있었지만 적병의 화살에 쓰러지는 자들이 속출했고, 이제 계곡은 시체의 산으로 둑이 만들어졌다.

수많은 인간의 피가 내를 이루어 흐르고 있는 가운데 또 다른 피의 비가 뿌려져 그 흐름은 멈출 생각을 하지 않았고, 또다시 고막을 흔드는 비명 소리와 함께 흐른 피가 발을 적셨다.

아비규환의 모습이 이런 것일까 하는 생각이 들 정도의 모습에 점점 피로는 짙어져 갔다. 죽어간 자의 검을 들어 싸운 지도 수십 분, 몇 번째 검인지도 셀 수 없는 순간에 또다시 검은 부러져 나가고, 난 더 이상 버틸 힘이 없어 자리에 주저앉고 말았다.

"정신 차려!"

내가 쓰러져 적병의 창에 죽임을 당할 위기에 처하자 저스틴은 급히 몸을 날려 적병의 목을 베어넘긴 후 뒷덜미를 잡고 급히 뒤로 나를 끌며 물러섰다.

이제 남아 있는 용병의 숫자는 저스틴과 나를 포함해 아홉 명, 무너져 내린 바위틈 사이로 물러선 우리들 앞에선 수백 명의 적병들이 살기 어린 눈으로 바라보고 있었지만 어느 누구도 쉽게 우리에게 접근하지 못했다. 남아 있는 아홉 명의 용병들은 마지막 남은 생의 줄을 잡은 후 결코 놓지 않으려 했기 때문이다.

죽이기 위해 싸우는 자와 살아남기 위해 싸우는 자의 차이라고 할까?

전투가 시작된 지 한 시간여 만에 구백여 명에 이르던 용병들은 아홉을 남기고 모두 계곡에 피의 여울이 되어 사라져 갔지만, 반나절이 넘는 시간 동안 우리들 아홉은 계속되는 적의 공격에서도 살아남았다.

"발사!!"

후두둑!!

몇 번의 공격에도 우리들을 처리하지 못한 그들은 화살을 사용하려 했지만 사방에 쌓여진 시체들을 방패 삼아 버티고 있었기에 끝을 내지 못하고 있었다. 두 사람 정도가 간신히 들어갈 수 있는 좁은 틈새인데다가 사방에 쌓여진 시체들은 이들의 공격을 방해하고 있었던 것이다.

선두에서 비 오듯이 떨어져 내리는 화살을 두 사람의 시체를 방패 삼아 막아서고 있던 난 화살의 비가 수그러들자 천천히 뒤를 돌아보았다.

네 명의 동료가 적의 검과 화살에 중상을 입어 사경을 헤매고 있었지만 그 외에는 작은 경상 정도에 지나지 않았다.

하지만 죽음에 가까이 다가가고 있는 자 중 하나가 저스틴이었기에 나로선 그가 죽지는 않을까 걱정이 되어 정신이 없었다.

지쳐 버린 나를 끌고 틈새로 숨어 들어가던 그는 적의 검에 베여 중상을 입고 만 것이다. 깊게 베어진 상처로는 쉴 새 없이 피가 흘러나오고, 이제 그의 눈은 흐려져 가고 있었다.

날이 저물어가자 적들은 조용해져 갔지만 언제 기습해 들어올지 모르는 상황에서 긴장을 늦출 수는 없었다.

상당한 피로가 쌓여 있는 상태였지만 우리에게 물과 식량은 남아 있지 않았다.

"남… 남아 있는 자는 우리들뿐인가……."

"그래……."

"그렇다면… 기회는 있다… 아무리 녀석들이라도… 우리들 아홉을 죽이기… 위해 시간을 낭비하지는 않을 것이다……."

저스틴은 살아남은 사람이 얼마 남지 않았다면 구태여 그들이 우리를 죽이기 위해 계속 이곳에 머물지는 않을 것이라 말하고 있었다.

우리들이 용병이란 것을 감안한다면 아군의 도움을 바랄 순 없는 일, 마지막 남은 희망은 그들이 물러서 주는 것뿐이었다.

새벽녘 즈음 또 다른 기습이 있었으나 어느 정도 대비하고 있던 터라 어렵지 않게 막을 수 있었지만 또다시 한 사람의 동료가 큰 부상을 입었고, 한 시간 정도 후에 죽고 말았다.

남아 있는 동료의 숫자는 여덟, 하지만 그중 중상을 입은 네 사람은 오늘 밤을 넘기지 못할 것임을 알 수 있었다. 그리고 그중 한 사람은 저스틴이었다.

"노… 노먼… 노먼……."

"저스틴……."

"후후… 자네보다… 내가 먼저… 죽게 되는군……."

이제 숨 쉬는 것조차 버거운 그의 말에 고개를 저었다.

"무슨 소리……."

"나… 날… 레이라 불러주겠나……?"

"레이?"

자신을 레이라 불러달라는 말에 나로선 무슨 연유인지 알 도리가 없었다.

"…나… 나의 진짜 이름이네… 다시는… 그 이름을 새… 생각하고 싶지 않았지만… 마… 마지막은… 그 이름으로 죽고… 싶군……."

용병들은 많은 수가 가명을 쓰고 있었다. 영주의 영노였던 자가 대부분이라 그들의 추적을 피하고자 고향을 속이고, 이름을 속이고 용병이 되는 자가 많았다. 과거의 모든 것을 버리고 새로운 삶을 시작하고자 하는 자의 발버둥이라고나 할까?

저스틴 역시 그러한 사람들 중의 하나였던 것이다.

이제 죽음의 강을 건너려 하는 레이의 모습에 난 더 이상 참을 수 없어 그를 등에 업고 막혀진 계곡의 위를 오르기 시작했다.

더 이상 그의 죽음을 바라보고 싶지 않았기 때문이다. 이대로 버틴다면 나의 목숨은 건질 수 있을지 모르지만 그의 죽음은 피할 수 없었다.

"나… 나를 버려두고… 가게……."

"미친 소리! 내가 죽기 전에는 절대 죽지 못할 걸세!"

"크크크……."

나의 절규와도 같은 말에 그는 자조의 웃음을 흘렸다.

정적이 가득한 어둠 속에서 살아남기 위해 발버둥 치며 계곡을 올라갔다. 뜨거운 기운이 손끝에서 느껴지며 참을 수 없는 통증이 밀려왔지만 물러설 순 없었다.

미약한 존재일 수밖에 없는 나였지만 그 하나만은 살리고 싶었기 때문이다.

몇 번을 계곡에서 미끄러져 온몸이 피투성이가 되었음에도 멈추지 않았지만 저스틴, 아니, 레이는 그리 오래 버티지 못했다.

마지막으로 나와 나눈 대화는 지금 이 순간에도 절대 잊혀지지 않는다. 과거의 절망에 이제 눈물마저 말라 버린 우리들. 저스틴은 마지막으로 눈물을 흘리며 세상을 떠났다.

그것이 자신에 대한 눈물이 아니라는 것은 알고 있었다. 하지만 그가 흘린 눈물이 누구를 위한 눈물인지는 아직도 알 수 없다.

보고 싶은 자를 만날 수 있는 기쁨의 눈물일까? 아니면 남아 있는 존재들에 대한 연민의 눈물일까?

자조의 웃음과 함께 서글픔의 통곡이 섞인 그의 마지막에 나로서는 그 눈물에 대한 의미를 알 수가 없었다.

계곡 전투에서 살아남은 자는 나 혼자뿐이었다.

피투성이가 된 몸으로 걸음을 옮긴 난 삼 일 후 아군의 진영에 도착할 수 있었다. 아군은 작전의 실패로 다음번 작전을 위해 머물고 있었다.

이제 삶의 경계선을 달리한 저스틴의 시신을 업고 비틀거리는 몸으로 돌아오는 나에게로 수많은 용병들의 시선이 모이고 있었다.

등에 업혀져 있는 저스틴은 알칸서스 평원의 전투에서 큰 명성을 얻었던 인물이기에 그를 알아보는 이가 꽤 많았기 때문이다.

이미 그들 역시 우리가 함정에 빠진 것을 알고 있었기에 피투성이가 된 채 돌아온 1대대의 유일한 생존자인 나에게 함부로 접근하진 못하고 있었다.

용병들 사이에서 배신은 수없이 있는 일, 그것에 당한 자가 바보일 수밖에 없었다.

"어이! 살아 있었는가?"

저스틴을 업고 걸음을 옮기는 나에게로 조롱 섞인 목소리가 들려왔다. 1대대를 함정으로 몰아넣은 배신자 카이도였다.

그의 주위로는 나를 죽음의 경계로까지 몰아넣은 그의 부하들 십수 명의 모습이 보이고 있었으나 나의 눈에 보이는 인물은 가증스런 미소를 보이고 있는 카이도뿐이었다.

등에 업고 있던 저스틴의 시신을 바닥에 내려놓은 난 녀석을 보며 천천히 검을 뽑아 들었다.

"하하하! 복수인가? 받아주지."

피투성이가 된 채 피로감이 가득한 나의 모습에 카이도는 자신감있는 표정으로 검을 뽑아 들었다. 죽음의 공간을 넘어선 나를 알고 있는 용병들은 카이도를 향해 야유를 퍼부었지만 용병들의 싸움에선 살아남는 자와 죽는 자만이 있을 뿐 비겁함이라는 것은 존재하지 않았다.

아니, 있다고 해도 그것은 사치스런 일일 뿐이었다.

내가 들고 있는 검은 저스틴이 마지막으로 사용했던 부러진 검, 그것을 보며 카이도의 비웃음은 더욱 커지고 있었지만 그런 것은 아무 상관이 없었다.

나에게 이 검은 세상의 어떠한 명검보다 가치있는 검이었기 때문이다.

"흥! 저스틴의 옆에 있더니 주제를 모르는군!"

내가 앞으로 나서자 그는 검을 나에게로 겨누며 자세를 취했다. 일급을 바라보는 카이도와 달리 난 갓 이급용병이 되었기에 그와의 실력 차이는 많이 벌어져 있는 데다가 저스틴을 이곳까지 업고 온 나로선 상당한 체력이 소모된 상태였기에 이번 싸움에서 녀석을 쓰러뜨리는 것은 불가능했다.

하지만 배신당한 저스틴의 복수를 위해서라도 싸움에서 물러설 수 없었다.

용병들 사이에 이런 싸움은 하나의 유흥거리에 지나지 않았기에 많은 사람들이 모여 우리들을 둘러쌌다.

"끄아압!!"

검을 든 난 녀석을 향해 발을 박차고 뛰어들었으나 실력 면에서 크게 앞서는 그는 전혀 두려움을 보이지 않고 있었다.

내가 뛰어오자 그는 가볍게 오른발을 앞으로 내디뎌 그대로 검을 내려쳤다. 검과 검이 부닥치면서 강한 충격이 손으로 밀려왔다.

"끄윽!!"

힘에서도 크게 밀리는지라 녀석의 검이 점점 나의 얼굴로 다가서자 내 이마에서는 식은땀이 흘러내리고 있었다.

"크크크……."

그런 나를 보며 녀석은 조소를 터뜨렸다.

강한 분노가 밀려오며 당장이라도 녀석을 죽이고 싶었지만 현실은 이상과 같지 않은지 강한 힘에 밀려 버린 난 뒤로 넘어지고 말았다.

"어리석은 녀석!"

"끄윽!!"

내가 쓰러지자 녀석은 지체없이 검을 들어 허벅지에 꽂았고, 강한 고통이 밀려오며 비명이 나도 모르는 사이에 터져 나왔다.

시뻘건 피가 뿌려지며 바닥을 적셨고, 난 손을 들어 허벅지에 꽂힌 녀석의 검을 잡고 위로 들어 올렸다.

날카로운 칼날에 의해 금세 뜨거운 피가 손을 온통 적시고는 흘러내렸지만 나에겐 녀석을 죽이고 싶은 마음밖에 없었기에 고통을 참으며 천천히 검을 뽑아 올렸다.

하지만 카이도가 약간의 힘을 주어도 검은 더욱 깊숙이 허벅지에 박혀들어 갔기에 손이 잘려져 나갈 정도로 너덜거렸다.

"끄아악!!"

나의 모습에 가증스러운 미소를 짓고 있던 그는 박혀 있는 검의 손잡이를 비틀었고, 그 순간 참을 수 없는 고통이 밀려왔다.

　검신을 잡고 있던 손의 힘마저 급격하게 떨어진 나의 몸은 그대로 뒤로 무너지고 말았고, 녀석은 내가 쓰러지자 이내 손에 들려 있던 검을 차고는 목을 밟았다.

　"이제 더 이상 너를 도와줄 녀석은 없다. 크크크……."

　녀석의 조롱에 몸을 일으키려 했으나 이제 더 이상의 힘은 남아 있지 않았다. 그러나 녀석을 죽이고 싶은 마음은 변하지 않았다.

　살기 어린 눈으로 내가 카이도를 노려보자 녀석은 또다시 검을 비틀었고, 참을 수 없는 고통에 온몸은 피와 땀으로 범벅이 되어버렸다.

　고통을 참아내고자 이를 악물어 잇몸에서는 뜨거운 기운이 느껴지며 피가 흘러내렸다.

　"그리고 보니 아까워… 멍청한 저스틴 녀석이 돼지는 모습을 봤어야 하는데 말이야. 크크크."

　"끅!"

　그 말과 함께 녀석은 허벅지에 박힌 검을 뽑아서는 그대로 나의 미간에 가져가며 말했다.

　"이제 끝내야겠지. 처음부터 내 말을 들었으면 조금은 더 오래 살았을 텐데 말이야. 크크크."

　녀석은 우리가 손을 잡았어도 뒤에서 암수를 가할 생각이었던 것이다. 용병대를 이끌고 저스틴이 작위를 받은 후 시기를 보아 그를 처치하여 용병대를 차지한다면 작위는 그에게 돌아갈 것이 뻔한 일이었기 때문이다.

　탐욕으로 수많은 사람들을 죽이고도 뻔뻔스러운 모습을 보이는 녀석, 이런 더러운 자의 음모에 저스틴이 죽었다는 생각을 하자 노기가 밀려들었다.

심장에서부터 밀려오는 뜨거운 열기는 다음 순간 나의 뇌를 휘돌아 감았고, 그 순간 정신이 맑아지는 것을 느꼈다.

피의 마나, 그때 난 처음으로 마나의 존재를 느낄 수 있었다.

저스틴의 어이없는 죽음과 함께 상대에 대한 분노는 나의 몸에 새로운 힘을 불어넣어 주고 있었던 것이다.

"헉!"

다시 몸에 힘이 돌자 오른손을 들어 미간에 겨누어진 그의 검을 붙잡았다. 처음에는 녀석이 조소를 터뜨리며 검을 내리꽂으려 했지만 검은 움직이지 않았고, 다시 힘을 더해 나를 죽이려 했지만 이미 그 기세는 완전히 죽어 있었다.

마나의 존재를 느끼고, 이제 몸속에 그 힘이 흐르고 있는 나에게 녀석의 힘은 어린아이와 같이 느껴질 뿐이었다.

"끄으윽! 이 녀석이……!!"

그는 이내 두 손으로 검을 잡고는 있는 힘을 다해 밀어붙이고 있었지만 검은 움직이지 않았고, 이마에서는 쉴 새 없이 땀이 흐르며 내 얼굴로 떨구어지고 있었다.

"차압!"

왼손마저 들어 녀석의 검을 잡은 난 그대로 옆으로 비틀었고, 그 순간 녀석의 몸은 크게 흔들리더니 나둥그러지고 말았다.

미간을 찌르려던 그의 검은 이제 나의 손에 들려 있기에 천천히 몸을 일으키고 그에게로 걸음을 옮겼다.

"크윽! 검을 던져!"

내가 다가서자 이를 갈던 그는 주위에 있던 동료에게 소리쳤지만, 어느 누구도 그에게 검을 던져 주는 이는 없었다.

"뭐 해, 검을 던지지 않고!"

아무도 검을 던지지 않자 그는 자신의 용병대에 있던 부하를 보며 노기 어린 목소리로 소리쳤지만 그들은 이자를 외면했다.

그가 어떤 짓을 했는지 잘 알고 있던 용병들은 나를 도와주지는 않았지만 그렇다고 녀석을 도와주고 싶은 마음도 없었던 것이다.

아무도 검을 던지지 않자 크게 놀란 그는 근처에 있던 용병에게 뛰어가 주먹으로 후려친 후 검을 뺏어 나에게로 다가왔다.

"이 자식들… 이 녀석을 죽이고 나서 보자!"

검을 던져 주지 않은 것에 노기가 치미는지 다른 용병들에게 살기 어린 목소리로 소리친 그는 천천히 나에게로 다가왔고, 난 그에게 뺏었던 검을 들어 천천히 걸음을 옮겼다.

허벅지에서는 쉴 새 없이 피가 흘러내리고 있었지만 나에게는 어떠한 고통도 느껴지지 않았다. 지금 나의 정신을 장악하고 있는 것은 하나, 카이도에 대한 살의뿐이었다.

온몸을 자극하며 흐르던 뜨거운 기운은 다음 순간 오른손을 통해 검으로 흘러들어 가기 시작했고, 잠시 후 나의 피로 물들어져 있던 검은 붉은 빛에 감싸이기 시작했다.

"헉… 설마……."

녀석은 나의 검에 서린 핏빛의 검광을 보며 크게 놀란 표정으로 중얼거렸다. 이것은 주위에 있던 다른 이들도 마찬가지였다.

"소드 오로라다!"

소드 오로라, 검을 수련하는 자가 염원하는 단계인 소드 마스터만이

행할 수 있는 검기였다. 나로서도 내가 소드 오로라를 방출했다는 것이 믿어지지 않았다.

지금까지 난 마나의 존재조차 느끼지 못했었기 때문이다.

카이도는 내가 소드 오로라를 방출하자 이마에 연신 땀을 흘리며 뒷걸음질치고 있었다. 아직 마나의 존재조차 느끼지 못한 그에게 소드 오로라는 죽음의 공포로 다가온 것이다.

"끄아악!"

잠시 후 녀석은 검을 내던지고 용병들 사이를 헤치며 도망치려 했지만 사람들은 배신자인 그를 그대로 도망치게 하지 않았다.

"어딜 도망가, 이 개자식아!"

"끅!"

녀석에게 검을 빼앗긴 용병은 그가 자신들을 헤치며 도망치려 하자 주먹을 들어 그대로 안면을 후려쳤고, 카이도는 정신없이 도망가던 터라 제대로 방어도 하지 못하고 주먹에 강타당하며 뒤로 쓰러지고 말았다.

하지만 이내 정신을 차리고 몸을 일으켜 도망치려 했다. 하나 이런 더러운 자를 그대로 놓치지는 않았다. 녀석이 다시 몸을 일으키는 것을 보며 난 몸을 날려 그의 왼쪽 다리를 향해 검을 휘둘렀다.

"끄악!"

붉은 검기가 번뜩이자 검은 마치 두부를 자르듯이 녀석의 다리를 잘라 버렸고, 카이도는 비명을 지르며 그 자리에서 쓰러지고 말았다.

죽음의 공포일까? 그는 바닥에 시뻘건 피의 웅덩이를 만들 정도의 피를 흘렸음에도 정신없이 기어가고 있었다. 난 그에게 다가가 뒷머리를 잡아서는 들어 올렸다.

"끄… 으윽… 사… 살려줘……."

방금 전까지만 해도 나를 고통스럽게 죽이려 했던 녀석이 지금은 목숨을 구걸하는 구차한 모습을 보이자 나로선 참담함까지 들었다.

이따위 녀석 때문에 저스틴을 포함해 구백여 명의 동료가 덧없는 죽임을 당했다는 것이 믿어지지 않았다.

자신의 뜻이 이루어지지 않았다는 이유로 말도 안 되는 복수를 하여 수백 명의 동료들을 죽인 자가 한 목숨을 연명하고자 구걸한다는 것에 세상의 불공평마저 느끼고 있었다.

죽이는 것조차 저스틴을 더럽힌다는 생각에 난 그는 바닥에 내던진 후 검을 들어 남아 있는 녀석의 한쪽 다리를 잘라 버렸다.

"끄악!"

다리가 잘려 나간 그는 또다시 고통의 비명을 지르고는 그대로 혼절했고, 난 거기에서 멈추지 않고 녀석의 두 손을 잘라 버렸다.

"이자를 치료해 줘라!"

녀석의 사지를 잘라 버린 난 주위에 있던 용병들에게 소리쳤고, 그들은 나의 말에 녀석을 끌고는 막사로 향했다.

그의 말대로 목숨은 살려주었지만, 그에게 더 큰 참담함을 맛보게 하기 위함이었다. 카이도가 사라지자 난 천천히 바닥에 뉘어 있는 저스틴의 곁으로 걸음을 옮겼다.

덧없는 죽임을 당한 나의 유일한 친구, 죽음의 강을 건너려는 나를 잡고 놓아주지 않았던 그가 나보다 먼저 강을 건너리라고는 생각지도 못했다.

눈물조차 나오지 않았다. 도저히 그가 죽었다는 것이 믿어지지 않았기 때문이다.

저스틴이 죽은 이후 난 어떠한 친구도 사귀지 않았다. 용병으로서의 동료는 있었지만 더 이상 친구는 존재하지 않았다.

하지만 지금의 나에겐 딸과 함께 잃어버린 친구가 있었다.

'다시 이름을 찾을 시간인가…….'

저스틴 그는 마지막을 거짓된 이름이 아닌 자신의 진짜 이름으로 죽음을 맞이했고, 이제 세상의 거짓된 모습에서 내가 벗어날 시간이 다가온 것이다.

제30장 **탐욕의 장**

탐욕의
장

　사람을 사고판다는 것, 이젠 누구나 당연하다고 받아들이는 일임에
도 신앙은 그것을 거부하고 있었다.

　오성신의 계율에는 분명 간음해선 안 된다고 말하고 있지만 세상 어
느 곳에도 창녀들은 존재했고, 그들은 계율을 지키며 살아간다는 자들
에게 하룻밤의 향락을 제공하며 돈을 받는다.

　그리고 그 존재들 가운데 신의 사도라는 자들도 있었다.

　자신들의 믿음을 거부하는 일이나 그것을 당연하다 받아들이는 세
계. 학자들은 이러한 세계의 이율배반적 행동에 노기를 터뜨리며 질타
하고 있지만 그들 역시 다르지 않다.

　붉은 늑대, 수많은 사람들을 죽이고 팔아넘기는 거대 인신매매 조직
이 겉으로 그 모습을 드러내었다.

　물론 실제로 자신들의 이름을 외부에 드러낸 것은 아니었지만 지난

3개월 동안 그들에 의해서 습격당한 도시와 마을의 수는 수백을 넘어섰고, 죽거나 그들에 의해 잡혀간 사람들의 수는 수십만을 넘어서고 있었다.

붉은 늑대가 표면으로 모습을 드러내자 대륙의 많은 왕국들은 그제야 심각성을 알고 군대를 보내어 소탕하려 했지만 오히려 그들에 의해 전멸하는 군대가 더 많다는 것은 그동안 얼마나 이들 왕국들이 썩었는지 알 수 있게 해주었다.

그런데 이상한 것은 지금까지 각 왕국에 팔려 나갔던 노예들이 수십만을 넘어선 숫자임에도 불구하고 그 종적을 알 수 없다는 것이다.

수십만이 넘는 인간들은 모두 어디로 사라진 것인가?

뎅! 뎅!

하늘을 짙게 덮고 있는 검은 연기, 붉은 불길이 모든 것을 소멸시킬 듯이 피어오르며 사람들의 비명이 사방에서 나의 귀를 울리고 있었다.

멀리서 들리는 성전의 종소리는 지금 이 순간에 일어나고 있는 일을 오히려 반기기라도 하는 것처럼 울려 퍼졌고, 다음 순간 그 소리가 줄어들더니 더 이상 울리지 않았다.

대지에 쓰러진 자들의 몸에서 흘러나온 피는 갈색의 흙을 이제 검붉은빛으로 물들이고 있었고, 마지막 힘을 다해 몸을 일으키던 자는 바닥에 긁힌 흔적을 남겨놓은 채 생의 마지막 숨을 다하며 차가운 성정의 살인자들에게 짓밟히고 있었다.

이 모든 것을 지켜보고 있는 나의 검은 그들을 지키려 했던 병사의 가슴에 꽂혀 있었고, 피를 흘리며 애처로운 눈빛을 보이는 젊은 병사는 그대로 숨이 끊어지고 말았다.

"젠장할, 미치겠군!"

곁에는 이스트가 미간을 찌푸리며 투덜거렸다. 그의 손에는 나이 어린 소녀의 머리채가 쥐어져 있었고, 아이는 비명을 질러 고통을 호소하고 있었다.

"이런 짓을 정말 해야 하는 거야?!"

전쟁 용병으로서 많은 시간을 보낸 그들이었지만 이런 싸움은 해본 적이 없었다. 우리들에게 희생되고 있는 자들은 아무런 힘 없는 자들이었고, 지금까지 살인이라는 것과는 거리가 먼 사람이었기 때문이다.

"우리가 아니어도 일어날 일이었다."

피로 뒤범벅이 된 페드로는 그런 이스트를 보며 말했지만 그의 표정 역시 그리 밝은 것은 아니었다.

역겹다는 표정이 얼굴에 가득한 그는 겉으론 어쩔 수 없는 일이라 말하고 있었지만 당장이라도 곁에서 살행을 자행하고 있는 자의 목을 베어버리고 싶어하고 있었다.

우리들이 있는 곳은 대륙 남부의 작은 도시. 지금껏 전쟁이란 것을 모르며 수십 년을 살아온 이들은 붉은 늑대라는 조직에 의해서 사라지고 있었다.

불타고 있는 도시를 덮고 있는 검은 연기는 악마의 형상을 하고 있었지만 어느 누구도 그것을 알아채지 못했다.

힘없는 자들에 대한 무차별적인 살육은 거의 다섯 시간 이상 계속되었고, 모든 것이 끝났을 때 지저분한 몰골의 아이들과 수많은 남자에게 범해진 여인들의 파리한 모습들이 보였다. 하나같이 손에는 강철로 만들어진 수갑이 차여져 있었고, 그들 주위로 젊은 여인들의 몸을 쓰다듬으며 여운을 감추지 못하는 자들의 추악한 모습 또한 함께였다.

잡혀 있는 인질들의 숫자는 족히 수백이 넘을 많은 수였지만 어느 하나 빠져나갈 생각을 못하고 있었다. 그들 주위로 검을 든 사내들이 싸움과 관계없는 마을 사람들의 목을 베고 있었기 때문이다.

붉은 피가 사방으로 퍼질 때마다 여인들의 비명 소리와 공포에 질린 아이들의 울음소리가 울려 퍼져 순식간에 아수라장이 돼버렸지만 공포가 짙어지자 오히려 점점 줄어들고 있었다.

"젠장할!"

피 묻은 검을 들고 연신 투덜거리는 이스트의 모습에 나 역시 한숨이 새어 나오고 있었다.

하지만 이 일을 거부할 수 없는 것이, 지금 우리로선 이들에 의해 사라진 수십만의 사람들을 찾는 것과 함께 불사의 염원의 계획을 막아야 했기 때문이다.

수많은 사람들을 살리기 위해 나의 손으로 아무런 죄 없는 자들을 죽이고 여인들을 강간한다는 것이 너무나 이율배반적인 행동일 수밖에 없지만 우리로선 소와 대의 선택에서 대를 선택할 수밖에 없었다.

한 시간여 정도가 지나자 한 대의 화려한 마차가 다가오는 것을 볼 수 있었는데, 잠시 후 마차에서 몇 명의 마법사들이 내렸다.

'그렇군.'

이들의 모습을 확인한 후에야 왜 많은 왕국에서 납치된 사람들의 소재를 파악할 수 없었는지 알 수 있었다. 마법이라면 많은 이들의 눈을 속일 수 있기 때문이다.

마차에서 내린 마법사들은 근처의 공터에서 모이더니 무엇인가 이야기를 나눈 후 바닥에 마법진을 그리기 시작했다. 그것을 보고 있던 페드로는 고개를 끄덕이며 말했다.

"공간 이동의 마법진으로 보입니다."

"공간 이동?"

"예. 이 정도의 많은 수를 한꺼번에 움직이는 것은 힘든 일이지만 불사의 염원이라면 불가능하지만은 않겠지요."

그의 말대로 한 시간여 정도의 작업이 끝나자 그들이 그린 마법진으로 푸른 빛의 입구가 형성되었고, 잠시 후 용병들의 지시를 받으며 사람들이 빛 속으로 끌려가기 시작했다.

칠인회가 우리를 이곳으로 보낸 이유는 바로 이들이 사라진 곳을 찾기 위함이었다. 하나의 도시가 습격당할 정도면 그 많은 사람들의 종적이 조금이라도 남을 만한데 전혀 흔적이 남아 있지 않았던 것이다.

붉은 늑대들은 둘째 치고라도 사라진 사람들의 종적조차 파악되지 않는 상태였으니 칠인회의 넓은 첩보망으로도 그곳을 찾아내는 것은 불가능했다.

이들 칠인회의 힘은 마도에 국한된 것이 대부분이었기 때문이다. 그래서 용병 길드를 이용하여 붉은 늑대로 잠입해 들어가 그들의 종적을 찾게 된 것이다.

이번 싸움으로 잡혀 들어온 사람들 사이에 끼어 용병들 역시 푸른 빛 속으로 들어가기 시작했고, 우리 역시 천천히 그들을 따라 걸어 들어갔다.

푸른 빛의 길을 지나 도착했을 때 강한 열기가 온몸을 자극하기 시작했다. 고개를 돌려 보니 오른쪽의 계곡으로 시뻘건 불빛이 일렁이고 있었다. 용암이었다.

"이곳은?"

"저로서도 확실한 위치를 모르겠습니다."

오랜 시간 대륙 이곳저곳을 돌아다닌 나로서도 처음 보는 공간이었기에 페드로가 모르는 것은 어쩌면 당연한 일이었다.

하늘을 뒤덮고 있는 화산 연기로 한 점의 빛도 들어오지 않는 대지로는 뜨거운 용암의 붉은빛만이 유일하게 어둠을 밝혀주고 있을 뿐이었다.

당장이라도 마계의 마물이 튀어나올 것 같은 을씨년스러운 분위기가 흐르고 있었다. 여기저기에는 병장기를 들고 있는 용병들이 대여섯 명씩 모여 경비를 서고 있는 모습과 함께 군데군데 마나의 흐름이 느껴졌다.

'상당한 매직 트랩이 설치되어 있군.'

이곳의 위치를 알았다 하더라도 쉽게 숨어들어 올 수 없을 정도의 많은 트랩이 존재하고 있었는데, 사람들이 모두 빠져나오자 푸른 빛을 뿜던 게이트는 사라지고 비어버린 공간으로 뜨거운 열기가 소용돌이치듯이 몰려왔다.

"자! 노예들을 이동시켜라!"

붉은 늑대에서 간부 직에 있는 듯한 자의 외침에 용병들은 사람들을 독촉하며 화산의 길을 따라 이동하기 시작했다.

좌측을 가리던 높은 절벽이 끝이 나자 우리들의 눈으로 시뻘건 불길과 검은 연기를 뿜고 있는 화산을 볼 수 있었다. 쉼없이 뿜어져 나오는 용암과 함께 눈이라도 내린 듯 화산재가 회색의 대지를 만들어내고 있었다.

그리고 그 회색의 대지 한가운데에 거대한 성이 그 모습을 드러냈다. 그 웅장한 모습은 로아냐드 제국의 황성조차 비교가 되지 않을 정도로 엄청난 크기였다.

성벽 자체가 검은색으로 이루어져 있는 데다 주위의 환경이 대륙이라고는 볼 수 없는지라 이곳이 마계가 아닐까 중얼거리는 사람들의 소리가 들렸다.

뜨거운 용암이 흐르는 계곡의 다리는 그 길이가 오십 미터가 넘고 폭 역시 이십여 미터 정도의 거대한 석조 다리였다.

다리의 모습을 보며 이것이 근래가 아닌 상당히 오랜 시간 전에 만들어졌다는 것을 알 수 있었다. 나로서는 이곳이 불사의 염원의 진정한 아지트가 아닐까 하는 생각이 들었다.

그렇다고 본다면 이것이 만들어진 것은 불사의 염원이 가장 번성했던 시기로 불사왕 매드가리스의 전성기 때일 확률이 높았다.

그때의 힘이라면 이 정도의 거성을 만드는 것은 그리 어려운 일이 아니었을 것이다.

거대한 석조 다리를 건너자 다음 순간 우리들은 크게 놀랄 수밖에 없었다. 지금까지 눈에 보이지 않았던 것들이 서서히 모습을 드러냈기 때문이다.

단순히 다리 하나를 건넜을 뿐이지만 계곡의 반대쪽과는 전혀 다른 모습을 보이는 것으로 보아 일루전 마법으로 이 모든 것을 감추었다는 걸 알 수 있었다.

거성으로 이어지는 거대한 길 양쪽으로 십자가가 수백 개 이상 세워져 있었는데, 하나하나에는 고통스런 표정을 하고 있는 자들이 밧줄에 매여 죽어 있었다.

개중에는 아직도 숨이 남아 꿈틀거리고 있는 자들도 있었는데, 고통스런 표정 뒤로 보이는 것은 끝을 알 수 없는 공포였다.

거성으로 끌려가는 사람들은 다음 순간 이들의 공포가 자신들에게도 해당되는 것임을 알 수 있었다. 길 한쪽에서 썩어버린 시체를 내리고 살아 있는 남자를 매달고 있는 모습이 보였기 때문이다.

"살려주시오!"

십자가에 매달리지 않기 위해 발버둥 치며 살려달라고 외치고 있었지만 어느 누구도 그에게 동정심을 갖는 이는 없었다.

잔인한 인간의 손길은 삶을 위해 발버둥 치는 그의 몸을 매달았고, 잠시 후 고통스런 비명을 내지른 사나이는 십자가의 매달려 언제 죽을지 모르는 운명에 처하고 말았다.

길게 늘어져 있는 피의 십자가의 길로는 마치 죽은 자의 마지막 절규가 메아리치는 듯해 섬뜩한 느낌이 들었다.

십자가에 매달려 있는 자의 수는 족히 이천을 넘을 듯한 많은 수였는데, 의아한 점이 있다면 모두 청년에서 노년까지의 남자들뿐이라는 것이었다.

길게 늘어져 있는 십자가의 길을 지나 사람들은 검은 거성으로 들어서기 시작했다.

마치 거인이 지나다니는 것과 같은 문은 높이가 삼십여 미터가 넘는 크기였기에 수십 명의 힘이 있어야만 간신히 열 수 있었다.

성벽의 높이는 오십여 미터가 넘을 듯한 데다가 중간중간에 올라서는 것을 막기 위해 강철 가시가 뻗어 나와 있었고, 위쪽으로 올라갈수록 벽면은 앞으로 튀어나와 있어 나로서도 오르기는 불가능했다.

외부의 어떠한 적도 들이지 않을 것 같은 거성인지라 이곳을 빠져나간다는 것 역시 어려울 것은 분명했다.

'이곳에서 완전히 끝을 내야 하는가.'

이제 생의 시간이 얼마 남지 않았기에 이곳에 죽음을 각오하고 왔다고는 하지만 이스트와 페드로를 이곳에서 죽게 할 마음은 없기에 마음이 다급할 수밖에 없었다.

이제 유일하게 빠져나갈 수 있는 방법은 칠인회 루드그레인의 힘뿐이었다.

거대한 문을 지나 안으로 들어가자 눈앞으로 거성이 그 웅장한 모습을 드러내었다. 성벽 곳곳에 장식되어 있는 가고일의 석상은 그 크기가 대륙에서 볼 수 있는 가고일의 두 배 이상이 될 정도였다. 만약 우리들의 정체가 드러난다면 이들은 살아 움직여 우리들을 공격할 것이다.

끌려온 사람들이 이동하는 곳은 거성의 양쪽에 위치해 있는 두 개의 소성 중 하나였는데, 그 역시 보통 중소왕국의 왕궁 정도 크기였다.

붉은 늑대들에 의해 오른쪽 소성으로 끌려가는 이들은 대여섯 명이 한꺼번에 들어갈 수 있는 넓은 계단을 통해 지하로 내려가기 시작했다.

거의 십여 분 이상을 내려가서야 지하에 마련되어 있는 거대한 광장이 그 모습을 드러냈다.

우리는 이곳에 갇혀 있는 사람들의 숫자에 놀랄 수밖에 없었다. 족히 수만여 명은 될 듯한 사람들이 광장의 여기저기에 흩어져 있었기 때문이다. 이것은 칠인회에서 조사한 숫자보다도 두 배 이상은 많은 숫자였다.

불사의 염원, 그들은 단 한 사람의 부활을 위해 이토록 많은 사람들을 희생시키려 한단 말인가? 도저히 믿어지지가 않았다.

도시에서 잡혀온 사람들을 광장으로 밀어 넣자 붉은 늑대의 용병들은 하나둘씩 광장을 빠져나오기 시작했으나 우리를 포함하여 이백여명의 용병들은 이곳에 남아 이들을 감시하는 임무를 맡게 되었다.

이들이 일을 시작한 시간을 생각했을 때 오래 갇혀 있던 이들은 한 달 이상 이곳에서 보냈을 것이 분명했다. 이를 증명하듯이 곳곳에 신음하고 있는 병자들이 즐비했고, 한쪽에 죽은 이들이 썩어가는 것을 볼 수 있었다.

어느 누구도 그런 시체를 옮기지 않았는데, 설사 사람이 있다고 해도 시체를 치울 곳이 없는 데다가 이제 그럴 힘조차 없었기 때문이다.

모두들 절망으로 가득 차 있는 모습이었는데, 개중에서 사람들 사이를 바쁘게 오가는 이도 있었다.

그는 환자들 사이를 오가며 신성 마법을 행해주고 있는 사제였는데 상당히 피로가 쌓인 듯 얼굴에 피로감이 가득했다.

"계절의 신 프라이도스의 사제로군요. 그런 자가 왜 이런 곳에?"

"아무래도 파문 사제인 것 같군."

이스트의 말에 페드로는 그가 파문 사제가 아닐까 했고, 나 역시 그의 말에 동의했기에 고개를 끄덕였다.

대륙 용병들은 신성교단의 사제들에게 별로 좋지 않은 마음을 가지고 있지만 이들 교단에서 파문당한 파문 사제에게는 존경심을 표하고 있었다. 이러한 현상은 붉은 늑대라 할지라도 다르지 않았는데, 이들은 붉은 늑대의 일원이기 전에 용병이기 때문이다.

용병 사회에서 파문 사제를 해하는 것은 어떠한 일보다 더 큰 죄로 인식되고 있기에 이자가 이곳으로 오는 것에는 별문제없었을 것이란 생각이 들었다.

파문 사제는 여러 병자들을 치유하며 오가던 중 우리들의 앞으로 다가왔고, 페드로는 그에게 다가가 공손히 손을 모으며 말했다.

"파문 사제이십니까?"

"…그렇소."

페드로의 말에 사제는 조금 차가운 목소리로 대답했다. 이러한 상황이 마음에 들지 않을 것이기에 어찌 보면 당연한 일이었다.

하지만 페드로는 그의 이런 말투에도 전혀 화를 내지 않고 배낭에서 대여섯 병의 힐링 포션을 꺼내어 그에게 건네주며 말했다.

"오래전에 파문 사제님께 도움을 받은 적이 있습니다. 저로서는 이것으로밖에 사제님을 도울 수가 없겠군요."

"오! 고맙소."

설마 붉은 늑대의 용병들에게 힐링 포션을 받을 것이라곤 전혀 생각지 못했던 사제는 페드로의 손을 잡으며 감사의 인사를 표했다.

하지만 이내 힐링 포션을 잠시 살펴보던 사제는 그를 보며 이상하다는 표정으로 물었다.

"당신은 누구요? 붉은 늑대의 용병이 아닌 것 같은데?"

"무슨 말입니까?"

갑작스러운 그의 말에 페드로는 놀란 표정을 지을 수밖에 없었다.

그는 힐링 포션을 가리키며 말했다.

"당신이 건네준 포션은 저급용병들이 쓸 수 있을 가격의 포션이 아니군요."

"아!"

그제야 파문 사제가 페드로를 의심하는 이유를 알 수 있었다. 페드로가 건네준 포션은 우리가 사용하던 것이었다. 만약의 경우를 위해 칠인회에서 마련해 준 최고급 포션이었던 것이다.

'이런……'

페드로의 실수를 보며 난 천천히 그에게로 걸음을 옮겼는데, 파문 사제는 우리가 다가오자 고개를 저으며 말했다.

"분명 무슨 목적이 있어 이곳으로 들어온 것 같은데 비밀로 안 하면 나를 죽일 생각인가?"

"방해가 된다면 그렇게 할 수밖에 없소이다."

그의 말에 난 낮게 말한 후 블러드 소드의 그립에 손을 가져갔다. 하지만 그는 손을 내저으며 말했다.

"성신 프라이도스님께 맹세하겠네. 이 비밀을 반드시 지키도록 하지. 나로서는 아직 고통받고 있는 사람들을 치유해야 할 사명이 남아 있다네."

"……."

성신의 이름으로 맹세했다면 그가 거짓을 말할 리는 없다고 생각한 난 천천히 그립에서 손을 놓았다. 어쨌든 사람들을 도와주는 이를 죽이고 싶은 마음은 없었기 때문이다.

"무슨 일인가?"

그때 우리들이 모여 있는 것을 보며 간부급 용병 한 사람이 와서 물었다. 페드로는 아무것도 아니라는 표정으로 고개를 저으며 말했다.

"이분을 전에 뵌 적이 있어서 이야기를 나누고 있었습니다."

"음… 파문 사제님과 말인가?"

"예."

"소란은 일으키지 말도록 하게."

"알겠습니다."

파문 사제와 용병들은 어떻게 보면 밀접한 관계가 있기에 이들과 안면이 있는 사람이 없지는 않았다. 그런 이유로 아무리 붉은 늑대의 간부는 아무런 의심도 하지 않고 돌아섰다. 그때서야 우리는 안도의 한숨을 쉴 수 있었다.

간부가 사라지자 파문 사제는 미소를 지으며 말했다.

"자네들만으로 이 일을 해결하기 위해 온 것은 아니겠고… 어떤가, 이 사람들은 구할 수 있겠는가?"

"글쎄요. 최선을 다할 뿐입니다."

"그렇겠지. 솔직히 이런 곳은 나로서도 처음이니까 말이야."

"어떻게 이곳까지 오신 것입니까? 아무리 붉은 늑대의 용병들이라도 이런 곳에 파문 사제님을 끌고 오게 하지는 않았을 텐데 말입니다."

이스트의 물음에 그는 고개를 끄덕이며 말했다.

"그랬지. 하지만 내가 치료하던 사람이 있는지라 마을 사람인 척하고 끌려온 것이네. 후에 파문 사제인 것을 알고는 그대로 내버려 두었지만 말일세. 그러고 보니 이곳에 오면서 다른 남자들은 못 보았나? 나를 제외한 십칠 세 이상의 남자는 모조리 끌고 나갔는데 말이야."

파문 사제의 말에 우리들은 조금 난처할 수밖에 없었다. 그 남자들의 운명이 어떻게 되었는지 이곳으로 오면서 보았기 때문이다.

"아무래도 사제님이 오신 후에 그 일을 벌인 모양이군요. 그 사람들은 이곳으로 오는 길가의 십자가에 매달아 죽이는 것 같더군요."

"십자가에?"

"예, 아마도 어떠한 의식을 위한 제물로 쓰여지고 있는 것 같습니다."

"그런……."

그는 페드로의 말에 안타까운 표정을 지었다. 그들이 다른 곳에 갇혀 있다고만 생각했던 모양이다.

"어쩐지 그들은 내가 파문 사제라는 것을 알곤 다른 남자들과 달리 나를 이곳에 남겨두더군. 그런 일을 하니… 그랬겠지. 참으로 슬픈 일이네……."

그의 말대로 용병들이라면 간부의 명령이 있다 하더라도 파문 사제를 십자가에 매달아 죽이는 일은 하지 않을 것이 분명했다.

만약 마을에서 그가 파문 사제라는 것이 밝혀졌다면 그를 이리로 데리고 오는 일조차 없었을 것이다. 수많은 사람들이 끌려오는 이곳에서 어떠한 일이 벌어질 것인지 붉은 늑대의 용병들 역시 어느 정도는 예상하고 있었을 테니 말이다.

"내가 도울 일이 있으면 말하게. 신전에선 버림받은 몸이지만 이곳의 용병들은 그래도 나를 자유롭게 놓아주고 있으니 말이야."

"음… 알겠습니다."

그의 말대로 용병인 우리들보다 파문 사제인 그가 움직이는 것이 훨씬 더 편할 수 있었다. 일단 그는 이곳을 지키는 용병들에게 존경받는 인물이었기 때문이다.

"그렇다면 이 돌을 이곳을 벗어난 곳에 두고 와주시지 않겠습니까?"

도와주겠다는 말에 페드로는 품에서 하나의 돌을 그에게 건네주었는데, 그것은 칠인회에서 만든 마법석으로 이곳의 위치를 파악할 수 있게 일정한 신호를 계속 보내주는 것이었다.

"알겠네. 내 노력해 보지."

어쨌든 그 역시 사람들을 구출하고 싶은 마음이 간절했는지 자칫 잘못하면 죽임을 당할 수도 있는 일이지만 흔쾌히 받아들였다.

생각지도 못한 곳에서 조력자를 만난 우리로서는 일이 생각보다 잘 풀려가고 있음에 안도감을 느꼈다.

서너 시간 정도 지나자 이들에게 먹일 음식을 가져오는 사람들이 입구를 통해 들어오기 시작했다. 워낙 안에 있는 사람들의 수가 많은 만큼 상당한 양이었다.

　물론 그 메뉴는 감자와 빵, 수프뿐이었는데 그 양도 간신히 하루를 연명할 정도의 수준밖에는 되지 않았다.

　하지만 살기 위해선 음식을 먹지 않으면 안 되는지라 음식물이 들어오자 수많은 사람들이 아우성치며 먼저 음식을 받으려 다투었다.

　"어이, 자네들도 저녁을 들라고!"

　우리들 역시 다른 사람들과 함께 음식을 들었지만 이곳에 잡혀온 사람과는 다를 수밖에 없었다. 어린아이들은 우리들 앞에 놓여 있는 음식들을 보며 침을 삼키고 있었는데, 그도 그럴 것이 아이들이 먹고 있는 빈곤한 음식과 달리 용병들이 먹는 음식은 화려하지는 않지만 그래도 이들이 쉽게 접하지 못하는 음식이 대부분이었기 때문이다.

　"저리 안 가!"

　아이들의 눈빛이 부담스러운 듯 소리치며 쫓아내려는 용병이었지만 아이들은 움직일 생각을 하지 않았다. 배고픈 아이들에게 그들이 주는 으름장은 그리 효력을 발휘하지 못하고 있는 것이다.

　이스트는 보다 못해 앞에 놓여 있는 음식을 던져 주려 했는데 그때 단장이 그의 손을 잡고는 고개를 저으며 말했다.

　"그만두게. 아이들만 더 몰릴 뿐이네."

　"음……."

　그의 말대로 이스트가 음식을 던져 준다고 해봤자 아이들의 허기짐을 해결해 줄 수는 없었다. 단지 자기만족에 지나지 않을 뿐이었기에 이스트는 바로 그만두었다.

이곳에서의 일이 있는 만큼 괜히 시선을 끌 필요는 없다고 생각했던 것이다.

하지만 우리들과 달리 한쪽에서 용병들에게 식사를 받은 사제는 자신이 먹어야 할 음식을 아무런 거리낌 없이 아이들에게 나누어 주고 있었다. 그에게 음식을 전해주었던 용병은 답답하다는 표정으로 그를 보며 말했다.

"사제님, 자꾸 아이들에게 음식을 주면 어떡합니까? 벌써 오 일째 아무것도 드시지 않지 않았습니까?"

"하하하, 저는 오히려 이 아이들이 맛있게 먹는 것이 훨씬 배부르답니다."

"휴……."

웃으며 말하는 사제의 말에 탓하듯이 말하던 용병은 한숨을 쉴 수밖에 없었다. 또다시 음식을 전해준다 하더라도 파문 사제가 다시 아이들에게 음식을 줄 것은 뻔한 일이었기 때문이다.

"사제님께 음식을 더 드리도록 해라."

"아! 예."

그때 우리의 곁에서 음식을 먹던 단장이 사제에게 음식을 전해주던 용병을 보며 넌지시 말했는데 나로서는 조금 의아하게 생각될 수밖에 없었다.

방금 전 이스트가 음식을 나눠 주려 했을 때는 막던 그가 사제에게 전해주면 그것이 또 아이들에게 갈 것임을 알면서도 음식을 주는 이유를 알 수 없었기 때문이다.

"단장, 사제에게 음식을 주면 또 아이들에게 줄 텐데 뭣 하러 아깝게 음식을 줍니까?"

근처에 있던 용병 역시 이상한 듯 물어보니 단장은 무표정한 얼굴로 그의 말에 답해주었다.

"사제는 다르니까."

"예? 다르다니요?"

하지만 더 이상 단장은 그의 말에 답해주지 않았는데, 난 그의 뜻을 알 수 있었다.

우린 어떠한 일을 한다 해도 저들에게는 가해자에 지나지 않는다.

자신들의 죄를 완전히 씻기 위해선 저들을 풀어주어야겠지만, 그것을 할 수 없다면 쓸데없는 자비 같은 것은 불필요하다 생각하는 것이다.

이에 반해 파문 사제의 경우 두 부류 모두 속하지 않는 자였기에 그에게 도움을 준다는 것은 신에 대한 봉헌으로 가해자의 알량한 자비가 아니었다.

단장은 붉은 늑대의 일원이라고는 하나 생각하는 건 용병이라기보다 오히려 기사에 가까운 인물이었다. 겉으론 냉혹해 보이는 인물이나 심기가 깊은 인물이었다.

두 시간 정도 후 우리는 다른 용병들과 교대하고 숙소로 돌아갈 수 있었다. 우리 쪽의 소성에는 용병들이, 다른 쪽의 소성에는 불사의 염원의 마법사들이 머물고 있었는데 용병들은 마법사들이 머물고 있는 성으로 들어갈 수 없게 되어 있었다.

전통적으로 마법사와 검사들의 사이가 좋지 않은 것을 감안한다면 분쟁을 막기 위한 일이라 생각됐지만 본성 역시 출입이 금지되어 있는 것으로 보아 용병들은 신분 확인이 어렵기 때문에 첩자에 대한 예방책이라는 생각이 들었다.

밤이 늦은 시간에도 외부의 모습은 그리 변함이 없었는데, 화산의 연기로 낮에도 태양의 빛이 들어오지 못하기 때문이다.

하지만 성의 곳곳에는 마법사들이 만들어놓은 마법석의 라이트가 훤히 밝히고 있기 때문에 초저녁 즈음의 밝기라 그들의 눈을 피하기가 쉽지 않았다.

거기에다 용병에 대한 감시도 꽤 심한 편에 속했기에 함부로 숙소를 벗어날 수 없었다. 하지만 그대로 있다가는 아무것도 할 수 없기 때문에 위험을 무릅쓰고라도 밖으로 나가야 했다.

다섯 명 정도가 한 방에 머물고 있어 개인적으로 움직이는 것은 눈에 띄일 염려가 있었으나 그렇다고 소성 내의 활동에 큰 제약을 가하는 것은 아니었기에 페드로, 이스트 두 사람과 함께 복도로 나갔다.

"아무래도 본성에 침입해 들어가는 것은 어려울 듯한데."

"응. 거기에다 외부의 경비도 상당해. 아무래도 칠인회의 마법사들 역시 들어오기 힘들 것 같고 말이야."

붉은 늑대의 용병들과 불사의 염원의 마법사들 거의 대부분이 집결해 있는 곳인지라 그만큼 이번 일은 난관에 봉착해 있었다.

사제의 도움으로 마법석을 외부에 장치하는 것까진 성공했지만 본성으로 침입해 들어갈 방법도, 외부의 도움도 기대하기 어려워졌기 때문이다.

하지만 그들에게 정체를 들키는 한이 있어도 이들의 계획을 막아야 한다는 생각엔 변함이 없었다. 이곳으로 잡혀 들어온 모든 이들이 불사왕의 부활의 제물이 되는 사태는 어떻게든 막아야 하기 때문이다.

그렇게 되면 차라리 이곳으로 잠입하지 않느니만 못하게 되기 때문에 나로서는 최후의 선택을 할 수밖에 없었다.

"외부로 용병들이 다시 나가지 않는 것을 보면 아무래도 제물의 숫자가 거의 채워진 듯합니다."

"내일 기회를 봐서 본성으로 들어가도록 하지. 칠인회의 도움을 받을 수 없다 하더라도 사람들이 희생되는 것은 막아야 한다."

"예."

일단은 외부의 상황을 살펴보며 칠인회의 소식과 때를 기다릴 뿐이었는데, 창을 내려다보자 이상한 것을 볼 수 있었다.

"블러드님, 저것은!"

"거대한 마법진이군."

처음 이곳으로 올 때는 몰랐지만 성의 창문으로 아래를 내려다보니 정원이라 생각했던 것이 마법진의 모습을 하고 있었다.

대륙 왕국들의 성에는 간혹 정원의 형식으로 만들어진 미로와 같은 것이 있기는 하지만 마법진의 형상을 한 것은 처음 보는 것이었다.

페드로는 급히 책을 꺼내어 마법진의 형태를 보며 마법의 종류를 살핀 후 말했다.

"자세한 것은 모르지만 저희가 들어왔던 십자가의 길은 일종의 에너지의 길이라고 볼 수 있습니다. 하나의 본성과 두 개의 소성, 그리고 외부의 거대한 성벽은 마나의 집결력을 높이기 위한 장치라고 볼 수 있습니다."

"그렇다면 이 성 자체가?"

"예, 거대한 마법진이라고 할 수 있습니다. 이 정도 규모면 상당한 고서클의 마법입니다."

거대한 규모의 마법, 그렇다고 본다면 제물 외에도 이것을 움직이기 위한 에너지원이 필요한데 불사의 염원의 마법사들 힘으로도 어려울 정도의 크기였다.

그때 난 문득 드는 생각에 본성 쪽을 바라보았고, 그 뒤에서 거대한 화산의 모습을 볼 수 있었다.

"저것인가……."

"그렇군요. 화산의 힘이라면 충분한 에너지원이 될 테니까요."

페드로 역시 나의 생각이 틀림없다고 생각하고 있었다. 그렇게 본다면 본성의 지하에 에너지를 주입하기 위한 어떠한 장치가 되어 있을 것이란 생각을 할 수 있었다.

다음날 새벽 즈음 사람들의 감시가 소홀해지는 틈을 타 경비병들의 눈을 피해 본성 잠입을 시도했다.

그러다 소성의 입구를 통해 빠져나가기 위해 주위를 살펴보고 있을 때 복도 쪽으로 익숙한 얼굴의 사람이 두리번거리며 다가오는 것을 볼 수 있었다. 그는 놀랍게도 소성의 지하에서 우리의 일을 도와주었던 사제였다.

아무리 파문 사제라 할지라도 이런 새벽부터 함부로 돌아다닐 수는 없는 노릇이었기에 이상한 생각이 들었지만, 이 사제에 의해 사람들의 시선을 끌 수 있는지라 이스트에게 지시하여 그를 데리고 오게 했다.

"무슨 일인데 이렇게 돌아다니십니까?"

"자네들을 찾고 있었네."

이스트에게 잡혀온 사제의 말에 우리는 영문을 알 수가 없었는데 그가 계속 말을 이었다.

"오늘쯤이면 자네들이 움직일 것이라 생각해서 말일세. 나로서는 조금이라도 힘이 되고 싶어 찾아왔네만, 괜찮겠나?"

"음……."

확실히 하나의 손이라도 더 필요한 이 시점에 그의 도움이 필요한 것은 사실이지만 과연 사제가 우리를 따라올 수 있을까가 걱정이었다.

자칫 잘못하면 이자에 의해 모든 것을 실패할 위험이 있었기 때문이다.

"며칠간 제대로 된 식사를 못하셨다고 들었는데 움직이는 것이 힘들지 않습니까?"

"파문 사제로 살아가면서 삼사 일 굶는 것은 흔한 일이니 걱정 말게."

"음… 알겠습니다."

그의 표정을 보며 쉽게 물러나지 않을 것이란 생각에 어쩔 수 없이 승낙했다. 그는 안도의 한숨을 쉬고는 나에게 손을 내밀며 말했다.

"소개가 늦었군. 성 프라이도스님을 모시고 있는 기안이라 하네."

"블러드 스톰이라 합니다."

"오! 자네가 특급용병이라 알려져 있는 블러드 스톰이었군. 이거 굉장한 거물을 만났는걸?"

내 이름을 들은 그는 꽤 감탄했지만, 그 탓에 페드로와 이스트는 크게 놀라 급히 그의 입을 막았다. 워낙 목소리가 큰 사람이었는지라 혹시나 누가 듣지 않았을까 하는 생각 때문이었다.

다행히 나오는 사람이 없어 두 사람은 안도의 한숨을 쉴 수 있었다. 난 고개를 돌려 본성으로 들어가기 위한 때를 기다렸다.

소성을 경비하고 있는 용병들이 움직이는 것을 보며 입구로 나가기는 어렵단 생각에 우리는 창문을 통해 밖으로 뛰어내린 후 급히 마법진의 형태로 만들어져 있는 정원으로 숨어 들어갔다.

조심스럽게 본성 입구 쪽을 보자 네 명의 마법사들이 지키고 있는 것을 볼 수 있었는데, 그중 두 명이 이야기를 나누며 감시를 소홀히 하고 있는 것을 확인할 수 있었다.

이들이 있는 곳에서 삼십 미터 정도 떨어진 곳으로 본성의 창이 있었다. 대략 이십 미터 정도 되는 높이에 있었는데 나의 힘이라면 충분히 오를 수 있을 정도였다.

"페드로."

"예."

지시를 받은 페드로는 정원의 반대 편을 향해 돌을 던졌고, 풀숲이 흔들리며 소리가 들리자 마법사들이 시선을 돌렸다.

"누구냐!"

그 순간을 놓치지 않은 우리는 급히 이들의 눈을 피해 본성 쪽으로 몸을 날렸고, 창이 있는 곳에 다다르자 난 발을 박차고 뛰어올라 성벽의 돌출된 부분을 잡고 창문을 향해 올라갔다.

창 쪽에 도착한 난 조심스럽게 안쪽을 살펴보았다. 다행히 마나의 느낌은 느껴지지 않았기에 안으로 들어가 밖을 향해 준비해 놓은 밧줄을 던졌다.

일행이 올라오는 것을 보며 문 쪽으로 다가선 난 복도에 사람이 있나 없나를 살펴보았다.

일행들이 모두 올라오자 페드로는 준비해 놓은 마법사의 로브를 다른 사람에게 나눠 주었다. 일단 안으로 들어온 이상 불사의 염원의 마법사로 변장하고 안으로 잠입해 들어가기로 한 것이다.

루드그레인을 위해 로브를 한 벌 더 준비해 놓고 있었던 덕에 기안이 입을 여별도 있어 우리들은 후드를 눌러쓴 후 방을 나갈 수 있었다.

지하로 내려가는 도중 몇 명의 마법사들을 만날 수 있었지만 다행히 본성 안에서는 감시가 심하지 않았기에 우리가 가는 길은 그리 어렵지 않았다.

지하로 내려가는 길은 다른 성과 비교해서 그리 다르지는 않았는데, 수백 개의 계단을 내려가자 잠시 후 지하 복도로 내려설 수 있었다.

"상당히 덥군요."

기안은 연신 이마에 흐르는 땀을 닦으며 중얼거렸다. 그의 말대로 덥다기보다는 뜨거운 기운이 땅 밑에서부터 밀려오고 있는지라 우리들 역시 땀이 온몸을 적시고 있었는데 그 이유는 잠시 후 알 수 있었다.

복도를 계속 지나 안으로 들어서자 거대한 지하의 동굴이 그 모습을 드러냈다. 동굴 안 계곡 밑으로 지하를 양분하고 있는 뜨거운 용암이 흐르고 있는 것이 보였다.

"굉장하군!"

용암이 흐르는 계곡은 사람들의 손에 의해 인공적으로 만들어진 것이었다. 인간의 몸으로 이 정도 공사를 감행할 수 있다는 것에 놀라울 따름이었다.

"역시 본성 밑으로 용암이 흐르는 통로를 만들어놓았군요. 이 정도면 마법진을 가동할 에너지로 충분할 것입니다."

자세한 흐름의 방향을 알기 위해 계곡의 용암이 흐르는 쪽으로 걸음을 옮기다 우리는 미간을 찌푸릴 수밖에 없었다.

역시나 이 계곡은 그 끝에 이르러 처음 우리가 사람들을 끌고 왔을 때 보였던 계곡으로 향했고 한쪽에는 거대한 둑이 만들어져 있었다.

만약 이 둑이 터진다면 그곳에 만들어져 있는 통로를 통해 용암이 흘러갈 것이고, 그 방향은 바로 본성 옆에 위치해 있는 소성 쪽이었다.

"소성의 지하에 용암을 흘려 그대로 제물로 사용할 모양입니다."

물론 확실한 것은 알 수 없었지만 지금까지 불사의 염원이 행했던 일을 생각한다면 충분히 가능한 일이었다.

"거기까지다. 오랜만이군, 블러드."

그때 멀리서 누군가의 목소리가 들려왔다. 고개를 들어보니 계곡의 반대쪽에서 십수 명의 마법사들을 볼 수 있었다.

"도리스……."

마법사들 앞에 있던 자는 바로 도리스였다. 그는 이미 내가 이곳으로 잠입해 들어올 것을 알고 있었던 것이다.

"기다리고 있었네."

그의 말과 함께 거대한 돌이 우리 쪽을 향해 움직이기 시작했고, 잠시 후 용암의 계곡을 건널 수 있는 다리가 만들어졌다.

"블러드님……."

"가자."

이미 우리가 들어올 것임을 알고 있었다면 지금의 상황에서 녀석들을 피해 도망가는 것보다는 그들의 뜻대로 움직이다 기회를 보는 것이 낫다는 생각을 했기 때문이다.

계곡을 건너오자 도리스는 나를 보며 미소 짓고는 말했다.

"그래, 우리의 성을 본 감상이 어떤가?"

마치 오랜 친구라도 만난 것처럼 말을 건네는 그에게 무슨 말을 해 줘야 될지 알지 못해 침묵을 지켰다. 하지만 그 역시 대답을 바란 것은 아니었는지 계속 말을 이었다.

"자네에게 이곳의 모든 것을 보여주도록 하지. 자, 나를 따라오게."

나 역시 이곳에서 무슨 일을 획책하고 있는지 알고 싶었기에 그를 따라 계곡의 반대쪽에 나 있는 동굴 쪽으로 걸음을 옮겼다.

내벽은 인공적으로 만들어졌는데 도리스와 가는 길은 자연적으로 만들어진 듯했다.

용암이 빠져나가며 형성된 동굴의 천장에는 흔히 볼 수 없는 종류의 박쥐가 매달려 있었는데 녀석들의 몸에서 마나가 느껴졌다.

물론 모든 동물은 각자 마나를 지니고 있다곤 하지만 녀석에게 느껴지는 종류는 마법의 느낌이 드는 마나, 그렇다고 본다면 머리 위에 있는 박쥐 중 마법사의 패밀리어가 있다는 뜻이었다.

과거에는 마법사들이 동물들 중 하나를 선택하여 자신의 패밀리어로 만드는 일이 많았지만 지금은 통신 마법이 크게 발달하여 패밀리어를 만드는 이는 거의 없다고 해도 과언이 아니었는데, 불사의 염원은 오랜 역사를 가진 마법 조직인만큼 아직 패밀리어를 이용한 통신 방법을 이용하고 있는 듯했다.

패밀리어가 감시하고 있으니 탈출했을 때 다시 이곳으로 지나간다면 적의 이목에 들킬 가능성이 컸다.

십여 분 이상 안쪽으로 들어갔을 때 우리 앞으로 눈부신 빛의 공간이 드러났다. 화산의 연기로 밤에 가까운 날이 계속되는 이곳에서는 흔히 볼 수 없는 모습이었는데, 안으로 들어서자 거대한 원형의 공간과 함께 중앙에 하나의 거대한 석상이 서 있는 것을 볼 수 있었다.

"불사왕 매드가리스인가……."

로브를 휘날리며 마법 지팡이를 들고 있는 마법사의 동상에 난 그것이 매드가리스라는 것을 짐작할 수 있었다.

고개를 들어 천장을 보자 원형의 마법진 주위로 수십 개의 마법석이 박혀 이곳을 환히 밝히고 있었고, 그 주위로 과거 매드가리스의 행적을 말해 주는 음각의 석화가 새겨져 있었다.

바닥은 석상을 중심으로 천장과 같은 마법진이 그려져 있었는데, 상당한 마나의 힘이 느껴지고 있는 것이 아직도 마법이 실행되고 있음을 말해 주고 있었다.

"이곳이 바로 불사왕 매드가리스님의 무덤이네."

"음……."

도리스가 나를 보며 말하고는 천천히 석상 중심의 한 원형의 마법진으로 걸음을 옮겼고, 그가 들어서자 마법진에서는 푸른색의 빛이 강하게 일렁이기 시작했다.

잠시 후 굉음과 함께 석상이 아래로 가라앉으며 천장에서 거대한 관이 아래로 천천히 내려왔다. 만약 도리스가 아니었다면 이곳에 매드가리스의 관이 있다는 것조차 몰랐을 정도로 교묘한 장치였다.

도리스는 뒤로 물러선 뒤 두 손을 앞으로 내밀고 고대어로 된 주문을 외우기 시작했다. 관은 시계 방향으로 회전하며 세로로 일어섰다.

관 뚜껑에는 이곳에 오면서 보았던 십자가의 형상이 새겨져 있었는데, 잠시 후 십자가의 음각이 붉은 빛을 내는가 싶더니 관 전체로 마치 핏줄과도 같은 모양으로 퍼지기 시작했다.

그렇게 십여 분의 주문이 계속된 후에야 도리스는 주문을 멈췄고, 잠시 후 석관의 문이 열리기 시작했다.

"음……."

하지만 나로서는 불사왕 매드가리스의 모습보다는 왜 도리스가 나를 이곳으로 데리고 왔는지 이해할 수 없었다.

불사의 염원에 속해 있는 마법사인 그로서는 내가 적일 수밖에 없는데, 왜 아무런 제지도 가하지 않고 중요한 의식이 행해지고 있는 것을 보여주고 있는 것일까?

이해할 수 없는 일이 계속되는 가운데 잠시 후 석관의 문이 열리면서 수천 년을 봉인에 들어가 있던 불사의 염원의 장인 매드가리스의 육신이 드러나기 시작했다.

황금의 로브를 입고 있는 그의 손은 붉은 보석이 박혀 있는 지팡이를 들고 있었는데, 그의 육신이 드러나면서 느껴지는 마나에 나로서는 큰 충격을 받을 수밖에 없었다.

"이것은……."

"놀랐는가? 자네와 같은 마나이니 말이야."

"음……."

불사왕 매드가리스의 몸에서 느껴지는 마나는 바로 나와 같은 피의 마나였다. 그의 몸에서 흘러나오는 기운은 잠시 후 우리들을 붉은색의 안개로 휘감아 버렸다. 이것은 블러디안 에이리어와 같은 모습을 하고 있었다.

스스로를 봉인하기는 했지만 그의 강력한 힘은 사라지지 않아 마법진이 그려진 석관이 열리면서 그 힘의 영역을 만들어내고 있었던 것이다.

「음… 저자가 불사왕 매드가리스인가.」

블러드 소드 에고인 마족 킬리스는 침음성을 삼키며 중얼거렸다. 지금까지 그가 살아오면서 보았던 피의 마나를 가지고 있는 자는 마족인 자신과 인간인 나 외에는 없었기 때문이다.

피의 마나는 얻고자 해서 얻을 수 있는 마나가 아니다. 피의 마나는 자신의 죽음을 원하는 자이지만 숙명의 힘으로 죽음을 얻지 못한 자, 그런 자가 수십 년간 고통의 생을 겪으며 얻을 수 있는 마나였기 때문이다.

불사왕 매드가리스, 죽음을 관장하는 신인 매드가리스의 저주로 불사의 존재가 되어 고독감에 스스로 죽음을 찾아 헤매었던 불운의 마법사. 그런 그가 나와 같은 피의 마나를 가지고 있다는 것은 어쩌면 당연한 일이었다.

[누가 나를 영원한 봉인에서 깨우고 있는가.]

그때 강렬한 정신파와 함께 낮은 음성의 목소리가 머리를 울리기 시작했다.

"끄으윽!!"

주위에 있던 사람들은 강렬한 정신파에 고통을 느끼며 그 자리에 주저앉아 고통의 신음을 지르기 시작했는데, 이것은 바로 블러드 에이리어 안에서 느낄 수 있는 정신 공격과도 같은 힘이었다.

무덤에 있던 사람 중 이 정신파에 고통을 느끼지 않는 사람은 불사왕을 깨우려 하는 도리스와 같은 피의 마나를 가지고 있는 나뿐이었다.

다른 이들은 강렬한 정신파에 더 이상 버티지 못하고 쓰러져 혼절했는데, 불사왕의 육신에서 핏빛 그림자가 새어 나오는가 싶더니 잠시 후 하나의 인간 형상을 만들어가기 시작했다.

"음……."

강렬한 눈빛으로 우리를 내려다보고 있는 그는 천천히 고개를 돌리더니 도리스를 보며 다시 정신파의 음성을 날렸다.

[나를 고통 속으로 몰아넣은 마신의 힘을 가진 이여, 그대가 나를 깨

우려 하는가?]

"불사왕이시여, 전 당신을 숭배하는 자 도리스라 합니다."

도리스는 그의 말에 무릎을 꿇으며 정중하게 인사했다. 하지만 붉은 빛의 영을 지닌 매드가리스가 가볍게 손을 흔들자 강렬한 마나의 폭풍이 일어나며 그의 몸을 날려 버렸다.

쿵!!

"끄윽!!"

매드가리스에 의해 튕겨져 날아간 도리스는 굉음과 함께 벽에 충돌했고 이내 벽들이 무너지며 그를 묻어버렸다.

단 한 번 손을 휘둘렀을 뿐임에도 도리스 정도의 인물이 날아가자 나로서는 매드가리스의 힘에 크게 놀랄 수밖에 없었다.

본체가 아닌 상태에서 단순히 의식의 힘만으로 도리스를 날려 버릴 정도이니 만일 본체가 깨어난다면 도저히 막을 수 없는 엄청난 존재가 될 것이라고밖에 생각할 수 없었기 때문이다.

의식으로 만들어진 그의 몸은 천천히 내 앞으로 다가오더니 정신파를 사용하여 나에게 말을 전했다.

[나와 같은 길을 가고 있는 자여, 그대 역시 나의 힘을 원해서 나를 깨우려 하는가?]

다른 이라면 강한 충격을 받을 정도의 강렬한 정신파였지만 그와 나의 마나는 동질이었기에 제정신을 유지할 수 있었다.

그의 질문에 고개를 저은 난 이곳에 온 이유를 밝혔다.

"아닙니다. 전 당신의 부활을 막기 위해 이곳으로 온 것입니다."

[나의 부활을?]

"예. 당신이 마신 시드라의 저주에서 벗어나기 위해 만든 불사의 염원은 이제 대륙을 어둠으로 몰아넣는 존재가 되어 당신의 부활을 위해 수만의 무고한 사람들을 제물로 바치려 하기 때문에 그들을 구하고자 이곳으로 온 것입니다."

나의 말에 그는 의아하다는 표정을 짓곤 잠시 후 예상치도 못한 말을 건넸다.

[내가 불사의 힘을 지녔다고는 하나 나의 봉인은 절대 인간을 제물로 해서는 풀 수 없는 것이거늘, 이해하기 어렵구나.]

"그런……."

혹시 그가 거짓을 말하고 있는 것이 아닐까 하는 생각이 들었지만 이내 고개를 젓고 말았다. 매드가리스 정도의 인물이 나에게 거짓을 말할 리는 없다는 것을 잘 알고 있었기 때문이다.

"크하하하하!"

그때 등 뒤로 누군가의 웃음소리가 들렸다. 고개를 돌리자 무너진 돌더미에서 도리스가 천천히 몸을 일으키는 것을 볼 수 있었다.

"이런, 생각보다 일찍 들켜 버렸군."

"도리스?"

[나와 같은 길을 가는 자여, 그대는 저자의 계략에 빠져든 듯하구나.]

"계략?"

도대체 도리스는 무엇을 계획하고 있었단 말인가? 나로서는 지금의 상황을 이해할 수가 없었다.

그때 도리스가 급히 벽 쪽으로 몸을 움직이는가 싶더니 비밀 통로를 통해 공간을 빠져나가기 시작했다.

"하하하! 자네와 겨루지 못한 것이 안타깝지만 이대로 끝낼 수밖에 없겠군."

"차압!"

그가 빠져나가는 것을 보며 급히 검을 뽑아 녀석을 향해 검기를 날렸지만 이미 비밀 통로는 닫히고 말았다.

급히 비밀 통로가 있던 곳으로 몸을 날렸지만 통로는 더 이상 열리지 않았다. 잠시 후 주위로 벽이 움직이는 소리가 들려오기 시작했다.

나로서는 이 상황을 도저히 이해할 수가 없었는데, 그때 매드가리스의 정신파가 들려왔다.

[수만의 사람들이 갇혀 있다 했는가?]

"예. 두 소성의 지하에 있다고 알고 있습니다."

[나의 봉인을 깨는 것은 인간의 제물로도 불가능하지만 단 한 존재만큼은 부활이 가능할 듯하구나.]

"그 한 존재라면?"

[본인에게 불사의 저주를 건 마계의 존재, 바로 마신 시드라다.]

그의 말이 끝나는 순간 난 도리스가 지금까지 해왔던 모든 일의 의미를 알 수 있었다. 매드가리스를 살리기 위해서 필요한 것은 유온의 땅에서 얻었던 리저렉션 포션. 하지만 그는 이상하게도 그 포션을 중요하게 생각지 않았다.

불사의 염원이 궁극적으로 이루고자 하는 매드가리스의 봉인을 풀기 위해선 반드시 필요한 것이 그 포션이란 것을 감안한다면 있을 수 없는 일이었지만 그는 매드가리스의 존재가 오히려 방해가 되었던 것이다.

아직 자신이 대륙을 차지할 정도의 힘을 얻지 못하고 있었던 그는 나에게 리저렉션 포션을 빼앗겼다는 것을 핑계로 불사의 염원에 다른 부활의 방법을 찾게 한 것인데, 그것을 이용하여 자신의 힘의 원천인 마신 시드라를 부활시킴으로써 대륙을 차지하려 한 것이다.

녀석의 계획을 알아내기는 했지만 이미 이곳을 빠져나가는 것은 거의 불가능에 가까운 일이었다. 그가 통과했던 벽을 비롯하여 우리가 들어왔던 통로는 이미 수십 미터 두께의 벽으로 가려져 있어 완전히 밀폐된 공간으로 변해 있었던 것이다.

내가 가지고 있는 모든 마나를 이용한다 해도 벽을 뚫고 빠져나가려면 족히 다섯 시간 이상이 걸리는 건 둘째 치고라도 이곳에 있는 공기는 두 시간 이상을 버티지 못할 것이었다.

사람들을 구하기 위해선 한시라도 빨리 이곳을 빠져나가야 했지만 도저히 이곳을 빠져나갈 방법이 떠오르지 않았기에 한숨밖에 나오지 않았다.

잠시 후 매드가리스의 정신파에 기절했던 사람들도 정신을 차리기 시작했지만 이들 역시 우리가 처한 상황에 허탈한 표정이 되었다.

이런 모습은 도리스를 따라 매드가리스의 봉인을 풀기 위해 왔던 마법사들 역시 마찬가지였다. 이 일이 자신들의 영원한 군주가 아닌 그에게 저주를 건 마신 시드라를 부활시키는 것이라는 것에 좌절감마저 느끼고 있는 듯했다.

"킬리스, 방법이 없겠어?"

블러드 소드의 에고인 킬리스에게까지 이곳을 빠져나갈 방법을 물어보았지만 그 역시 도저히 다른 방도를 찾지 못하고 있었다.

그때 매드가리스의 정신파가 나의 뇌리 속으로 밀려들어 왔다.

[그대의 생명의 불은 이제 꺼져 가는구나.]

"오버러의 단계에 이르러 육체가 마나의 힘을 따르지 못했습니다."

[이제 남은 생명의 시간은 사흘을 넘지 못하니 이대로 모든 것을 버려도 되지 않는가?]

그의 말대로 생명의 시간은 얼마 남지 않았고, 이곳에서 죽는다 해도 수많은 세월에 비교한다면 아쉬울 게 없었다.

하지만 죽음의 끝에 이르렀다 해도 그 자신이 해야 할 일을 하지 못했다면 그것은 영원한 안식이 아닌 끝이 없는 고통과도 같을 뿐이었다.

내가 죽는다 해도 그것에 대한 고통은 영원히 남을 수밖에 없기 때문이다.

그런 나의 생각을 읽은 매드가리스는 고개를 끄덕이더니 천천히 우리에게 하나의 희망을 건네주었다.

[그대의 생명의 시간을 희생한다면 방법이 없는 것은 아니다.]

"말씀해 주십시오. 어떠한 희생일지라도 도리스의 야욕을 꺾을 수 있다면 감수하겠습니다."

나로서는 아직 나의 딸이 새로운 삶을 살 수 있을지는 알 수 없었지만, 그 아이가 아니더라도 다른 이의 삶을 위해 포기하고 싶지 않았다.

[그대가 지금까지 겪은 모든 고통을 합한 만큼의 고통이 밀려올 텐데 그것을 견디어낼 수 있겠는가?]

"자신할 수 없으나 지금 방법이 그것밖에 없다면 견디어내 보이겠습니다."

나의 결심에 매드가리스가 고개를 끄덕이고는 이곳을 빠져나갈 수 있는 방법을 일러주었다.

[그대가 가지고 있는 마나는 나와 같다 하나 검사와 마법사로서의

차이가 있다. 이 두 가지 힘의 길은 같으나 결코 같을 수 없는 존재, 하지만 그것이 서로 하나가 될 때 지금까지와는 전혀 다른 힘을 완성할 수 있을 것이다.]

"그렇다면……."

[내가 가지고 있는 힘을 자네에게 주겠다. 하지만 두 가지의 마나가 하나가 되기 위해선 그대는 정신을 유지한 채 죽음의 고통을 겪어야 할 것이다. 그리고 그 힘이 하나가 되었다 해도 붕괴되고 있는 자네에게 남는 생의 시간은 하루를 넘기지 않을 것이다. 결정하라, 그 모든 것을 감수하고도 나의 힘을 받아들이겠는가?]

그가 말하고 있는 고통이 무엇인지는 알 수 없었다. 그러나 그것이 내가 지금까지 겪었던 모든 고통과 비교할 수 없는 것이며, 또 그와 함께 얼마 남지 않은 생명의 불씨마저 급속히 타버릴 것임은 알 수 있었다. 하지만 어떠한 일이 있어도 도리스의 야욕만큼은 막고 싶었다.

단 한 사람의 탐욕만으로 수많은 자가 죽임을 당해야 한다는 것은 어떠한 일이 있어도 막고 싶었기 때문이다.

이제 죽음의 길에 들어서는 나이지만 또 다른 자가 자식을 잃는 것을 보고 싶진 않았다.

"알겠습니다."

[그렇다면 나에게 다가와라.]

그의 말에 난 천천히 그의 관으로 걸음을 옮겼는데, 페드로와 이스트는 이런 나를 보며 놀란 표정으로 소리쳤다.

"블러드!"

정신파로 이야기를 나누고 있었던 탓에 그들은 매드가리스의 이야기를 알지 못하고 있어 내가 그의 곁으로 가자 막기 위해 몸을 날렸지만 이내 매드가리스가 만든 결계에 막혀 나가떨어지고 말았다.

"블러드……."

이스트는 보이지 않는 벽에 막혀 나에게 오기 위해 발버둥 쳤지만 난 뒤돌아보지 않았다. 그의 얼굴을 보게 되면 나의 결심이 흔들릴 것 같다는 생각 때문이었다.

매드가리스의 곁으로 다가가자 그는 내가 허리에 차고 있던 블러드 소드를 정신파로 들어 올리며 가져가서는 말했다.

[마족의 영이 갇혀 있는 에고 소드로군. 이 역시 나와 같은 마나를 가지고 있으니, 그대가 모든 것을 이겨내고 일어섰을 땐 에고 소드의 모든 것을 사용할 수 있을 것이다.]

하지만 그것은 죽음의 고통을 겪어냈을 때에야 가능한 일이었다.

긴장에 식은땀이 흘러내릴 정도였는데, 영의 모습을 하고 있는 매드가리스가 천천히 나의 가슴에 손을 가져간 후 말했다.

[그대가 다시 일어설 것을 기다리겠다.]

"끄아악!!"

그와 함께 엄청난 마나가 심장을 향해 밀려들어 왔고, 마나는 빠른 속도로 혈맥을 통해 전신으로 퍼져 나가기 시작했다.

갑작스럽게 밀려들어 가는 엄청난 마나는 혈류를 두 배 이상의 속도로 가속화시켰고, 온몸의 핏줄은 급격히 팽창하며 살가죽을 뚫고 나올 정도였다.

오버러의 광기로 육체가 무너진 난 매번 참을 수 없는 고통을 느껴야 했지만, 매드가리스의 마나가 유입되면서 느껴지는 고통은 그것의 수십 배, 아니, 수백 배의 고통을 나에게 가져다 주고 있었다.

온몸의 피가 역류되고 있는 듯한 고통에 더 이상 참지 못하고 무릎을 꿇고 만 난 바닥에 머리를 박으며 그 고통을 참아내려 했지만 움직일 힘조차 사라져 버리고 말았다.

나에게 죽음을 원하게 만든 고통의 나날이 주마등처럼 스쳐 지나가며 희로애락의 모든 감정이 일순간 정신을 붕괴시키고 있었다.

하지만 의식은 사라지지 않고 살아 있는 상태에서 온몸이 찢겨져 나가는 듯한 고통이 전신을 휘감아 돌고 있었기에 눈과 코는 물론 피부의 미세한 구멍을 뚫고 피가 뿜어져 나왔다.

내가 쓰러져 있는 공간이 온통 붉은 피로 감싸여졌지만 세상이 핏빛으로 변하는 순간에도 의식은 사라지지 않았다.

쉬지 않고 밀려드는 고통에 이제 눈꺼풀이 점점 감기는 것을 느껴졌다.

그때 나의 귀로 누군가의 목소리가 들려왔다.

레비나의 웃음소리, 이것이 죽음의 강에 다다랐을 때 들리는 환청이라는 생각에 조소가 흘러나왔다.

도저히 견딜 수 없다는 생각에 이제 모든 것을 포기하면 어떨까 하는 생각이 들었는데, 핏빛 영상 속에서 한 남자가 고통스러운 모습으로 나에게 다가오려 하는 모습이 보였다.

'이스트.'

친구라 할 수 있는 두 번째 사람, 그는 내가 쓰러지자 피투성이가 된 몸으로도 나를 구하기 위해 발버둥 치고 있었다.

이 순간에 모든 것을 이겨내고 일어선다 하더라도 내가 살아 있을 시간은 그리 많지 않았지만 이스트에게는 작별의 인사를 하고 싶었다.

다시 정신을 가다듬은 난 온몸을 자극하고 있는 마나를 갈무리하기 시작했다. 아직 죽을 시간은 되지 않았다. 모든 것을 마무리 지어야 하는 시간이 남았기 때문이다.

천천히 바닥에 손을 짚고 몸을 일으키자 몸을 자극하고 있던 통증은 점점 수그러들기 시작했다.

"끄아아!!"

고함지르며 온몸에 힘을 가하여 자리에서 일어섰다. 나를 내려다보고 있던 매드가리스는 그런 나의 모습에 미소 지었다.

[죽음의 고통을 이겨내었구나.]

나로선 온몸의 힘이 하나도 남아 있지 않았기에 더 이상 뭐라 말을 할 수 있는 여력조차 남아 있지 않았다.

핏빛 세상은 천천히 본래 세상으로 돌아오기 시작했다.

또렷해지고 있는 시야와 함께 나의 몸에 천천히 힘이 돌아오기 시작했고, 잠시 후 지금까지와는 전혀 다른 마나가 나의 몸을 돌고 있는 것이 느껴졌다.

이젠 검사의 마나만이 아닌 마법사의 마나 역시 심장을 통해 강렬하게 혈관을 맴돌고 있는 것이다.

이와 함께 검사의 마나 역시 지금까지완 다른 강성한 힘이 느껴졌는데, 그런 나의 손에 매드가리스가 가지고 있던 블러드 소드가 천천히 쥐어졌다.

지금까지는 나의 몸속 에너지만으로 블러드 소드를 다루었지만 이제는 강렬한 검의 힘이 나의 힘과 동조하고 있음을 느꼈기에 천천히 검에 마나를 주입했다.

그 순간 붉은 기운이 일대를 뒤덮기 시작하며 검에서 흘러나오는 붉은 오로라가 주변을 환히 밝히기 시작했다.

소드 오버러의 단계가 아닌, 검사의 꿈이라고만 이야기되었던 그랜드 소드 마스터의 단계에 이르렀다는 것을 알 수 있었다.

하지만 흘러내려 눈에 비친 머리카락은 고통 때문인지 백발로 변해 있었다.

몸에 어리고 있는 강한 힘과 달리 신체의 부분은 이제 황혼의 흔적을 나타내고 있는 것일까? 검에 주입했던 마나를 다시 갈무리한 후 매드가리스를 보며 말했다.

"이것이 그랜드 소드 마스터의 경지입니까?"

나의 물음에 그는 고개를 끄덕이며 말했다.

[그렇다네. 하지만 자네의 신체는 이전에 붕괴되어 있었기에 자연의 마나를 사용할 수 있는 그랜드 소드 마스터의 경지에 이르렀다 하더라도 생의 시간을 늘릴 수는 없다네.]

하지만 난 이것으로도 만족했다. 더 이상의 생의 시간은 이제 나에게 가치가 없었다. 마지막 남은 일을 마무리 지을 수 있다면 아무런 미련 없이 오랜 세월 나에게 고통만을 주었던 대륙을 벗어나 안식의 시간을 가질 것이다.

"블러드! 괜찮은 건가!"

앞을 가로막았던 투명한 장막이 사라지자 이스트는 급히 나에게 달려와 걱정스러운 목소리로 말했다.

얼굴 가득히 서려 있는 표정에 강한 정을 느낄 수 있었기에 고개를 끄덕이며 말했다.

"괜찮네."

"그럼 다행이긴 한데 머리카락이……."

백발이 된 나의 머리에 그는 뭐라 말을 할 수 없는지 미간을 찡그리고 있었으나 난 아무것도 아니라는 것을 말해 주기 위해 그의 어깨를 두드려 주고는 우리가 들어왔던 통로 쪽으로 걸음을 옮겼다.

도리스가 빠져나가면서 기관이 발동되어 상당한 두께의 벽이 가로막고 있었지만 이제 이것이 나의 앞을 가로막을 순 없었다.

블러드 소드를 오른손에 든 난 벽의 삼 미터 정도 앞에 서서 몸에 있는 마나를 끌어올리기 시작했다.

지금까지와 전혀 다른 마나의 힘에 초반에는 적응하기조차 힘들었지만, 어느 정도 시간이 지나자 안정된 기술을 사용하기에 이를 수 있어 자세를 잡은 후 벽을 향해 검을 내질렀다.

"블러드 드릴!"

브레이커 기술 중 제일의 관통력을 가진 블러드 드릴은 지금까지는 일정의 위력만을 보여주고 있었지만 그랜드 소드 마스터의 경지에 이르자 그 위력은 전과 판이하게 달라져 있었다.

검을 회전시키자 검에 서린 마나는 강한 소용돌이를 만들며 마나의 돌풍을 형성시켰고, 굉음과 함께 벽을 꿰뚫어가기 시작했다.

잠시 후 눈앞으로 통로가 만들어졌다.

"탈출구가 만들어졌다!"

불사왕의 무덤에서 빠져나갈 수 있는 길이 만들어지자 마법사들은 크게 기뻐하며 굴을 빠져나가기 시작했다.

난 그 모습을 보며 몸을 돌려 매드가리스의 앞으로 가 말했다.

"도와주셔서 감사합니다."

[나의 추종자에 의해 생긴 일이니 감사할 것은 없네. 오히려 내가 마무리 지어야 할 일인 것을 자네에게 모두 맡겨 미안할 뿐이네.]

"아닙니다. 저 역시도 모든 것을 마무리 짓고 싶었습니다."

나의 말에 그는 고개를 끄덕이고 천천히 자신의 관 속으로 사라져 가며 말했다.

[이제 무덤을 무너뜨릴 생각이네. 더 이상 저주의 시간을 보내고 싶진 않군.]

그 말과 함께 그의 영은 관 속으로 사라져 갔고, 잠시 후 무덤의 벽은 균열이 생기는가 싶더니 서서히 무너지기 시작했다.

불사의 저주에 걸려 스스로를 봉인한 그는 이제 영원의 세계에서 떠나고자 하는 것이었다. 그가 사라지는 것을 마지막으로 보며 난 뚫려진 굴을 통해 몸을 날렸고, 잠시 후 굉음과 함께 불사왕의 무덤은 무너지는 동굴과 함께 사라져 갔다.

불사의 염원의 장인 매드가리스의 마지막을 본 난 다른 동료들과 함께 급히 통로를 통해 빠져나가기 시작했는데, 한참을 뛰어가던 중 우리의 앞에 온몸이 찢겨진 시체들이 널려 있는 것을 볼 수 있었다.

"이자들은 우리와 함께 있었던 마법사들이군요!"

프라이도스의 사제인 기안은 죽임을 당한 이들의 시신을 보며 소리쳤다. 우리보다 먼저 불사왕의 무덤을 빠져나갔지만 이곳에서 무엇인가에 의해 찢겨져 죽임을 당한 것이다. 근처에 무엇인가 도사리고 있는 것이 분명하다는 생각이 들었다.

아니나 다를까, 이상한 기운에 고개를 들어보니 전에 들어왔을 때 마법사의 패밀리어가 있던 천장에 인간 크기 정도의 마물이 수없이 매달려 있는 것을 볼 수 있었다.

회색의 날개로 온몸을 가리고 있는 녀석들은 박쥐와 같은 형태를 취하고 있었는데, 그것을 본 페드로는 놀란 표정으로 소리쳤다.

"배트 데몬!"

"배트 데몬?"

마계에 살고 있는 마물로 박쥐 모습을 하고 있는 데몬이었다. 마계의 데몬 종류 중에선 가장 약한 편에 속하지만 대륙에 있는 마물과 비교한다면 상급에 속할 정도의 능력을 가진 녀석들이었다.

그런 녀석들이 수십, 아니, 수백에 이를 정도로 천장에 붙어 있으니 페드로가 놀라는 것은 어쩌면 당연한 일이었다.

소드 오버러의 수준이었을 때 배트 데몬 정도의 마물이라면 십여 마리 이상 상대하기 어려웠지만, 지금의 난 수백 마리에 이를 정도의 녀석들이 존재해도 이길 수 있으리라는 생각이 들었다.

"페드로, 이스트 뒤에서 기안 사제님을 보호해라."

"알았어!"

나의 명령에 두 사람은 검을 뽑아 들고 기안의 양 옆에 섰고, 난 천천히 앞으로 걸음을 옮겼다.

그 순간 천장에 매달려 있던 녀석들의 눈에서 기광이 일렁이더니 잠시 후 괴성과 함께 땅으로 떨구어지기 시작했다.

끼아악!!

날카로운 송곳니와 발톱을 드러내며 녀석들은 우리를 향해 공격해 들어오기 시작했다.

잠시 후 기안의 신성 마법이 펼쳐졌다.

"성 프라이도스님이시여! 미약한 인간을 도우시여 사악한 것들을 멸하게 하소서!"

신성 주문이 끝나자 그의 주위의 뜨거운 열기가 폭풍이 되어 배트 데몬을 향해 밀려가기 시작했다.

"굉장하군!"

파문 사제라고는 하지만 아직 그의 능력을 본 적이 없었던 이스트는 신성 마법의 힘에 크게 놀란 표정을 지었다.

춘하추동의 힘 중 여름의 뜨거운 열기가 눈앞에 있는 수십 마리의 배트 데몬을 순식간에 재로 만들어 버리고 있었기 때문이다.

마계의 마물인 탓에 신성 마법이 극성이라는 점도 있었지만, 기안의 신성력이 상당한 수준에 이르고 있다는 것을 알 수 있었다.

하지만 그 수가 워낙 많았던 탓에 배트 데몬은 줄어든 것 같지 않게 또다시 밀려들고 있었다.

"블러디안 댄스!"

눈앞으로 마물들이 밀려오는 것을 본 난 블러디안 댄스를 사용했고, 반월형의 핏빛 검기가 몰려드는 녀석들을 가르며 뻗어 나가기 시작했다.

끼악!!

녀석들은 괴성을 지르며 보라색 피를 쏟고는 땅에 떨구어졌다. 이십여 개의 검기가 허공을 가르며 나아가 순식간에 오십여 마리의 배트 데몬을 동강 낸 것이다. 배트 데몬은 바닥에서 꿈틀거리다 죽어갔다.

하지만 아직 반도 처리하지 못한 상태였기에 나를 지나쳐 날아간 녀석들이 뒤따라오던 동료들을 공격하기 시작했다.

이스트와 페드로는 녀석들이 다가오자 검을 휘둘러 쓰러뜨리기 시작했다. 두 사람은 그동안 나와 함께 다니면서 마나를 다스릴 수 있는 경지에 이르렀기에 한두 마리의 배트 데몬을 상대하는 것은 그리 어렵지 않았던 것이다.

하지만 오래 지속되면 두 사람이 처리하기 어렵다는 것을 알고 있던 난 검에 마나를 주입한 후 휘둘렀고, 그 순간 수십 개의 검기가 그물을 치듯이 벽을 가르며 눈앞에 있는 녀석들을 베어넘기기 시작했다.

이십여 분이 넘는 싸움 끝에 우리들은 동굴을 가득 메우고 있던 배트 데몬을 모두 처리할 수 있었지만, 나를 제외한 세 사람은 상당히 지쳤는지 온몸이 땀으로 뒤범벅되어 있었다.

제31장 **마지막의 길**

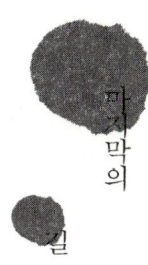

막
막의
의
길

동굴을 벗어나 계곡으로 나오자 페드로가 놀라는 표정을 지었고, 우리 역시 그 이유를 알고는 크게 놀랄 수밖에 없었다.

계곡으로 흐르는 용암의 길을 막고 있던 둑이 열리고 있었기 때문이다.

지금까지 막혀 있던 둑이 열리고 있다는 것은 두 소성이 있는 곳으로 용암이 흘러가고 있다는 뜻이기 때문이다.

"배트 데몬은 우리의 시간을 지체하기 위해서였던가……."

도리스, 그는 당연히 우리가 그곳을 빠져나갈 거라 생각했던 것이다. 그래서 그에 대비해 배트 데몬을 이용하여 시간을 지체하게 함으로써 마신 시드라의 부활 의식을 진행하고 있었던 것이다.

"일단 소성의 지하로 용암이 흘러 들어가는 것을 막아야 할 것 같습니다, 기안 사제님!"

"알겠네."

페드로의 말에 기안 사제는 용암이 흐르는 계곡을 보며 천천히 신성 주문을 외우기 시작했다.

"성신 프라이도스의 이름으로 신의 진리를 거부한 그대들의 땅에 차가운 북풍의 바람을 내리리라! 노스윈터 홀리윈드!"

기안의 신성 마법이 펼쳐지자 강한 눈보라가 형성되며 열려 있는 둑을 통해 흘러가고 있던 용암이 위로 휘몰아치기 시작했다.

차가운 북풍의 바람에 쉴 새 없이 흘러가던 용암은 잠시 후 사방으로 수증기를 뿜어내며 잠시 후 검은 암석이 되어 있었다.

하지만 기안의 신성 마법으로 식어버린 건 윗부분뿐, 강렬한 열기를 지니고 있었기에 아래쪽은 아직도 쉴 새 없이 흘러 들어가고 있었다.

"이런."

자신의 신성 마법마저 통하지 않자 그는 고개를 저었으나 그것만으로도 상당한 성과였다. 어느 정도 용암의 흐름이 느려졌기 때문이다.

"블러디안 댄스!"

쿠구궁!!

그의 신성 마법이 끝나기를 기다려 블러디안 댄스를 사용해 계곡의 한쪽을 부수어뜨리자 잠시 후 굉음과 함께 계곡이 무너지며 바윗돌이 흐름을 막기 시작했다.

"이것으로 어느 정도 시간은 벌 수 있을 것입니다."

"가자!"

용암을 막은 우리는 처음 들어왔던 길을 통해 본성의 지하 계단을 지나 정원까지 이를 수 있었다. 전에 들어왔던 것과 달리 그곳을 지키고 있던 마법사들은 한 명도 보이지 않았다.

"이상하군요."

"일단 소성의 지하로 가보자."

단 한 사람도 보이지 않는다는 것에 이상한 생각이 들었지만 일단 소성 지하에 있던 사람들을 구출하는 것이 우선이라는 생각에 소성으로 향했는데 이미 소성의 입구는 거대한 석문으로 막혀져 있었다.

제물인 사람들이 빠져나가지 못하게 하기 위해서였다.

"진동검!"

난 막혀져 있는 석문을 향해 진동검을 사용했고, 강한 타격이 이루어지자 석문은 굉음과 함께 부서져 나갔다.

하지만 석문이 부서진 순간 뜨거운 열풍이 우리 쪽을 향해 맹렬하게 뿜어져 나왔기에 일행들은 모두 얼굴을 가리며 뒤로 물러설 수밖에 없었다.

"젠장할!"

방금 전의 열풍이라면 누구도 살아남지 못했을 것은 분명했기 때문에 페드로는 미간을 찌푸리며 소리쳤다.

하지만 일단 안을 살펴보지 않은 이상 어떠한 것도 섣불리 결론지을 수 없는 일. 천으로 얼굴을 가려 어느 정도 열기를 막은 후 앞이 보이지 않을 정도로 가득한 수증기를 뚫고 안으로 들어갔는데 내부의 모습은 아비규환 그 자체였다.

엄청난 열기에 온몸이 쭈글쭈글해진 채 죽임을 당한 자들이 사방에 흩어져 있었는데, 그중에는 불사의 염원의 마법사들도 섞여 있었다.

도리스에게 속아 지하에 갇힌 사람들과 함께 죽임을 당한 것이다.

지하로 내려가는 계단은 철창에 막혀 있었고, 그곳에서는 빠져나가기 위해 발버둥 치던 사람들이 고통스러운 표정으로 쓰러져 있었다.

"늦었군요."

"다른 쪽의 소성도 마찬가지일 것입니다."

이미 의식이 거의 대부분 끝나가 있는 상태였기에 우리로서는 낙담할 수밖에 없었는데, 그때 외부에서 큰 굉음이 울려 퍼지는 것을 들을 수 있었다.

"이것은?"

"다른 쪽 소성입니다!"

페드로의 말에 급히 소성을 빠져나오자 반대쪽에 있던 소성에 성벽이 부서지며 자욱하게 흙먼지가 일어나 앞이 보이지 않을 정도로 주위를 가렸고, 잠시 후 그곳에서 기침 소리와 함께 사람들이 빠져나오는 것을 볼 수 있었다.

"저 사람들은!"

부서진 성벽에서 제일 먼저 빠져나온 사람들은 로브를 입고 있는 마법사들이었는데, 그들의 로브에 그려져 있는 표식은 불사의 염원의 문장이 아니라 바로 루드그레인이 있는 칠인회의 마법 표식이었다.

"사제님께서 외부로 가져다 놓은 표식을 찾아 온 모양입니다!"

"다행이군."

그들이 성벽을 부수고 나왔다면 소성의 지하에 있는 사람들을 구했을 거라 생각했기 때문이었다. 아니나 다를까, 마법사들이 빠져나온 뒤로 고통스러운 표정을 지은 여인들과 아이들이 황급히 성을 빠져나오기 시작했다.

이들 모두의 얼굴은 땀으로 뒤범벅되어 있었다. 일촉즉발의 위기에서 간신히 칠인회의 도움으로 지하를 빠져나온 것이다.

하지만 점점 화상을 입거나 사람들에게 부축받으며 간신히 걸음을 옮기는 사람이 늘었고, 모든 사람이 빠져나왔을 때의 숫자는 소성에 있었을 사람의 오 분의 일도 되지 않는 적은 숫자였다.

"블러드님!"

그때 나의 이름을 부르며 한 마법사가 걸음을 옮겼는데, 그는 바로 칠인회의 수장인 루드그레인이었다.

"어떻게 되었습니까?"

페드로는 급히 소성의 지하에 갇혀 있던 사람에 대해서 물었으나 그는 고개를 저으며 안타까운 표정으로 말했다.

"죄송합니다. 도착했을 때는 이미 용암이 밀려온 상태였던지라 모두 구할 수가 없었습니다."

"그런……."

"아무래도 빠져나온 숫자가 너무 적어 의식을 막기는 어려울 듯합니다."

루드그레인의 말이 끝나기도 전에 갑자기 정원으로 만들어진 마법진에서 강렬한 불꽃이 크게 일렁이기 시작했다.

"마법진이!"

하늘마저 태울 듯한 거대한 불꽃이 하늘로 치솟고 있는 가운데 잠시 후 성으로 들어오는 길에 있던 십자가들이 불타오르기 시작했다. 그것을 본 루드그레인은 급히 마법사들을 보며 소리쳤다.

"칠인회의 마법사들은 이곳에 있는 사람들을 대피시켜라!"

"예!"

그의 명령과 함께 마법사들은 급히 소성에서 빠져나온 사람들을 대피시키며 바닥에 이동을 위한 마법진을 그리기 시작했다.

이 순간에도 불꽃은 점점 강하게 치솟아오르기 시작하더니 잠시 후 큰 소리와 함께 십자가의 길로 거대한 발자국이 찍히기 시작했다.

보이지 않는 거대한 인간이 마법진을 지나 불타고 있는 십자가의 길로 걸어가고 있는 듯한 모습에 루드그레인은 미간을 찌푸리며 소리쳤다.

"마신인가… 파이어 볼!"

그는 녀석의 정체를 확인하려는지 보이지 않는 거인을 향해 마법을 사용했다. 하늘을 가를 듯이 날아가던 파이어 볼은 잠시 후 상대에게 적중하였고, 그와 동시에 사방으로 퍼져 나가던 화염은 잠시 후 악마의 형상을 만들어냈다.

"마신 시드라!"

불꽃으로 윤곽이 드러난 거인은 바로 마신 시드라였던 것이다.

파이어 볼의 위력에도 전혀 타격을 입지 않은 듯 시드라는 걸음을 멈추지 않고 움직이고 있었다.

잠시 후 불꽃이 사라지면서 녀석의 모습은 다시 투명해졌는데, 루드그레인은 플라이 마법을 사용해 몸을 떠우더니 우리를 보며 소리쳤다.

"녀석을 쫓아갑시다!"

그 말과 함께 그는 시드라를 향해 날아갔고, 우리 역시 고개를 끄덕이고는 그를 쫓아 불타고 있는 십자가의 길을 통해 시드라의 뒤를 쫓아갔다.

워낙 거대한 몸을 가진 이였는지라 뒤쫓아가는 것은 쉬운 일이 아니었다.

쿠구궁!!

반 정도의 도착했을까, 강한 진동음과 함께 거대한 계곡에서 붉은 용암이 하늘로 크게 치솟아올라 사방으로 떨어져 내렸다.

시드라는 계곡을 따라 거슬러 올라가고 있었다. 그렇게 본다면 최종 목적지는 아직도 불꽃을 뿜고 있는 활화산이었다.

"용암의 열기를 견디고 거슬러 올라갈 정도이니 루드그레인의 파이어 볼로 타격을 입히지 못했던 것은 어쩌면 당연한 일이었군."

"외부의 타격에도 상당히 강한 면을 보이는지 확인하는 것이 좋을 것 같습니다."

페드로의 말에 난 고개를 끄덕이며 지금보다 빠른 속도로 몸을 날렸고, 계곡 아래로 녀석이 움직이는 것을 확인하곤 블러드 소드에 마나를 집어넣어 검기를 날렸다.

내가 날린 검기의 위력은 오버러 수준의 블러디안 댄스보다 대여섯 배 강한 위력이었는데, 검기는 투명한 시드라의 몸에 적중하는가 싶더니 날카로운 소리와 함께 튕겨져 날아갔다.

"음……."

그 정도 검기를 튕겨낼 정도라면 웬만한 기술로는 녀석의 몸에 상처를 입히는 것조차 불가능했다. 아니, 어쩌면 그랜드 소드 마스터에 이른 나의 검으로도 조그만 상처조차 입히지 못할 수도 있었다.

마계의 마신을 상대로 인간의 힘이란 것은 미약했지만 우리들의 상대는 마신이 아니었다.

최종 목표는 도리스, 그를 쓰러뜨림으로써 마신이 세상에 죽음의 태풍을 불어오는 것을 막을 수 있다고 생각했기 때문이다.

용암의 계곡을 따라 움직이던 마신은 잠시 후 활화산에 이르렀는데, 플라이 마법으로 앞서 나간 루드그레인이 주문을 외우며 그의 앞을 막아섰다.

쿠궁!!

그리고 잠시 후 마신 시드라는 무엇인가 장벽에 부닥친 듯 움직이지 못하며 연이어 굉음이 일대를 뒤흔들기 시작했다.

루드그레인은 투명 장벽을 만들어 그의 앞을 가로막고 있었던 것이다.

"엄청나군!"

이스트는 루드그레인이 마법으로 시드라의 앞을 막아서자 탄성을 지르며 놀라워했는데, 그도 그럴 것이 엄청난 거인의 앞을 막는다는 것은 인간으로서 불가능한 힘이었기 때문이다.

하지만 마신의 힘을 막을 순 없었는지 투명 장벽은 잠시 후 날카로운 소리와 함께 깨어지고, 마신은 다시 화산을 향해 걸음을 옮겼다.

물론 잠시의 시간으로 우리들은 마신보다 앞설 수 있었기에 루드그레인의 마법은 성공했다고 할 수 있었다.

화산에 도착하자 중턱에 동굴의 모습이 보였고, 그 위에 마법 문장이 새겨져 있는 것을 확인할 수 있었다.

이곳이 도리스가 의식을 행하기 위한 마련한 장소라는 것을 안 우리들은 동굴 안으로 들어섰는데, 그곳에는 전 동굴에서 우리를 막았던 배트 데몬이 천장 가득 매달려 있었다.

"미치겠군!"

이스트가 녀석들을 보며 질렸단 표정으로 중얼거리고는 검을 빼어 들자 다른 이들 역시 검을 뽑아 들었다. 그때 루드그레인이 우리들의 앞을 막아서고는 천천히 주문을 외우기 시작했다.

"인비지빌리티!"

그 순간 모든 이의 몸이 투명하게 변하여 배트 데몬은 우리들을 볼 수가 없게 되었다.

"아!"

"일단 최대한 빨리 도리스를 처리해야 합니다. 그렇지 않으면 녀석은 마신을 완전히 장악할 것입니다."

배트 데몬으로 시간을 끌 필요는 없다고 생각한 그는 투명 마법으로 배트 데몬과 싸우지 않고 안으로 들어가는 방법을 선택한 것이다.

그러나 일은 그리 쉽게 풀리지 않는지 배트 데몬의 밑을 지나가던 중 기안 사제가 무엇인가를 밟고 말았다.

그 순간 푸른 빛이 일렁이는가 싶더니 일대를 훤히 비추었고, 우리들의 모습을 감추었던 인비지빌리티 마법이 사라지기 시작했다.

"젠장할!"

"디스펠 매직?!"

루드그레인은 기안 사제가 밟은 것이 디스펠 매직이 서려 있는 매직 트랩이라는 것을 알고는 크게 놀라 소리쳤다.

그 소리에 천장에 매달려 있던 데몬들이 눈을 뜨며 우리들을 향해 공격해 들어오기 시작했다.

"파이어 월!"

녀석들이 몰려오는 것을 보며 루드그레인은 길게 화염의 장벽을 만들어 배트 데몬의 공격을 최소한으로 막은 후 길을 만들었고, 선두에 선 난 앞을 막아서는 마물들을 베어넘긴 후 뚫어놓은 길을 향해 몸을 날렸다.

배트 데몬들이 있는 동굴을 벗어나자 엄청난 용암이 우리의 앞을 막아서고 있었고, 그 반대 편으로 통로가 그 모습을 보이고 있었다.

뜨거운 열기를 뿜고 있는 용암은 족히 이십여 미터 이상 길게 늘어져 있었기에 이곳을 빠져나가기 위해서는 마법의 힘이 반드시 필요했다.

하지만 그 와중에도 배트 데몬이 계속 밀려오고 있었기에 동굴 앞을 가로막은 난 다른 사람들을 보며 말했다.

"루드그레인! 다른 사람들을 부탁하네."

"알겠습니다."

나의 말에 그는 마법을 사용해 다른 사람들을 반대 편 통로 쪽으로 이동시키기 시작했다.

일행들이 모두 반대쪽으로 벗어나는 것을 확인한 난 천장에 솟아 있는 석주를 잡고 반대 편에 있는 통로를 향해 몸을 날렸다.

쿠와아!!

내가 몸을 피하자 배트 데몬이 쉴 새 없이 밀려와 천장에 매달려 있는 나를 공격해 들어왔다.

"블러디안 댄스!"

몸을 지탱할 수 있는 것은 잡고 있는 석주뿐, 왼손으로 석주를 잡고 몸을 회전시킨 난 반월형의 검기를 날려 나를 향해 몰려오는 마물들을 베어넘긴 후 회전하는 힘을 통해 다른 쪽의 석주를 향해 몸을 날렸다.

몇 번 똑같은 회전을 반복한 후에야 간신히 통로에 닿을 수 있었지만 그와 함께 몸으로 상당한 통증이 밀려오고 있었다.

불사왕의 힘으로 그랜드 소드 마스터의 힘을 얻었다고는 하지만 이미 신체는 붕괴되어 가고 있어 계속되는 마나의 손실이 육체에 통증을 만들어가고 있었던 것이다.

"파이어 볼!"

내가 안으로 들어오자 루드그레인은 마법으로 입구를 파괴하여 더 이상 마물이 안으로 들어오지 못하게 한 후 숨을 내쉬고는 말했다.

"이렇게 해두면 일단 녀석들이 밀려오는 것은 막을 수 있을 것입니다. 그런데 블러드님, 몸은 어떠십니까? 좋지 않은 듯이 보이는군요."

"괜찮소."

그의 말에 손을 들어 괜찮다는 말을 한 난 계속 안으로 몸을 날렸다.

이미 우리들이 올 것을 예상했는지 도리스를 찾아 들어가는 동안 몇 차례 매직 트랩과 마물들을 마주치게 되었지만 강한 힘을 소유하고 있는 사람들인지라 어렵지 않게 나아갈 수 있었다.

그러나 계속되는 전투로 사람들의 피로는 이제 극에 달해 있었다.

"이러다간 도리스란 녀석을 만나기도 전에 지쳐 쓰러지겠군."

이스트의 말에 다른 사람 역시 고개를 끄덕이며 수긍할 수밖에 없었다. 이대로라면 마신 시드라가 부활하지 않은 상태에서도 도리스를 당하지 못할 것이라 생각되었기 때문이다.

잠깐의 휴식조차 허락되지 않는 순간이기에 우린 또다시 걸음을 재촉했고, 잠시 후 용암이 끓고 있는 화산의 중앙 부분에 도착할 수 있었다.

쉴 새 없이 검은 연기가 분화구를 통해 솟아나오고 있었지만 중앙의 솟아 있는 한곳만은 어떠한 연기도 침범하지 못하는, 마치 투명의 결계가 만들어져 있는 듯이 보였다.

공중으로 떠 있는 바위 위에 마법진과 함께 한 남자가 우리를 바라보며 미소를 짓고 있었다. 바로 도리스였다.

"도리스⋯⋯."

[어서들 오시오. 기다리고 있었소이다.]

도리스가 우리를 향해 환영의 말을 꺼내자 갑자기 들끓기 시작하며 용암의 수위가 한층 더 높아졌다.

마치 용암이 도리스에게 반응하는 듯한 모습이었는데, 뜨거운 열기가 점점 강해지자 기안을 비롯하여 페드로와 이스트는 물 흐르듯이 땀을 흘리며 흔들리는 모습을 보이고 있었다.

지금까지 계속된 싸움으로 탈진 상태에 이른 세 사람은 더 이상 견디지 못할 정도였던 것이다.

"블리자드 스톰!"

일행들을 익혀 버릴 것 같은 열기에 루드그레인은 더 이상 참지 못하고 빙한 계열의 마법을 사용하여 그 열기를 식히려 했지만, 강력한 빙계 마법이 순식간에 사라짐과 동시에 용암이 또다시 들끓기 시작하더니 그 수위가 한층 더 위로 올라왔다.

"이런!"

[섣부른 마법은 사용하지 않는 편이 좋을 것입니다. 이 화산은 마나에 민감하게 반응을 하니까요.]

"음……."

그의 말대로 이제 우리가 있는 곳과 용암이 끓고 있는 곳과의 차이는 5미터 정도밖에 되지 않았기에 함부로 공격조차 할 수 없는 입장이었다.

도리스의 말은 마치 언령의 힘과 같이 주위에 강한 파장을 이루고 있어 루드그레인의 표정을 찡그려져 있었다.

"아무래도 마신의 힘을 반 이상 얻은 것 같습니다. 언령의 힘이 느껴지는군요."

"예."

현재 도리스의 언령의 힘을 느낄 수 있는 사람은 루드그레인과 그랜드 소드 마스터의 경지에 오른 나, 이렇게 두 사람뿐이었다.

언령의 파장을 아직 미약했지만 그것은 도리스가 감추고 있기에 약할 뿐, 만약 그 힘이 드러난다면 엄청난 힘을 발휘할 것이 분명했다.

"블러드님, 부탁합니다."

마법을 사용하지 못하는 지금 도리스를 공격하기 위해 남은 방법은 검기를 이용한 공격뿐이었다.

"합!"

발을 박차고 뛰어올라 용암 한가운데에 떠 있는 마법진을 향해 몸을 날린 난 블러드 소드를 뽑아 그를 향해 휘둘렀다.

스아악!!

그랜드 소드 마스터에 이른 나의 검은 파공음을 내지 않았다. 사물을 자르는 것과 같이 공기의 흐름마저 둘로 갈라 버릴 정도의 위력을 가지고 있었기 때문이다.

채재쟁!!

나의 검격에 그를 둘러싸고 있는 결계는 날카로운 소리와 함께 깨어지고 검은 도리스의 미간을 향해 붉은 빛의 마나를 뿜으며 뻗어 나갔다.

카가강!!

하지만 검이 그의 미간에서 십 센티미터 정도에 이르렀을 때 마치 강철에 부닥치는 느낌과 함께 막혀 버리자 난 크게 놀랄 수밖에 없었다.

이번의 일격은 온 힘을 다한 것인지라 미쓰릴이라도 잘라 버릴 수 있을 정도의 위력인데 그것이 보이지도 않는 힘에 막혀 버렸기 때문이다.

"강하군. 하지만 마신의 힘을 얻은 나에게는 통하지 않습니다."

그 말과 함께 도리스는 가볍게 손을 나의 가슴 앞에 내밀었고, 그 순간 엄청난 압력이 밀려오며 나의 몸을 강하게 튕겨내 버렸다.

"큭!"

쿠구궁!

엄청난 압력에 그대로 밀려 버린 난 동굴 벽에 그대로 처박혀 버리고 말았다.

"블러드!"

동굴 벽에 그대로 박혀 버린 난 간신히 몸을 일으켰지만 방금 전의 일격으로 상당한 통증이 밀려오고 있었다.

"엄청난 마나로군요."

나를 날려 버린 마나의 힘에 루드그레인조차 혀를 내두르고 있었다. 그가 완전히 마신의 힘을 얻은 것이 아닐까 하는 생각이 들었기 때문이다.

점점 다가오는 강력한 기운은 도리스와 대치하고 있는 우리들을 강하게 자극하고 있었다. 이미 그 기운을 견디지 못하며 이스트는 무릎 꿇고 숨을 가쁘게 쉬고 있었다.

[하하하하하! 이제 시간이 다 되어가는 것 같군.]

그의 말과 함께 화산의 용암이 크게 뒤끓기 시작하더니 잠시 후 거대한 영이 용암 아래에서 서서히 그 모습을 드러내기 시작했다.

"이것이… 마신 시드라인가……."

엄청난 압력에 도저히 눈을 뜰 수조차 없었기에 나 자신도 모르게 뒷걸음질치고 말았다. 인간의 힘으로 상대할 수 없는 존재란 생각에 식은땀이 쉬지 않고 흘러내리고 있었고, 블러드 소드를 잡은 손은 사시나무 떨듯이 떨리기 시작했다.

[세상의 모든 생명체의 죽음을 관장하는 마신이시여! 그대의 추종자가 당신의 부활을 바라니 이 세상에 다시 그 모습을 드러내시옵소서!]

도리스의 주문과도 같은 말에 용암의 화염은 크게 치솟아올랐고, 잠시 후 마신의 영에 붙어 그 육체를 이루기 시작했다.

마법진이 그려져 있는 바위에 서 있던 도리스는 형성되고 있는 마신의 육체 주위를 돌며 쉼없이 주문을 외우고 있었으나 우리들로선 이 거대한 힘에 어찌해야 할지 방법을 찾지 못하고 있었다.

그렇게 십여 분의 시간이 흐르자 이제 육체의 반 이상을 되찾은 마신 시드라는 서서히 고개를 들기 시작했고, 보라색의 영겁과도 같은 눈동자 속에선 강렬한 정신파가 일렁이며 우리들에게 한없는 두려움을 심어주고 있었다.

"도리스… 후회할 일을 저지르는군……."

루드그레인은 마신이 다시 세상에 부활하는 것을 보며 우리와는 또 다른 불안감을 가지고 있는 듯했다.

"그 말씀은?"

페드로는 루드그레인의 말이 의미하는 것에 다른 뭔가가 있다는 생각에 물어보았는데, 그는 미간을 찌푸리며 말했다.

"마신 시드라는 죽음을 관장하는 신, 인간의 힘으로 어찌할 수 있는 상대가 아닙니다."

"그렇다면……."

"도리스가 마신의 힘을 얻었을 때 그것만으로 만족을 했다면 좋았겠지만, 이제 마신이 이지를 되찾았으니 그 자신이 원하는 방향으로 세상을 이끌려 할 것입니다."

"죽음의 세계?"

"예. 마신 시드라가 궁극적으로 추구하는 것은 죽은 자의 세계. 힘만을 원하는 도리스의 말을 들을 상대가 아닙니다."

인간의 존재가 이 대륙에서 강자의 입장에 서 있다고는 하지만 그렇다고 먹이 사슬의 맨 위에 존재하는 생물은 아니었다.

인간을 하찮게 생각하는 생명체가 존재하는 대륙에서 인간의 힘으로 가장 상위의 존재에게 명령할 수 있을 리가 없는 것이다.

하지만 인간의 탐욕은 가진 것보다 더 많은 것을 바라기에 많은 분란이 일어나고 죽음의 강을 건너게 되는 것이다.

도리스, 누구보다 이지적이라 생각되는 그 역시 욕망에 의해 후자의 한 사람이 되어 있는 것이다.

[마신이시여! 당신이 추종자에게…….]

마신 시드라가 부활하는 것을 보며 도리스는 야망의 웃음을 터뜨리고 그에게 힘을 요구하려 했으나 잠시 후 놀란 표정을 지으며 자신의 몸을 쳐다보고 있었다.

[이… 이… 무… 무슨…….]

[어리석은 존재! 그대에게 건네주었던 힘을 되돌려받겠다!]

강렬한 드래곤 피어와 같이 인간에게 한없는 절망을 주는 음성을 낸 시드라는 아무런 미동도 없이 도리스의 몸에 서려 있는 생기를 빨아들이기 시작했다.

다리 아래에서부터 생기가 빨려 들어가며 미라가 되어가던 도리스는 지금 자신이 처한 상황을 이해하지 못하고 황당한 표정을 짓다가 잠시 후 고막을 찢어버릴 듯한 고통의 비명을 내질렀다.

"끄아아악!!"

나의 검조차 뚫지 못했던 강렬한 힘은 쉴 새 없이 마신 시드라의 몸으로 빨려 들어가며 살아 있는 존재인 도리스는 점차 허리 위까지 미라가 되어가 그 모습을 보던 우리들은 뭐라 말을 할 수 없는 공포를 느끼고 있었다.

"블러드님! 도리스를 구해주십시오!"

그때 루드그레인이 나를 보며 화급하게 외쳤다.

이유를 알 수 없었지만 그가 말하는 것에는 분명 중요한 이유가 있을 것이라 생각한 난 다시 도리스에게 몸을 날렸다.

"끄아악!!"

도리스는 괴성을 지르며 괴로워하느라 내가 그의 뒤에 왔음에도 전혀 감지하지 못하고 있었다. 전에 나를 밀었던 보이지 않는 장막 역시 시드라에게 에너지를 빼앗김에 따라 사라진 후였다.

「멍청이! 빨리 녀석을 끌어내라! 너의 에너지마저 시드라에게 빨려 들어가고 있다!」

그때 블러드 소드의 에고인 킬리스의 다급한 목소리에 정신을 차리니 나의 몸 역시 도리스와 마찬가지로 에너지가 빨려 들어가고 있음을 알 수 있었다.

"합!"

크게 놀란 난 급히 블러드 소드에 마나를 주입한 후 도리스를 도망치지 못하게 만든 보이지 않는 끈을 잘라 버리고 이제 가슴 아래 부분까지 미라가 된 그의 몸을 잡아 일행들 쪽으로 몸을 날렸다.

[크아아아아!!]

내가 도리스를 안고 몸을 날리자 그의 에너지를 흡수하던 마신 시드라는 괴성을 내지르며 거대한 손을 들어 우리들을 향해 뻗었다.

쿠구궁!!

거대한 그의 손에 바위는 굉음과 함께 부서져 나갔으나 녀석의 몸을 안고 그대로 입구로 몸을 날렸기에 간신히 바위에 깔리는 것은 면할 수 있었다.

하지만 거대한 손은 입구를 향해 쉴 새 없이 밀려들어 왔기에 온 힘을 다해 몸을 날렸다.

"프리즈 애로우!"

루드그레인은 일행과 함께 통로를 달리며 도리스를 안고 도망치는 내가 시드라의 손에 잡힐 위기에 처하자 급히 마법을 사용했고, 푸른 광채와 함께 형성된 얼음의 화살은 그대로 뒤에서 밀려오는 마신의 손에 부닥치고 그것을 그대로 얼려 버렸다.

물론 프리즈 애로우로 녀석의 손을 멈추게 한 것은 잠시뿐이었지만 위기에서 빠져나가기에는 충분한 시간이었다.

쿠구궁!!

거대한 시드라의 손은 또다시 통로를 파괴하며 밀려들어 오고 있었지만 바위가 그의 움직임을 막고 있기에 그 속도는 그리 빠르지 않았다.

"레비테이션!"

우리가 건너왔던 용암의 통로가 나오자 루드그레인은 레비테이션 마법을 사용하여 우리들을 부유시켜 건너편으로 넘어가게 했다.

마신의 부활로 인해 용암은 크게 들끓고 있었는데 잠시 후 거대한 용암의 파도가 우리를 덮치듯이 밀려왔다.

"끄아!!"

용암의 파도가 밀려오자 이스트는 크게 놀라며 비명을 내질렀고, 프라이도스 사제 기안이 화급히 신성 마법을 사용했다.

"성신 프라이도스의 힘으로 세상의 모든 것을 얼리리라! 홀리 윈터 프리즈!"

그의 신성 주문과 함께 순백의 빛이 일렁이며 강렬한 냉기가 사방으로 휘몰아쳐 우리를 향해 몰아치던 용암의 파도를 한순간에 얼려 버렸다.

잠깐의 시간이라 강렬한 신성 마법은 불가능했지만 이 정도로도 위기를 피할 수 있었다.

다행히 우리가 벗어남과 동시에 홀리 윈터 프리즈에 얼었던 용암의 파도가 다시 밀려드는 용암에 의해 큰 소리와 함께 무너졌기 때문이다.

"휴!"

안도의 한숨을 쉰 이스트였지만 위기는 여기서 끝나는 것이 아니었다. 배트 데몬을 막기 위해 막아두었던 입구가 우리들의 길을 막아서고 있었기 때문이다.

"페드로, 엎드려라! 블러드 드릴!"

한시도 지체할 시간이 없었기에 앞서 가던 페드로에게 소리친 난 그대로 블러드 드릴을 시전하며 검을 내던졌고, 강렬한 붉은 기운이 돌풍을 만들어내며 막혀진 바위를 뚫고 통로를 만들며 밀려갔다.

끼아악!!

막혀진 통로를 뚫고 나가자마자 마물의 괴성이 울리기 시작했다. 아직 마물이 상당수 남아 있었기 때문이다.

검에 뚫려진 통로를 빠져나가자마자 달려드는 배트 데몬을 보며 이스트와 페드로는 검을 들어 녀석들을 베어넘기기 시작했다.

"미치겠군!"

뒤에서는 마신 시드라라는 존재가, 앞에는 배트 데몬이 우리의 앞을 가로막고 있어 다급할 수밖에 없었는데, 그때 등에 업고 있던 도리스의 입에서 조용히 목소리가 들리기 시작했다.

"지… 지하에 사는 조… 존재여… 그… 그대들의… 주인의… 적… 을 공격하라……."

그의 말과 함께 배트 데몬은 우리들을 공격하던 것을 멈추고 일제히 내가 뚫어놓았던 굴로 몰려가기 시작했다. 도리스가 마물에게 명령하여 시드라를 막게 했던 것이다.

"정신이 드는가?"

"…제… 젠장할… 크크크크."

떨어진 검을 주운 난 힘없이 눈을 뜬 그를 보며 물었는데, 그는 미간을 찌푸리는가 싶더니 잠시 후 자신의 지금 상황에 허망한 웃음을 터뜨렸다.

나로서는 그에게 더 이상 말을 건넬 정신이 없었기에 다시 사람들의 뒤를 따라 걸음을 옮겼는데, 도리스가 가쁜 숨을 쉬며 나에게 말을 건넸다.

"…마… 마신은……."

"지금 우리의 뒤를 쫓고 있네."

"…크크크, 너무 믿었어… 너무… 인간… 을 하찮게… 여기는… 녀석의… 말을… 믿어서… 는… 됐는데……."

그는 마신의 계약을 믿고 그를 부활시키려 했지만 그것은 잘못된 선택이었다는 것을 지금에야 알게 된 것이다.

너무 늦은 깨달음이었기에 이제 죽음의 강에 가까이 다가가고 있는 그였다.

끼아악!!

그때 동굴의 저편으로 마물의 괴성이 쉼없이 울리기 시작했다. 마물들이 마신 시드라에 의해 죽으며 괴성을 내지르고 있는 것이다.

고개를 돌려 그쪽을 쳐다보자 오십여 미터 뒤로 검은 안개가 맹렬한 기세로 밀려오고 있었다.

「마신을 실체화하는 존재로 보지 말아라! 우리 같은 마족과 달리 마신이란 존재는 어떠한 형태로도 변형이 가능한 족속들이다.」

킬리스는 검은 안개가 모습을 변형한 마신 시드라라는 것을 말해 주고 있었다.

"파이어 블래스트!"

안개와 같은 모습으로 변하여 밀려들어 오는 마신을 보며 루드그레인은 좁은 공간에서 녀석을 태워 버리기 위하여 화염 계열의 마법을 사용했다.

강렬한 불꽃이 마신을 향해 밀려가자 뜨거운 불길에 의해 검은 안개가 소멸되는 듯 보였는데 뒤에 업혀 있던 도리스의 조소가 들려왔다.

"크크크… 멍청한 마법사… 화산의 힘으로 부활한… 마신에게… 화염 계열의 마법을 사용하다니… *크크크*."

"이런 젠장!"

도리스의 말대로 화염 계열의 마법은 마신에게 소용이 없었는지 검은 안개를 소멸될 듯 보였던 화염은 오히려 뜨거운 열기로 우리들을 향해 밀려들어 왔다.

"홀리 윈터 프리즈!"

급히 기안이 신성 마법을 사용하여 열기를 상쇄시키는 것은 성공했지만 검은 안개는 더욱더 우리의 가까이로 밀려왔다.

"블러드님, 잠시라도 좋으니 마신을 막아주십시오! 마나 인터그레이션!"

나를 향해 급하게 소리친 그가 급히 마법 시동어를 외치니 앞으로 뻗은 두 손으로 그의 몸에 있는 마나가 모이기 시작했다.

"이스트! 부탁하네!"

급히 업혀 있던 도리스를 이스트에게 건넨 후 블러드 소드를 뽑은 난 마나를 모으기 시작했고, 잠시 후 블러드 에이리어가 형성되기 시작했다.

소드 오버러 때에는 블러드 에이리어를 형성시키면 살기와 함께 광기가 치솟아올라 그것을 안정시키는 데 상당한 정신력이 필요했지만 그랜드 소드 마스터에 이르자 그런 노력 없이도 힘이 안정돼 있었다.

"합!"

블러드 에이리어를 형성시킨 난 안개가 되어 밀려오는 마신을 보며 힘을 폭발시켰고, 좁은 동굴의 통로를 따라 나의 영역이 빠른 속도로 퍼지기 시작했다.

"끄윽!!"

그 영역은 마신의 몸과 부닥치자 강한 스파크와 함께 충격파를 내며 동굴을 부수기 시작했고, 나에게로 상당한 압력이 밀려왔다.

하지만 안개의 모습으로 변한 시드라는 나의 영역을 뚫고 들어오지 못하고 있었는데, 소생의 영역에 속한 피의 마나는 죽음을 관장하는 마신 시드라의 마나와는 서로 상반된 힘을 지녔다고 할 수 있었기 때문이다.

"블러드 드릴!"

위이잉!

마신에게 조금이라도 타격을 주기 위해선 나의 마나 역시 한곳으로 모을 필요가 있다는 생각에 블러드 드릴의 수법을 사용하여 검에 마나를 집어넣기 시작했다.

강렬한 회전으로 날카로운 파공음이 들려오고 있었고, 그와 함께 검에 주입되는 마나는 강렬한 붉은 빛을 내며 모이기 시작했다. 마신이 나의 영역을 밀어붙이며 거의 이 미터 정도 앞까지 왔을 때 지금까지 모았던 마나를 검기로 날리는 수법으로 한 번에 방출했다.

"차압!!"

온 힘을 다해 검을 앞으로 내뻗자 원뿔형의 검기가 빠른 회전과 함께 안개가 된 녀석의 몸을 관통해 나갔다. 순간 마신 시드라의 괴성이 일대를 뒤흔들듯이 울려 퍼졌다.

[끄어어어어!!]

상반된 성질의 마나로 인해 상당한 충격을 받은 듯했지만 보통이라면 바위라 할지라도 족히 수십 미터는 꿰뚫어 나갔을 법한 검기가 녀석의 몸을 뚫고 지나는가 싶더니 삼사 미터 정도에 이르자 그 기세가 줄어들며 소멸해 버렸다.

"음……."

녀석의 마나에 묻혀 검기가 사그라들고 만 것이다.

좁은 공간이었기에 몸을 관통시키는 수법을 사용했지만 그것마저 여의치 않다는 것에 침음성을 흘릴 수밖에 없었다. 잠시 후 녀석은 다시 영역을 밀고 들어오기 시작했다.

마나를 다시 모을 틈도 없이 밀려드는 마신의 모습에 당황할 수밖에 없었는데, 다행히 그때 루드그레인의 목소리가 들려왔다.

"블러드님, 뒤로 물러서 주십시오!"

그의 외침에 급히 몸을 날리자 영역이 사라짐과 동시에 마신의 몸은 더욱 가속도가 붙어 밀려들어 왔다. 루드그레인은 때를 놓치지 않고 자신의 마법을 실행했다.

"아이온 웰!"

그의 주문이 터져 나오자 강렬한 푸른 빛이 일렁이며 통로를 가로막는 강철 벽을 만들었다. 굉음과 함께 마신의 몸이 벽에 충돌했다.

쿠구궁!!

마법이 완성되자 루드그레인은 상당히 지친 표정으로 숨을 헐떡였다. 그의 마나로 만들어진 강철 벽은 족히 수미터는 넘을 듯한 두께였다.

"얼마나 막을 수 있을지 모르겠지만 일단 피하도록 하지요!"

그의 외침에 이스트에게 맡겨둔 도리스를 다시 업은 난 다른 이들과 함께 동굴 입구를 향해 몸을 날렸다.

쿵! 쿵!

강철 벽을 뚫으려고 하는 듯 뒤에서는 굉음이 연이어 울리기 시작했는데, 고개를 돌려 보자 마법으로 만든 벽이 시뻘겋게 달구어지기 시작했다. 강한 열기로 쇠를 녹이고 있는 것이었다.

용암으로 힘을 얻은 마신이기에 얼마 지나지 않으면 강철 벽을 녹이고 다시 쫓아올 것이라는 걸 알 수 있었다. 하지만 루드그레인은 이미 그것을 예상하고 있었는지 강철 벽을 향해 또다시 마법을 시전했다.

"워터 스피어!"

그의 시동어와 함께 물의 창이 빠른 속도로 달구어져 있는 강철 벽으로 날아가서 부닥쳤다. 그 순간 수증기가 강렬한 속도로 일어나기 시작했다.

뜨겁게 달구어져 녹아가고 있던 벽이 워터 스피어로 인하여 빠른 속도로 식어가면서 주위로 수증기가 형성된 것이다.

"이것이라면 당분간은 버틸 수 있을 겁니다!"

워터 스피어로 강철 벽을 식히기는 했지만 그것으로도 오래 버틸 수 없음을 이미 알고 있었다.

잠시 후 굉음과 함께 강철 벽이 부서지며 강렬한 화염이 우리를 향해 따라오기 시작했다.

"아이스 볼트!"

고개를 돌려 아이스 계열의 마법을 사용했지만 시드라의 강렬한 열기로 몸에 닿기도 전에 사라지고 말았다.

"미치겠군! 무슨 방법이 없는 거야?"

계속 도망칠 수는 없는 일인지라 이스트는 미간을 찌푸리며 말했는데, 그때 도리스의 목소리가 들려왔다.

"멍청… 한 마… 법사 덕에… 녀… 녀석은 아… 직… 완전히… 본… 모습을 되찾은 것… 이 아니다. 거기에다 흡수해서는 안 될 힘을 흡수하고… 말았지. 바로 피의 마나를 말이야……."

"설마?"

그의 말에 난 놀라지 않을 수 없었다. 그가 말하고 있는 피의 마나는 바로 내가 그를 구하기 위해 뛰어들었을 때 마신 시드라가 흡수한 힘을 말하는 것이기 때문이다.

"너… 너의 피는… 그저 죽음의… 산물일 수도 있지만… 신은 공평하다……. 네가 가진 것은… 죽음이라는 의미… 와 함께… 생을 상징하는 것… 불사왕… 매드가리스에… 의해 완전한… 피의 마나를 가진 너라면 시드라… 가 흡수한 피의 마나를 찾아 죽음… 의 극성인 생의 힘… 힘을 증폭시켜 시드라를 처단할 수 있을 것이다."

죽음과 함께 생을 상징하는 피의 마나, 난 그러한 의미가 피의 마나에 존재하고 있을 줄은 생각지도 못했다.

"설마… 도리스, 네가 나를 그곳으로 보낸 것은……?"

"크크크… 모른다… 어쩌면 나 역시도 시… 시드라의 부활에… 두려움을 느꼈을지도 모르지… 크크크."

도리스는 마지막 생의 힘을 짜내고 있는 듯한 모습이었다. 하지만 그의 표정에서 난 무엇인가 과거의 나와 같은 모습이 느껴진다 생각했다.

죽음을 찾아 나섰지만 숙명 탓으로 죽지 못하는 자. 어쩌면 도리스는 파멸의 길을 걸어갔지만 마음속 깊은 공간에서는 파멸을 거부하고 있었을 것이다.

그의 말대로 시드라를 없앨 수 있는 방법은 찾았지만 모습의 변형이 자유로운 마신 시드라였는지라 나의 피의 마나가 흡수되어 있는 녀석의 핵이 어디 있는지 찾는 것은 거의 불가능에 가까웠다.

지금은 좁은 통로인 덕에 피할 수 있지만, 만약 이 동굴을 빠져나간다면 녀석의 본체를 상대하는 것은 어려운 일일 수밖에 없다.

실체가 존재하는 않는 적을 상대로 싸운 적이 없었던 나로선 도저히 방법이 생각나지 않았던 것이다.

우리들의 앞으로 동굴 입구가 그 모습을 드러내었다.

"페드로! 도리스를 부탁한다!"

"예!"

업혀 있는 도리스를 페드로에게 맡긴 난 블러드 소드를 뽑아 들고 자리에 멈춰 섰다. 강렬한 열기와 함께 밀려오는 녀석을 보며 하나의 모험을 결심한 것이다.

"블러드님! 무엇을 하려는 겁니까?"

내가 멈춰 서자 루드그레인이 영문을 알 수 없어 소리쳤지만 그의 말에 대답해 줄 여유가 없었다. 마냥 이렇게 도망 다닐 수는 없기에 생각한 것을 실행해 보기로 했다.

"블러드 에이리어!"

마나를 방출하자 빠른 속도로 나의 주위에 일렁이기 시작했고, 그 기운을 모아 더욱 강하게 집적시키기 시작했다.

"하압!!"

그러는 사이 마신 시드라의 화염은 빠른 속도로 밀려들어 왔고, 난 녀석을 향해 몸을 날렸다.

"젠장할! 프로텍션 프롬 파이어!"

내가 강렬한 열기를 뿜어내고 있는 시드라를 향해 몸을 날리자 루드그레인은 급히 화염 내성 마법을 실행했지만, 그의 마법은 나에게 다가서기도 전에 열기에 의해 소멸되어 버렸다.

하지만 난 녀석의 열기를 두려워하지 않았다. 만약 내 생각이 들어맞는다면 녀석의 열기는 나에게 침범하지 못할 것이라 믿었기 때문이다.

쿠구궁!!

온 힘을 다해 녀석의 몸을 향해 검을 내지르며 돌격해 들어가자 잠시 후 주위로 강렬한 스파크가 일렁이며 충격파가 온몸을 감싸기 시작했다.

"끄윽!!"

참을 수 없는 고통이 강하게 온몸을 자극하고 있었지만 이 정도 고통은 신체가 마나를 받아주지 못하여 당했던 고통에 비하면 미약한 수준에 지나지 않았다.

그런 생각을 하자 밀려왔던 고통은 잠시 후 거짓말같이 사라졌고, 나의 몸은 화염으로 변한 시드라의 몸속으로 빨려들듯이 들어갔다.

"여기는……."

화염 속을 헤치며 들어가자 잠시 후 모든 것을 녹일 것 같은 열기는 사라져 갔고 아무것도 보이지 않는 어둠이 주위를 감싸듯이 밀려왔다.

칠흑 같은 어둠 속에서 천천히 정신을 집중하며 마신의 힘의 원천을 찾기 시작했다.

세상의 생명체는 자신의 몸을 유지하게 하는 원천이 있으니 마신 역시 다르지 않을 것이라 생각했기 때문이다.

하지만 정신을 집중하여 찾아보아도 시드라의 에너지 중심은 느껴지지 않았는데, 잠시 정신이 흐트러짐을 타 생각하기 싫은 일들이 떠오르기 시작했다.

'시드라의 정신 공격인가…….'

대륙의 검사들이나 마법사들이 드래곤이라는 거대한 존재에게 함부로 대항하지 않는 것은 그들의 마법이나 육체적 힘을 두려워함도 있었지만 그와 함께 그들의 강력한 정신 공격을 막을 방도가 없기 때문이었다.

드래곤 피어라 불리는 드래곤들의 포효에는 인간에게 한없는 두려움을 주는 힘이 포함되어 있어 소드 마스터에 이른 자라 할지라도 녀석들의 거대한 몸체와 무한한 마법의 힘을 직접 눈으로 바라보며 그들의 포효를 접하는 순간 자신이 한없는 나약한 존재라는 걸 깨달으며 두려움을 가지게 되는 것이다.

인간이 신에게 함부로 접근하지 못한 것도 이러한 거대한 힘의 차이와 함께 무력한 인간일 수밖에 없게 하는 정신 공격이 많은 부분을 차지하고 있었다.

녀석의 정신 공격이 계속 밀려오고 있는 가운데 잠시 후 눈앞으로 흐릿한 영상이 잡히기 시작했다.

회색의 벽 아래로 보이는 작은 침대, 그곳에서 한 여자 아이가 잠을 자고 있었다. 평온한 모습을 보이는 아이.

그 주위로는 백색의 로브를 입은 마법사들 서넛이 안타까운 표정으로 아이를 보고 있었으니 난 떨리는 손을 가눌 수가 없었다.

"레비나……."

그렇다. 누워 있는 아이는 바로 레아가 나에게 안겨준 딸인 레비나였다.

레비나가 치료받고 있는 방이라는 것을 알 수 있었는데, 마법사 한 명이 나를 발견하고는 안타까운 표정으로 말했다.

"블러드 씨… 저희로선 최선을 다했지만……."

"아……."

아이는 잠을 자고 있었다. 하지만 그것은 하루의 피로를 풀어줄 달콤한 휴식이 아닌 영원한 안식의 수면을 취하고 있는 것이다.

더 이상 살아 있는 존재를 만날 수 없는 안식의 세계로 빠져든 아이의 모습에 뭐라 할 수 없는 충격이 밀려오고 있었다.

천천히 아이에게 다가가 살아 있는 듯한 아이의 볼에 손을 가져갔다.

그리고 느껴지는 차가운 느낌에 소름이 끼치는 것을 느꼈다.

죽음이란 것을 수없이 겪어왔지만 친인의 죽음은 아직까지도 쉽게 적응되는 것이 아니었기 때문이다.

그러나 이내 고개를 저었다. 이것이 마신 시드라가 나에게 보여주는 환상이라는 것을 잘 알고 있었기 때문이다.

"무슨 짓을 하는 것이냐! 이런 환상으로 나를 쓰러뜨릴 수 있다 생각하는가!"

녀석이 나에게 보여주는 환상에 난 노기를 느끼며 소리쳤는데, 다음 순간 시드라의 목소리가 들려왔다.

[이것은 너의 마음속에 있는 불안일 뿐이다. 너의 마음속에 있는 불안감을 보여주고 있을 뿐 어떠한 거짓도 들어 있지 않다.]

그의 말대로 그가 나에게 보여주는 환상에 거짓은 없었다. 혹시나 하는 나의 불안감을 눈으로 보여주고 있을 뿐이다.

물론 이것은 불안감일 뿐 나에게 올 미래라고는 할 수 없었다.

하지만 불안감이 미래에 대한 기대보다 더 강하게 마음을 자극하는 것은 어쩔 수 없는 일이었다.

이제 만난다는 기약은 없지만 누군가가 잘되었으면 하는 마음은 어느 누구에게나 있을 것이기 때문이다.

그때 또다시 마신의 환상이 나의 눈을 현혹시키기 시작했다.

기억에서 점점 잊혀져 가던 하나의 추억, 그것이 나의 앞으로 다가오기 시작했다.

"아빠!"

"여보!"

사랑했던 두 사람이 나에게로 달려오고 있는 모습. 멀리 추억 속의 작은 집이 보이고 있었고, 문 앞에서는 따뜻한 눈빛으로 나를 보고 있는 사람이 있었다.

과거의 기억 속으로 어렴풋이 생각나는 아버지와 어머니의 얼굴. 모두 건강한 모습으로 나를 바라보고 있었다.

　아이가 나의 품으로 뛰어들어 와 안기며 기뻐하는 모습에 난 이것이 꿈이라도 좋다는 생각이 들었다.

　사랑하는 딸을 다시 품에 안을 수 있다면 언제까지나 영원한 환상이라 하더라도 후회하지 않을 수 있었다.

　"레, 레비나……."

　"아빠!"

　나 자신도 알지 못하는 사이 눈에선 눈물이 흘러나오고 있었다.

　천천히 아이의 볼을 쓰다듬었다.

　손끝으로 느껴지는 따뜻한 체온은 내 아이가 살아 있다는 느낌이 들었다.

　하지만 영원히 계속됐으면 하는 환상도 한순간에 사라지고, 아이의 따뜻한 체온은 거짓말같이 사라져 버렸다.

　[그대가 원한다면 그대가 사랑하는 자와 영원한 삶을 살게 해줄 수 있다. 어떤가? 나의 종이 된다면 모든 것을 주겠다.]

　마신이 원하고 있는 선택은 나로서 갈등을 겪게 하고 있었다.

　다시 한 번 딸과 아내, 그리고 부모님을 만날 수 있다면 하는 생각을 얼마나 많이 했는가? 하지만 그것은 이루어질 수 없는 일이었기에 모든 것을 잊고 죽음을 찾아야 했다.

　영원한 추억 속에서 살아남을 수 있는 사람이 있을까? 수많은 사람이 굶주리며 하루를 연명하기 어려운 이 시대에 영원한 추억 속에서 살고 싶은 자는 많을 것이다.

　하지만 추억이 영원하다면 그것은 추억이 아니었다. 현재의 살아 있는 삶이 될 수밖에 없는 길이었기 때문이다.

과거 속의 딸을 기억해야 하는 것일까? 아니면 절망 속에서 얻은 딸을 생각해야 하는 것일까?

"…당신의… 종이… 되겠소……."

정의, 그런 것은 나에게 아무런 의미가 없었다.

나의 인생은 정의를 모르는 자에 의해 무너졌고, 그것으로 죽음을 찾아야 했다.

추억 속에서 벗어나지 못한다 하더라도 난 사랑하는 나의 딸과 가족들과 함께하고 싶었다. 이기적이라 말을 한다 해도, 나로 인해 모든 이가 죽임을 당한다 하더라도 이 사람들과 같이하고 싶다.

난 인간이었다.

내가 마신의 조건을 수락한 순간 또다시 환상이 나에게로 밀려왔다. 사랑하는 사람들이 드디어 나의 곁으로 온 것이다.

블러드가 화염으로 변한 마신의 몸속으로 들어간 이후 녀석이 움직임을 멈추었기에 루드그레인을 포함한 다른 이들은 결과를 기다리고 있었다.

"젠장할! 나라도 블러드를 구출하러 가겠어!"

이스트는 블러드가 나오지 않자 결심을 한 듯 검을 빼 들고는 화염 속으로 뛰어들려 했으나 페드로가 급히 그의 팔을 잡은 후 말했다.

"무리야! 블러드님은 마나의 힘으로 열기를 밀어낼 수 있지만 너는 불가능해!"

"크……."

그의 말대로 이스트의 마나로는 마신의 뜨거운 화염을 견딜 수 없었다. 접근한다면 그대로 타 죽는 것을 면할 수 없을 것은 분명했는데, 그때 화염 속에서 하나의 인영이 드러나기 시작했다.

"저건……!!"

화염 속에서 서서히 걸음을 옮기던 자는 잠시 후 이들 앞에 모습을 드러냈다. 바로 마신의 불꽃 속으로 들어갔던 블러드였다.

블러드가 나오자 이스트는 급히 그에게 달려갔다. 그가 아무런 일도 없이 조용히 걸어나오자 마신을 쓰러뜨린 것이 아닐까 생각해서였다.

"블러드! 성공했구나!"

크게 기뻐하는 표정으로 달려가는 이스트. 하지만 마도사 루드그레인은 마신의 힘이 그대로 유지되고 있는 데다 블러드 스톰의 무표정한 얼굴에서 무엇인가 심상치 않은 기운을 느끼고 이스트를 보며 소리쳤다.

"이스트 씨! 멈추십시오!"

그 순간 블러드 스톰의 검은 섬광과 함께 빠르게 이스트의 머리를 향해 휘둘렀다.

"헉!"

그 모습에 크게 놀란 이스트는 뒤로 넘어지고 말았다.

"사이키네시스!"

분위기가 심상치 않음을 간파했던 루드그레인은 급히 염력의 마법을 사용하여 이스트를 끌어당겼고, 블러드의 검은 이스트의 가슴에 약간의 검상을 내는 데 그쳤다.

"블러드……."

이스트로선 자신을 향해 그가 검을 휘두르자 가슴에 흐르는 피를 보며 황당할 수밖에 없었다.

루드그레인이 심각한 표정으로 사람들을 보며 말했다.

"아무래도 마신의 현혹 마법에 걸려든 것 같습니다."

"그렇다면?"

"마신의 종이 되었다고 할 수 있지요……."

페드로의 물음에 그는 미간을 찌푸리며 말했다. 사람들은 모두 크게 놀랄 수밖에 없었다. 그랜드 소드 마스터 정도에 이르면서 정신력 역시 향상된 사람이었는데, 그런 자가 현혹에 걸려들었다는 것이 믿어지지 않는 것이다.

하지만 이미 블러드 스톰이 마신의 현혹 마법에 걸려든 이상 이대로 생각에만 잠길 순 없기에 대책을 생각할 수밖에 없었다.

"기안 사제님, 부탁드립니다."

그에게 걸린 현혹 마법을 풀기 위해 루드그레인은 기안에게 신성 마법을 부탁했지만 블러드는 시간을 주지 않고 사람들을 향해 몸을 날렸다.

"실드!"

챙그랑!!

루드그레인은 급히 실드를 사용하여 그의 공격을 막으려 했지만 그랜드 소드 마스터에 이른 그의 검을 막을 수는 없었기에 날카로운 소리와 함께 실드는 순식간에 깨어져 버렸다.

"끄아악!!"

실드가 깨어지자 검은 그대로 루드그레인을 향해 밀려왔고, 그의 어깨를 내려치는가 싶더니 그대로 팔을 잘라 버리고 말았다.

시뻘건 피가 주위를 뒤덮자 그는 고통스런 신음을 내지르며 뒤로 물러섰지만 블러드는 멈추지 않고 또다시 그의 목을 향해 검을 휘둘렀다.

챙!!

목이 잘려질 찰나 한 자루의 검이 간신히 블러드의 검을 막았다. 페드로였다.

"블러드님! 무슨 짓을 하시는 것입니까!"

그의 검을 막은 페드로는 블러드를 향해 소리쳤지만 아무것도 듣지 못한 것처럼 그의 검에는 더욱 힘이 가해지고 있었다. 잠시 후 페드로의 검은 균열이 일어나는가 싶더니 산산조각으로 부서지고 말았다.

"크윽!"

검이 부서지며 페드로는 배와 다리 부분에 파편을 맞고 쓰러지고 말았다. 블러드는 또다시 검을 들어 페드로를 향해 검을 내려치려 했다.

"성신 프라이도스여, 가련한 자의 몸에 서린 악의 기운을 몰아주소서! 턴 아웃 이블!"

그때 기안 사제의 신성 마법이 때마침 시전되자 순백의 빛이 블러드를 향해 밀려들어 갔다.

"끄아악!"

강렬한 신성의 빛에 노출되자 블러드는 괴로운 모습으로 신음을 내지르며 눈을 가렸다. 신성 마법이 먹혀 들어갔던 것이다.

"리, 리커버리……."

루드그레인이 급히 자신의 몸에 리커버리 마법을 사용하자 팔의 상처가 아물어가기 시작했다.

"루드그레인, 괜찮은가!"

"난 괜찮소… 그런데… 블러드님은……."

이스트의 말에 고개를 끄덕이며 괜찮다는 말을 건넨 루드그레인은 블러드에 대해서 물었다. 그러나 이스트는 고개를 저으며 말했다.

"기안 사제가 신성 마법으로 녀석의 몸에 서린 마의 기운을 몰아내려 했지만 소용이 없었네……."

"그런……."

고개를 들어 바라보자 블러드는 순백의 신성 기운을 물리치며 천천히 자신들에게 걸음을 옮기는 것을 보고 루드그레인은 이를 악물며 참담한 표정을 지었다.

"마의 기운에 의해 조종되는 것이 아니라면… 마신의 조건을 승낙한 것이란 말인가……."

"마신의 조건?"

루드그레인의 말에 이스트는 되물어볼 수밖에 없었다.

"마신은 자신의 수족을 만들기 위해 인간에게 떨칠 수 없는 조건을 제시합니다. 어떠한 사람이라도 자신이 원하고 있는 것이 있는 만큼 그런 마음을 파고드는 마신의 조건은 쉽게 거부할 수 없는 것이지요. 만일 조건을 수락하게 되면 그 즉시 마신의 수족이 되는데, 그러한 경우에는 턴 아웃과 같은 신성 마법으로도 그를 되돌릴 수가 없습니다."

"그런… 말도 안 되는… 블러드가 우릴 버릴 리가 없지 않은가……."

이스트로선 루드그레인의 말을 믿을 수가 없었다. 마신이 어떠한 조건을 제시했는지는 모르지만 블러드가 자신들을 배신하고 그 조건을 받아들일 리가 없다고 생각했기 때문이다.

하지만 턴 아웃 신성 마법도 통하지 않는 지금 사람들은 그렇게밖에 생각할 수 없었다. 도저히 동료들의 그런 생각을 인정하지 못한 이스트는 이를 악물며 블러드를 향해 달려들었다.

"이스트!"

슈우욱!!

갑자기 이스트가 블러드에게 달려들자 사람들은 크게 놀라 소리쳤으나 이미 그를 말릴 수가 없었고, 블러드의 검은 여지없이 뻗어 나와 그의 복부를 꿰뚫었다.

"크윽!!"

블러드의 검에 의해 복부가 꿰뚫리자 이스트는 입에서 피를 뿜으며 괴로워할 수밖에 없었다. 그의 피는 블러드의 안면에 흩뿌려졌다.

그 순간 블러드는 무엇인가에 놀란 듯 검의 움직임을 멈추었다. 그 모습에 기안은 크게 놀라 소리쳤다.

"루드그레인님! 저것을 보십시오!"

"…아직 완전히 마신의 수족이 된 것은 아니군요……."

블러드의 움직임에서 약간의 망설임이 있었다는 것은 어느 정도 정신이 남아 있음을 뜻하고 있었기에 루드그레인으로선 희망을 볼 수 있었다.

그러나 그 희망은 너무 작은 것이기에 어찌할 바를 찾을 수 없었는데, 이스트는 검에 의해 복부가 꿰뚫렸음에도 자신이 가지고 있던 희망을 꺾지 않았다.

"이… 이 빌어… 빌어먹을… 자식아… 정신 차려!!"

복부가 꿰뚫린 채 블러드의 머리카락을 움켜쥔 이스트는 녀석의 얼굴을 보며 소리를 내질렀다.

"이… 이스트……."

그 순간 블러드의 입에서 떨리는 목소리로 그의 이름이 새어 나왔다.

"미… 미친놈! 네… 네 녀석이 무슨 짓… 무슨 짓을 저지르고 있는지 알아! 이… 이대로… 레비나를 버려둘 생각인가!"

"레… 레비나!"

이스트의 입에서 레비나라는 이름이 터져 나오자 그의 동공은 크게 놀란 듯 커졌고, 이스트는 고통을 참지 못하고 또 한 번 피를 토했다.

"크윽… 개… 개자식아… 네… 네 녀석이… 이렇게… 끝… 끝나면… 레… 레비나는……."

그 말과 함께 이스트는 그대로 정신을 잃고 말았고, 블러드의 검에 의해 그의 몸은 천천히 대지로 떨구어졌다.

붉게 물들어가던 대지의 차가움에 이스트의 피가 굳어가며 그의 몸도 점점 식어져 가고 있었다.

"사… 사제!!"

그때 이들의 뒤로 누군가의 목소리가 들려왔고, 기안 사제가 돌아보자 그곳에는 고통스러운 표정의 도리스가 그들을 향해 온 힘을 다해 기어오고 있는 것이 보였다.

"무슨 일이오!"

기안은 상황이 급박함에 그와 같은 자가 자신을 부르자 짜증을 내며 소리쳤는데, 도리스는 그에 아랑곳하지 않고 소리쳤다.

"나… 나를 블러드에게 데려가 주시오."

"당신을?"

"녀석은 마신의 정신 공격에 당했… 으니 어쩌면 나의 힘으로 시드라의 정신 공격을 약화시킬 수 있을 것이오."

"그런!"

"난 시드라의 힘을 지니고 있소!"

그 말에 기안은 고개를 끄덕이고는 달려가 그를 등에 업었다.

"주… 죽을 각오가 되어 있으면… 블러드에게 뛰어가시오!"

"끄아아아!!"

도리스의 말에 사제는 괴성을 지르며 이스트의 복부에 검을 꽂아 넣고 있는 블러드를 향해 있는 힘을 다해 뛰었다.

"기안 사제!"

루드그레인은 갑자기 기안 사제가 블러드에게 뛰어가자 놀랄 수밖에 없었는데, 그의 등 뒤에 있는 도리스가 무엇인가 주문을 외우는 것을 볼 수 있었다.

"설마?"

그때서야 루드그레인은 도리스 역시 마신 시드라의 힘을 지니고 있다는 것을 생각해 냈고, 그 역시 가만히 있을 수 없었기에 기안 사제를 향해 마법 시동어를 외쳤다.

"스트렝스!!"

그가 건 마법은 체력을 강화시키는 보조 마법이었다. 루드그레인의 마법을 받자 기안은 힘이 솟아오르는 것을 느끼며 더욱 힘을 내어 블러드를 향해 몸을 날렸다.

"나 마신 시드라의 이름으로 명하니, 어둠의 유혹이여, 그대의 공간으로 사라져라!"

기안이 블러드에게 가까이 다가가며 몸을 날리자 도리스는 그대로 시동어를 외쳤다. 그의 몸에서 생성된 어둠의 기운이 그를 향해 뻗어 나갔다.

"끄악!!"

그리고 다음 순간 블러드는 고통의 괴성을 질렀다. 도리스의 어둠의 마법으로 인하여 시드라가 걸었던 마법이 일순간 풀리고 있었기 때문이다.

"레… 레비나……."

고통과 함께 떠오르는 한마디. 이스트가 의미하고 있는 이름은 블러드의 두 번째 딸, 모든 것을 잃은 그에게 희망을 가져다 준 이름이었다.

그리고 그 한 아이의 이름은 일순간 블러드에게 강한 자극을 주고 있었다.

"이스트!"

페드로는 급히 대지에 쓰러진 이스트의 곁으로 가 그를 안아 들었지만 블러드는 페드로가 다가옴에도 아무런 미동도 보이지 않았다.

무엇인가에 홀린 듯한 모습을 하고 있는 블러드의 모습을 바라보던 페드로는 이내 고개를 저으며 이스트를 안고 어느새 멀리 피한 기안 사제에게로 뛰어갔다.

기안 사제는 페드로가 이스트를 안고 오자 급히 신성 마법으로 그의 상처를 치료하기 시작했다.

"성 프라이도스님이시여, 이 어린 양의 상처를 치유하여 주소서! 홀리 리스토어!"

주문이 완성되자 기안의 손에선 순백의 빛이 일렁이며 검에 관통된 상처를 치유하기 시작하여 점점 상처는 아물어가기 시작했다.

하지만 복부가 꿰뚫리며 내장에까지 상처를 입었고 상당한 피를 흘린 이후인지라 이스트가 되살아날지는 알 수 없었다.

이스트가 정신을 차리지 못하고 있을 때 블러드는 멍한 모습이 되어 환상에 빠져 있었다.

"이… 이건……."

추억 속에 남아 있는 가족들 곁에 있던 난 도저히 정신을 차릴 수가 없었다. 얼굴에서부터 흐르고 있는 붉은 피, 그것은 결코 나의 것이 아니었다.

"아빠?"

나의 모습에 아이는 멍한 눈으로 나를 쳐다보고 있었는데, 그 아이에게는 얼굴에서 흐르는 피가 보이지 않는 듯했다.

아니, 같이 있는 어떠한 사람에게도 나의 얼굴에 흐르는 피가 보이지 않음을 알 수 있었다. 그들의 표정이 변하지 않고 있었기 때문이다.

인자한 눈빛으로 자애로운 미소를 보이고 있었지만 점점 그것은 거짓으로 느껴지고 있었다.

오직 나의 눈앞에 있는 진실은 얼굴에서 흐르고 있는 붉은 피 외에는 없는 듯했다.

왜 이런 느낌이 드는 것일까? 이해할 수 없었다.

"아빠! 뭐 해요? 레비나는 심심하단 말이야."

"아… 그래……."

뾰로통해진 표정으로 손을 잡는 레비나에게 난 힘없이 끌려가야만 했지만 피는 멈추지 않고 있었다.

마치 누군가의 한이 끊임없이 흐르고 있는 듯했다.

나를 탓하고 있는 누군가의 피, 그리고 그것은 나의 온몸을 자극하고 있었다.

'지금 난 어디에 있는 것일까?

행복의 한순간 속에 잠겨 있었지만 그것은 나의 행복이 아닌 듯했다.

곁에 있는 모든 이들은 행복 속에 있었지만 난 행복하지 않았다. 나의 일이 아닌 것과 같은 낯설음만이 가득한 세계.

이것은 내가 바라던 것이 아니었다. 단지 꿈꾸고 있던 일일 뿐이었다.

꿈속에 존재하고 있지만 결코 현실로 느껴지지 않음에 난 걸음을 멈추고 말았다.

"아빠?"

나의 앞에 있는 딸아이는 현실이 아니었다. 그리고 주위에 있는 모든 것도 현실이 아니었다. 난 무엇을 위하여 마신의 조건을 수락했단 말인가?

이곳은 과거의 내가 있고자 했을 뿐 현재의 내가 있을 곳이 아니었다. 그런 생각이 들었을 때 머리에서 흐르던 피는 점점 형상화되어 갔고, 잠시 후 나의 눈앞으로 이스트의 얼굴이 떠오르기 시작했다.

"미… 미친놈! 네… 네 녀석이 무슨 짓… 무슨 짓을 저지르고 있는지 알아! 이… 이대로…레비나를 버려둘 생각인가!"

고통스러운 표정의 이스트는 나를 보며 절규에 가까운 표정으로 소리치고 있었다.

그가 말하는 아이는 결코 나의 앞에 있던 과거의 레비나가 아니었다. 지금 죽음의 선에서 어찌 되었는지 알지 못하는 두 번째 아이의 이름이었다.

추억과 현실, 그곳에 두 명의 딸이 있었던 것이다.

'난 지금 이곳에서 무엇을 하고 있는 것인가… 과거에 얽매여 있었단 말인가……'

과거에 얽매여 그것을 바라며 현재의 내 곁에 있는 모든 것을 버리려 했었다는 생각에 머리가 아파지기 시작했다.

추억 속의 아이가 중요하다면 현재의 아이 역시 나에게는 중요할 수밖에 없었음에도 난 왜 과거를 선택하려 했던 것일까?

과거의 내가 존재하기에 현재의 내가 존재한다 하지만 현재의 나는 과거의 존재일 수 없다는 것을 왜 깨닫지 못한 것일까.

피는 점점 흘러 손바닥 위로 흥건히 고이고, 이스트의 목소리는 점점 나의 뇌리에 짙게 깔리고 있었다.

그리고 다시 고개를 들었을 때 나에게로 현실의 사물이 또렷하게 보이기 시작했다. 멍한 눈으로 나를 바라보고 있는 사람들, 그곳에서 이스트는 피를 흘리며 실신해 있었고 루드그레인은 한쪽 팔이 잘린 채 나를 바라보고 있었다.

그들의 상처가 나로 인해 입은 것임을 알 수 있었다. 피에 젖은 블러드 소드가 나의 손에 들려 있었기 때문이다.

고개를 돌려 보자 마신 시드라가 변한 검은 안개가 짙게 깔리고 있었기에 난 서슴지 않고 녀석의 몸속으로 다시 몸을 날렸다.

"블러드님!"

페드로의 목소리가 귓가를 울렸으나 잠시 후 안개 속에 스며들어 가자 거짓말처럼 사라지며 또다시 정적이 나를 감쌌다.

[어리석은 자.]

마신의 목소리가 나의 머리 속에서 울려 퍼졌다.

"인간은 어리석을 수밖에 없는 존재이니까요."

마신의 말에 대답한 난 검을 들어 녀석의 몸속에서 검기를 날렸다. 나의 모든 것을 증명하는 피의 검기는 날카로운 파공음을 내며 안개로 변한 녀석의 몸을 갈랐고, 잠시 후 나의 앞으로 안개가 갈려 길이 만들어졌다.

그리고 그 끝에 머리 위로 두 개의 뿔이 돋아나며 한 쌍의 검은 날개를 길게 펼치고 있는 자의 모습이 눈에 들어왔다.

그의 몸에서 느껴지는 영겁과도 같은 어둠의 기운 속에서 난 그자가 시드라라는 것을 알 수 있었다.

[그대가 영원의 안식을 원하지 않는다면 지옥의 불에서 영원한 고통을 맛보게 해주지!]

그 말과 함께 시드라는 나를 향해 손을 뻗었고, 그곳에서 강렬한 붉은색 불길이 밀려들어 왔다.

지옥의 불길과도 같이 모든 것을 태워 재로 만들어 버리는 열기가 나를 향해 밀려왔기에 검에 마나를 돋우어 화염을 향해 검을 내질렀다.

피의 마나는 모든 것을 파멸시키는 불길과 닿는 순간 마나의 충돌에 의한 푸르스름한 불꽃을 내며 사방으로 퍼져 나갔고, 그것은 주위의 검은 안개를 순식간에 소멸시키고 있었다.

"하압!"

블러드 소드로 불길을 가르며 앞으로 걸음을 옮겼다. 점점 더 거세어지는 지옥의 불길에 입고 있던 옷은 까맣게 그슬렸고, 얼굴은 강한 열기로 인하여 통증이 느껴지고 있었지만 걸음을 멈추지는 않았다.

과거의 나를 청산하기 위해서는 지금 앞에 있는 자를 베어야 했기 때문이다.

[과연 나의 수족들을 벨 정도의 자격을 지녔구나!]

과거 마족과의 싸움을 알고 있는 듯 말하는 그의 입가에 엷은 미소가 흐르고 있었다.

상대에 대한 두려움을 전혀 느끼지 않고 있는 모습, 녀석에게서 느껴지는 어둠의 힘은 앞으로 걸음을 옮길 수 없을 정도로 압박을 가하고 있었다.

하지만 나에게도 어느 정도 희망이 있다면 도리스의 몸에 잠재되어 있는 힘을 흡수하지 못하여 생긴 녀석의 허점이었다.

물론 강한 기운에 그곳을 발견할 수는 없었지만 녀석을 피하겠다는 생각은 하지 않았다.

이제 얼마 남지 않은 생의 시간 속에서 더 이상 시간을 지체할 수가 없었기 때문이다.

[나를 거부한 대가를 치러야 할 것이다!]

그 말과 함께 녀석의 신형은 눈앞에서 사라져 버렸고, 등 뒤로 날카로운 살기가 밀려들어 왔다.

채재쟁!!

급히 몸을 돌려 검을 휘두르자 푸른 불꽃이 얼굴로 튀기며 뜨거운 열기가 느껴졌다. 마신의 날카로운 손톱이 나의 등을 향해 밀려오고 있었던 것이다.

간신히 검을 돌려 그 공격을 막았지만 엄청난 힘에 도저히 견딜 수가 없었다.

"끄으윽……."

온 힘을 다해 마신의 공격을 막았지만 이내 무릎이 꺾이고 입에서는 핏줄기가 흘러내리고 있었다.

이대로라면 녀석의 힘에 더 이상 버티지 못하고 죽임을 당할 것은 눈에 보이는 일이었다.

"성신 프라이도스님이여, 그대의 뜻을 거스르는 자에게 신벌을 내리소서! 홀리 라이트닝!"

더 이상 버티지 못한다고 생각했을 때 녀석의 뒤쪽에서 신성 주문과 함께 홀리 라이트닝 마법이 빠른 속도로 마신을 향해 밀려들어 갔다.

쿠구궁!!

[끄윽!!]

홀리 라이트닝 마법에 적중된 마신은 타격을 받았고, 그 순간 나를 향해 압박하던 그의 힘 역시 사라졌다.

"합!"

급히 신성 마법이 날아온 방향으로 몸을 날리자 그곳에서는 홀리 라이트닝을 사용한 기안 사제와 함께 일행들이 서 있었다.

"블러드님!"

"페드로……."

그렇다. 지금의 싸움은 나만의 싸움이 아니었다. 나에게는 지금까지 나를 도와준 동료가 있었기 때문이다.

"늦지 않아 다행이군요."

루드그레인은 안도한 표정을 보이고는 마법 지팡이를 들어 마법을 사용했다.

"다이아몬드 더스트!"

그가 마법 시동어를 외치자 허공에서 얼음의 조각들이 형성되어서 마신을 향해 빠른 속도로 밀려들어 갔다.

쿠구궁!!

그의 빙계 마법은 홀리 라이트닝에 의해 신형을 바로잡지 못하는 마신의 몸을 강타하며 강한 폭발을 만들어냈으나 이것이 마신에게 그리 충격을 주지 못한다는 것은 모두 알고 있었다.

녀석을 쓰러뜨리기 위해선 그의 어둠의 힘을 이루고 있는 핵을 파괴해야만 했다.

[하찮은 인간 놈들이 감히 나 시드라에게 대항하다니, 한 놈도 살려 두지 않겠다! 카오스 홀!]

연이은 공격의 충격에서 빠져나온 시드라는 우리를 보며 살기 어린 표정으로 소리치고는 두 손을 들어 암흑 마법을 시전했고, 잠시 후 그의 손에서 검은 구슬이 나와 우리를 향해 날아왔다.

쿠구궁!!

마신이 우리를 향해 날린 카오스 홀은 그대로 우리들 앞에 떨구어졌고, 잠시 후 강렬한 어둠의 빛이 일렁이며 대지를 휩쓸기 시작했다.

"끄윽!!"

검은 구슬이 폭발하며 생긴 공간으로 강렬한 흡력이 생겨 사물들을 빨아들였고, 그곳에 들어간 사물들은 산산조각이 나 부서져 나가고 있었다.

"성신 프라이도스의 힘으로 세상의 모든 것을 얼리리라! 홀리 윈터 프리즈!"

기안 사제는 급히 일행들을 빨아들이고 있는 카오스 홀을 향해 계절의 신 프라이도스의 신성 마법을 펼쳤지만 신성 마법조차 녀석의 마법 속으로 빨려 들어가며 상쇄되어 버렸다.

혼돈의 구멍은 모든 것을 삼켜 버릴 듯했고, 신체의 힘이 약한 기안 사제는 더 이상 버티지 못하고 구멍 속으로 휩쓸려 들어갔다.

"끄악!"

기안 사제가 빨려 들어가는 것을 보며 난 급히 몸을 날려 그의 허리를 잡은 후 블러드 소드를 땅에 박아 간신히 카오스 홀에 휩쓸려 들어가는 것을 막을 순 있었지만 그리 오래 버틸 수 없음을 느끼고 있었다.

"끄윽… 방법이 없겠습니까?"

페드로는 루드그레인을 향해 방법을 물었지만 그 역시 카오스 홀을 파괴할 방법을 찾지 못하고 있었다.

어찌할 방법조차 없는 순간, 하지만 동료는 이들만이 아니었다.

[라이트닝 애로우!]

마신이 만들어낸 검은 안개 속으로 인영이 드러나는가 싶더니 마법 시동어가 들려왔고, 푸른 전격은 그대로 마신을 향해 빠른 속도로 뻗어 나갔다.

쿠구궁!!

라이트닝 애로우가 자신을 향해 오자 시드라는 급히 손을 저어 방어했고, 마법의 전격은 산산이 부서져 나갔다.

하지만 이 공격으로 카오스 홀의 공격은 약해졌고, 루드그레인은 그것을 놓치지 않았다.

"디스펠 매직!"

마신의 힘의 영향이 미약해진 순간이었기에 그가 외친 디스펠 매직은 마신의 카오스 홀을 단숨에 소멸시켰고, 우리들은 큰 위기에서 벗어날 수 있었다.

"이스트… 도리스……."

위기에서 우리를 구한 사람은 부상을 당한 두 사람, 바로 이스트와 도리스였다. 나의 검에 입은 상처 부위를 움켜잡으며 걸음을 옮기는 이스트는 등에 도리스를 업고 있었다. 마법은 도리스가 힘을 다해 펼친 것이다.

"내… 내가 없으면 아무것도 못하는군. 크크……."

얼굴은 크게 일그러져 고통스러운 모습을 보이고 있었지만 우리를 향해 미소 짓고 있는 이스트의 모습을 보자 무엇인가 알 수 없는 힘이 나를 일으켜 세우고 있음이 느껴졌다.

자신의 상태는 생각하지 않고 조금이라도 도움을 주기 위해 아픈 몸을 이끌고 온 이스트가 고마울 수밖에 없었다.

"크크크… 잘들 노는군……."

우리들의 모습을 보며 도리스는 재미있다는 듯 웃음소리를 내더니 입술을 악물며 무엇인가를 결심한 듯 마신 시드라를 보며 소리쳤다.

"너에게 받은 힘을 돌려주겠다!"

그 말과 함께 도리스의 몸에선 검은 마나의 힘이 일렁이더니 잠시후 검은 안개 한쪽으로 빨려 들어가기 시작했다.

[이놈이!]

시드라는 그의 모습을 보며 크게 당황하는 모습을 보였고, 마신의 힘을 돌려주던 도리스는 우리를 보며 소리쳤다.

"멍청이들아! 나의 힘이 빨려 들어가는 곳이 마신의 핵이 있는 곳이다!"

그의 말을 듣고서야 우리는 그가 왜 마신에게 힘을 돌려주는지 알수 있었다. 자신의 몸을 희생하며 우리들에게 마신의 유일한 약점인 핵의 위치를 알려주려 했던 것이다.

"성신 프라이도스님의 봄의 온기로 잠들어 있는 생기를 깨우소서! 홀리 스프링 리바이버!"

봄은 모든 만물을 깨우는 계절, 소생의 힘이 가득한 이 힘은 죽음을 대표하는 마신 시드라의 힘과 상반되는 것이라 할 수 있었다. 그의 신성 마법이 펼쳐지자 어둠의 안개가 소멸되며 안개 속으로 긴 길이 만들어졌다.

그리고 그 끝으로 검은 힘을 분출하고 있는 구슬이 그 모습을 드러내었다. 마신 시드라의 핵이었다.

"저 핵을 파괴해야 합니다! 아이스 애로우!"

루드그레인은 우리를 향해 소리치고는 검은 구슬을 향해 얼음의 화살을 날렸고, 날카로운 파공음과 함께 날아간 마법은 검은 구슬에 충돌했다.

카강!!

[끄아악!!]

이 마법에 당하자 시드라는 강한 충격을 받은 듯 괴성을 내지르기 시작했다. 자신의 힘의 중추인 핵이 공격당하자 드디어 타격을 입었던 것이다.

녀석의 중추를 확인했다면 더 이상 망설일 필요가 없다고 생각한 난 블러드 소드를 들어 검은 핵을 향해 몸을 날렸다.

[마음대로 되지는 않을 것이다!]

내가 핵으로 몸을 날리자 마신의 몸이 사라지는가 싶더니 나의 앞을 가로막았고, 정수리를 향해 날카로운 손톱을 휘둘렀다.

카가강!!

푸른 마법의 불꽃이 사방으로 튀기며 강한 압력이 느껴지고 있었지만 루드그레인의 마법에 의해 타격을 입었는지 전과 같은 압박감은 느껴지지 않았다.

하지만 길을 막아서고 있는 그로 인하여 우리는 핵으로 다가갈 수 없었는데 검은 안개는 서서히 열려진 길을 가리며 닫혀져 가고 있었다.

이대로 가다간 어둠의 안개에 의해 도리스가 생의 힘을 소비하며 만들어준 핵의 존재가 가려질 위기였다.

강한 힘이 밀려오고 있었기에 나로서는 도저히 녀석을 피해 검은 핵으로 다가갈 수 없었는데, 그때 뒤쪽에서 강한 기운이 느껴졌다.

"마나 블레이드!!"

루드그레인은 나를 압박하고 있는 마신을 향해 마나의 검을 내려쳤고, 왼쪽으로는 페드로가 검으로 녀석의 손톱을 막아내며 나를 도와주고 있었다.

기안 사제는 신성 마법으로 우리들의 힘을 북돋아주고 있었지만 마신 시드라의 존재는 너무도 거대해 도저히 뚫을 방법이 없었다.

검은 핵이 서서히 안개 속으로 사라져 가는 이 시점에서 나로서는 최후의 방법을 선택할 수밖에 없었다.

'이제 마지막인가…….'

마치 내 생의 마지막이라는 것을 말해 주는 것과 같이 어둠이란 존재가 앞을 가로막고 있는 이 시점에서 난 최후의 결심을 했다.

이제 더 이상 나의 앞을 가로막는 것은 존재하지 않을 것이다. 모든 것이 끝났을 때 안식의 잠으로 나를 괴롭힌 모든 고통에서 벗어날 수 있을 것이다.

"진동검!!"

소드 브레이커의 기술 중 하나인 진동검을 사용하자 강한 마나의 떨림에 시드라의 날카로운 손톱은 금이 가는가 싶더니 잠시 후 부러져 나갔다.

[헉!]

시드라는 자신의 손톱이 부러진 것을 보며 크게 놀란 표정으로 다른 쪽의 손을 들어 나를 향해 다시 내려치려 했지만 난 그것을 놓치지 않았다.

불사왕 매드가리스가 나에게 준 마지막 힘, 내 생의 실을 잡고 있는 마지막 남은 힘을 모아 손에 들린 블러드 소드를 회전시키기 시작했다.

위이이잉!!

손에서 빠른 속도로 회전하는 블러드 소드는 강한 마나를 머금으며 사방으로 붉은 마나가 소용돌이와 같이 사방으로 밀려들어 갔다.

만약 마지막 수가 실패한다면 더 이상의 희망은 남지 않겠지만 더 이상의 실패는 생각하지 않았다. 과거의 수많은 실패를 생의 마지막 순간까지 이어갈 생각은 없었기 때문이다.

"블러드 드릴!"

온 힘의 마나를 블러드 소드에 불어넣었다고 생각했을 때 존재하는 모든 여력을 다해 검을 내던졌다.

피의 마나는 강한 돌풍을 일으키며 나의 손을 벗어나 마신의 복부를 향해 밀려들어 갔고, 잠시 후 강철보다 강한 육체를 뚫고 빠른 속도로 뻗어 나갔다.

[그 정도의 공격이 나에게 먹힐 것이라 생각…….]

생의 마지막 힘을 모두 사용하여 날린 검이 그 몸을 꿰뚫고 지나갔지만 그 정도 타격이 그를 쓰러뜨리지 못할 것임은 알고 있었다.

내가 노린 것은 나를 막고 있는 어두운 존재의 벽, 내 인생의 눈을 가리고 있는 칠흑 같은 어둠의 근원이었다.

마신 역시 검이 자신이 아닌 다른 곳을 향하고 있다는 것에 놀라 고개를 돌렸지만 이미 검은 어둠의 핵을 파괴하고 있었다.

쿠구궁!!

[끄아악!!]

맹렬하게 회전하고 있는 블러드 소드는 붉은 마나를 뿜었고, 그 순간 핵의 중앙 부분에서 내가 사용한 마나와는 다른 또 다른 피의 빛이 서서히 그 빛을 드러내기 시작했다.

바로 도리스를 구하며 나의 몸에서 흡수되었던 피의 마나였다.

그것은 핵의 겉 부분에 날린 피의 마나와 동조하여 핵을 부수며 밖으로 분출되려 하고 있었던 것이다.

[안 돼!!]

시드라는 핵이 파괴되려 하자 자신의 모든 힘을 다해 그것을 막으려 했고, 난 그의 행동을 제지하려 했지만 이미 남아 있는 힘은 없었다.

[크아아아!!]

시드라는 자신의 모든 힘을 다해 핵을 복구하려 했고, 그것은 어느 정도의 성과를 이루는 듯 피의 마나에 의해서 부서지려던 핵의 균열은 멈추고 말았다.

하지만 인간이라는 동료 외에 나에게 한 명의 동료가 더 있다는 것을 잊고 있었다.

「크하하하! 마계의 영역이구나!」

[헉!]

갑작스럽게 들린 목소리에 시드라는 크게 놀란 표정을 지었다. 그의 앞에 흉칙한 모습을 가지고 있는 한 명의 마족이 나타났기 때문이다.

「오랜만입니다, 시드라님!」

[헉! 네… 네 녀석은 킬리스?!]

시드라의 공간에서 모습을 드러낸 것은 놀랍게도 블러드 소드에 있던 킬리스였다. 그는 시드라가 만들어낸 이곳에서 실체화될 수 있었던 것이다.

「크크크, 좋군요. 시드라님의 힘이 존재하는 곳인지라 실체화될 수 있다니 말입니다.」

[키… 킬리스! 너… 넌!]

「과거에는 신세 많이 졌습니다. 시드라님 역시 이 추악한 자를 다른 마족들과 다름없이 괴롭혀 주었으니 말입니다.」

[헉……!]

킬리스의 조소 섞인 말에 시드라는 크게 긴장하는 모습을 숨기지 못하고 있었다. 그리고 그것은 현실이 되어 그의 앞에 나타나고 있었다.

핵으로 향하던 그의 복구의 힘이 점점 약해지고 있었기 때문이다. 바로 킬리스가 실체화된 몸의 힘으로 그를 제지하고 있는 것이다.

[끄아악!!]

핵이 산산조각으로 부서져 나가자 시드라는 고통스러운 괴성을 내지르며 발광하기 시작했고, 사방으로 어둠의 기운이 폭발하듯 사방으로 몰아치는가 싶더니 녀석의 존재가 서서히 사라져 가기 시작했다.

[네 녀석… 네 녀석만큼은 죽여 버리겠다!!]

시드라는 고통의 포효 속에서도 나를 보며 노기 어린 목소리로 소리쳤고, 그 순간 내가 있던 곳의 땅이 굉음과 함께 갈라지기 시작했다.

"블러드님!"

그리고 나의 몸은 그 균형을 잃고 서서히 갈라진 땅으로 빠져들기 시작했다.

멀리서 들리는 페드로의 목소리, 하지만 그것은 나의 몸이 아래로 향함에 따라 점점 희미해져 가고 있었다.

제32장 사랑하는 나의 딸

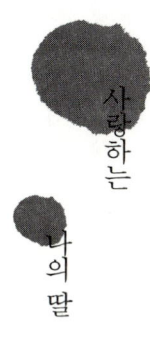

사랑하는 나의 딸

얼마나 시간이 지났을까. 나의 주위는 어둠과 정적뿐이었다. 그것이 외부의 고요함인지, 아니면 내 안의 감각이 무디어져서인지는 알 수 없었다.

감겨지는 눈을 가까스로 유지하며 고개를 돌리자 한쪽에서 나를 바라보고 있는 킬리스의 모습이 보이고 있었다.

"키… 킬리스……."

「크크크, 더럽게 질긴 인연이구나. 마신 시드라의 어둠을 흡수한 지금 내 영체도 소멸을 앞두고 있는데 그것까지 같이해야 하다니 말이다.」

그의 말에 난 미소가 흘러나왔다.

"그… 그렇군요."

「그래, 그렇게도 바라던 죽음이 다가왔구나. 느낌이 어떠냐? 여인의 품속에 있는 것과 같이 달콤하냐?」

킬리스의 장난 어린 말에 난 이제야 죽음의 순간이 찾아온 것을 알 수 있었다.

그래서일까? 마나로 인하여 신체가 붕괴되며 얻었던 고통은 이제 사라지고 존재하지 않았다.

"다른 이들은……?"

「걱정 말아라. 루드그레인인가 뭔가 하는 녀석이 강제로 텔레포트시켜서 죽는 것은 면할 듯하다.」

"다… 다행입니다."

그들이 살 수 있다는 말에 난 안도의 한숨을 쉬었고, 그렇게 의식은 점점 흐려가고 있었다.

이제 죽음의 문에 다가왔음을 알 수 있었는데, 그때 킬리스와는 다른 존재가 나의 곁에 있음이 느껴졌다.

"아저씨."

"레이드구나."

나의 곁에 있는 존재는 바로 레이드였다. 잊혀진 신의 아이로 태어나 제대로 행복을 접하지도 못하고 삶의 순간을 떠나야 했던 불행한 아이. 그러나 지금의 레이드에게 불행한 표정은 보이지 않았다.

"아저씨와 같이 가려고 기다렸어요."

"고맙구나."

아이의 말에 난 미소를 지으며 자리에서 일어났다. 이상하게도 방금 전까지는 손을 움직일 힘도 없었는데 이제는 마치 깃털과도 같이 몸이 가볍기만 했다.

레이드의 손을 잡자 멀리서 눈부신 빛의 문이 모습을 드러냈다. 그리고 멀리서 나를 보며 손을 흔들고 있는 사람들.

그들을 보며 난 기쁨의 미소를 짓고 걸음을 옮겼다. 오랜 시간이었지만 사랑했던 사람을 다시 만날 수 있다는 생각에, 사랑하는 나의 딸을 다시 볼 수 있다는 생각을 하며 말이다.

"블러드!"

푸른 빛의 공간이 사라졌을 때 이스트는 자신이 치열했던 싸움의 현장에 있지 않다는 것을 깨달을 수 있었다.

"루드그레인!!"

복부에 큰 검상을 입어 움직일 힘조차 없는 이스트였음에도 그는 루드그레인에게 노기 어린 고함을 지르며 멱살을 움켜잡았다.

"나… 날 다시 그곳으로 보내줘! 블러드가 떨어졌단 말이야!!"

"…불가능합니다. 이제… 그곳은 이미……."

루드그레인 역시 그곳으로 가고 싶었지만 이미 마신 시드라의 마지막 힘으로 인해 무너져 버린 곳이었기에 블러드가 살아 있을 수 없음을 알고 있었다.

물론 이스트 역시 그것을 잘 알고 있었지만 블러드를 그곳에 남겨둔다는 것은 그를 버리는 것과 다름없다는 생각이 든 것이다.

또다시 그를 향해 그곳으로 보내달라고 소리치려 했는데, 그때 한 사람의 손이 그의 어깨를 움켜잡았다.

"페드로……."

이스트의 어깨에 놓인 손의 주인은 페드로였다.

"브… 블러드님을 이제 편안하게 보내주도록 하자……."

"페드로……."

"좋지 않은가? 거대한 화산이라면 그분이 거처하시기에 모자라지 않지 않은가?"

이스트는 그런 페드로의 말에 화라도 내고 싶었지만 그럴 수가 없었다. 웃고 있는 그의 눈에서 눈물이 흘러내리고 있었기 때문이다.

"크흐흑!!"

그리고 잠시 후 참을 수 없는 슬픔에 이스트는 그 자리에 주저앉아 눈물을 흘릴 뿐이었다.

그렇게 수십 분이 지났지만 그곳에서 어느 한 사람 다른 곳을 향할 수 없었다. 그저 눈물과 슬픔, 그리고 그렇게 바라던 것을 얻은 이에 대한 축복만이 그들에게 남아 있을 뿐이었다.

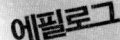

에필로그

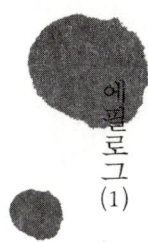

에필로그
(1)

"젠장할! 레비나에게 뭐라고 말을 해야 하지……?"

칠인회의 본부로 온 이스트는 이제 깨어날 아이에게 뭐라 말을 해야 할지 답답할 뿐이었다. 블러드가 죽었다는 것을 알게 된 후 그 아이가 느낄 슬픔을 생각한다면 참을 수가 없었기 때문이다.

페드로는 말없이 이제 안식의 땅으로 간 블러드를 생각하며 이스트에게 말했다.

"자네는 루드그레인 씨와 함께 레비나에게 가게. 블러드님은 자네가 그 아이를 맡았으면 했으니 말이야."

"자네는?"

"기안 사제님과 함께 제국으로 돌아갈까 하네."

"제국으로?"

"그래, 이제 모시던 분도 없으니 과거의 흔적을 찾을 생각이네."

페드로의 말에 이스트는 과거의 흔적이라는 것이 무엇인지 묻고 싶었다. 이스트는 과거 환상 속에서 페드로의 과거의 단면을 본 적이 있었기에 더욱 궁금했다.

하지만 그것을 물어볼 수는 없었는데, 그나마 안심할 수 있는 것은 그의 표정에서 과거의 슬픔을 이겨내려는 의지가 엿보였기 때문이다.

이스트는 자신 역시 그를 따라가고 싶다 말하고 싶었지만 자신에게는 레비나를 지켜야 할 일이 있었기에 이내 입을 다물고 말았다.

이제 원하던 안식의 땅으로 간 그에게 이 세상에 한을 남기게 하고 싶진 않았기 때문이다.

"행운을 비네."

"그럼……."

이스트의 말에 가볍게 고개를 끄덕이는 것으로 대답한 페드로는 기안 사제와 함께 걸음을 옮겼다.

루드그레인의 마법으로 편하게 갈 수도 있었지만 페드로는 그럴 생각이 없었다. 마지막 의지의 길에 그의 도움을 받고 싶지 않았기 때문이다.

"이스트 씨, 우리도 이만 이곳을 떠나지요."

"예."

루드그레인의 말에 이스트는 고개를 끄덕이며 그가 만든 마법진으로 걸음을 옮겼다. 이제 더 이상 볼 수 없는 사람에게 여운이 남았지만 그 여운을 잡을 수 없다는 것을 알기에 이내 고개를 돌리고 말았다.

그가 사랑했던 사람들을 안식의 땅에서 만날 수 있기를 기원하면서…….

에필로그 (2)

로아냐드 제국의 별궁. 그곳에서 두 명의 여인이 서로를 부둥켜안으며 기뻐하는 모습을 보이고 있었다. 젊은 여인은 레더 아머를 입은 여검사의 모습이었고, 다른 여인은 값비싼 동방의 비단으로 치장하고 있는 중년 여인이었다.

"꺄아아! 아줌마, 이게 뭐예요!"

젊은 여검사가 그녀의 복장을 보며 도저히 믿어지지 않는다는 듯 두 손을 볼에 대며 놀란 표정을 지으니 중년 여인이 미소를 지으며 말했다.

"휴… 어쩔 수 없다고. 너한테 그런 말이 나올 것 같아 평상복을 입고 싶었는데 시녀장이 죽일 듯한 눈으로 노려보더라고."

"후후후… 헤레나 아줌마 같지 않아요."

값비싼 옷을 입고 있던 여인은 바로 용병이었던 헤레나인 것이다.

그리고 그녀의 앞에서 미소를 짓고 있는 묘령의 여검사는 바로 블러드 스톰의 양딸 레비나였다. 두 사람은 거의 십 년이 넘는 시간 만에 처음 만난 것이다.

하지만 이들은 과거와 전혀 다르게 변해 있었다. 헤레나는 놀랍게도 현 황제의 황비가 되어 있었고, 레비나는 아버지의 길을 따르려는지 여검사로서 용병 일을 하고 있었다.

"아무래도 남편을 잘못 고른 것 같다."

"그러게 말이에요. 후후."

"이런이런, 그렇게 후회되면 당장 이스트에게 가버리시구려."

헤레나의 남편을 잘못 골랐다는 말에 레비나가 미소 지으며 답하는데 뒤에서 한 남자의 목소리가 들려왔다. 그 목소리의 주인이 누구인지 눈치 챈 안 레비나는 그에게 달려가 가슴에 안기며 말했다.

"페드로 아저씨!"

"그래. 오랜만이구나, 레비나."

자상한 목소리로 말한 그가 천천히 아이의 머리를 쓰다듬어 주자 그녀는 그의 가슴으로 더욱 깊이 파고들어 갔다.

"이런, 다 큰 처녀가 남정네의 품에서 안겨들다니."

"에이, 나도 눈이 있지 설마 페드로 아저씨를 남자로 생각하겠어요?"

그의 말에 레비나가 절대 아니라는 듯이 검지손가락을 저으며 말하자 페드로는 머리를 긁적이며 말했다.

"이런, 세상에 로아나드 제국의 황제를 마다하는 여자가 있다니, 아무래도 나도 늙었나 본데?"

"호호호!"

페드로, 그는 바로 현 로아냐드 제국의 황제였던 것이다. 과거 어린 시절 그는 황권을 이어받을 수 있는 계승권을 가졌음에도 권력이라는 존재에 의해 죽음의 위기가 닥쳐 어머니와 같았던 유모를 잃고 세상을 떠돌아다녀야 했다.

황제가 된다는 것을 완전히 포기하며 세상을 살아가던 그는 후에 블러드 스톰을 만났고, 그의 마지막까지 함께한 후 과거의 슬픈 기억을 이겨내기 위해 스스로 황제가 되려고 제국으로 향했던 것이다.

물론 쉽게 된 것은 아니었지만 대륙 용병 길드의 총길드장인 페르난도의 도움을 받으며 가까스로 황제의 좌에 오를 수 있었고, 헤레나를 황비로 삼았다.

물론 천한 출신인 헤레나가 황비가 되는 것에 많은 반대가 있었지만 스스로의 힘으로 황제의 자리에 오르고, 대륙 용병 길드와 큰 연줄이 있는 그를 막을 수 있는 자는 아무도 없었다.

황제의 좌에 오른 그는 블러드 스톰과 돌아다니며 겪었던 수많은 부조리를 타파하고 개혁을 강행하면서 지금에 와서는 제국의 선황이라 불리고 있었다.

"아무리 제가 예뻐도 그것만은 안 돼요. 저도 양심이 있지 어떻게 헤레나 아줌마를 제치고 황비가 될 수 있겠어요? 호호호."

"어머, 착각도 유분수지. 아직 너 같은 꼬마에게 내 미모가 질 정도는 아니란다. 호호호."

두 여인은 서로를 보며 웃음을 터뜨렸다. 오랜만에 만난지라 서로를 바라만 보아도 웃음이 사라지지 않는 듯했다.

"그나저나 이스트 그 녀석은?"

"휴… 아마 성의 시녀를 쫓아다니고 있을걸요?"

한숨을 쉬며 하는 레비나의 말에 페드로는 혀를 차며 말했다.

"쯧쯧쯧, 원한다면 제국의 백작 자리도 줄 수 있는데 아직까지도 그 모양인가?"

"제 버릇 누가 가져가겠어요?"

그의 말에 헤레나는 당연한 일이라는 듯 고개를 끄덕이며 답했고, 레비나도 그녀의 말에 동감을 하는 듯 고개를 끄덕였다.

"내 꼴이 뭐가 어때서?"

그때 한 남자가 이들을 보며 퉁명스러운 목소리로 말하자 헤레나는 그를 보더니 고개를 저으며 말했다.

"호랑이도 제 말 하면 나온다더니. 오랜만이야, 이스트."

"네년은 황비가 돼도 똑같구나!"

"어머? 제국의 황비에게 년이라니! 여봐라! 뭣 하는 것이냐! 당장 저 자를 끌고 가거라!"

"어이!"

헤레나가 크게 소리치자 이스트로선 크게 당황할 수밖에 없었다. 누가 뭐래도 대륙 최고의 국가인 로아냐드 제국의 황비인 그녀였기에 그녀가 하는 말이 그대로 이루어짐을 잘 알고 있었던 것이다.

"호호호, 나이를 먹으니 겁만 많아졌구나?"

"젠장! 아직 장가도 못 갔는데 죽고 싶은 마음은 없다고!"

"호호호!"

투덜거리는 그의 말에 헤레나는 교소를 터뜨렸다. 그녀의 웃음소리에 질려 버린 그는 페드로에게 가서 무릎을 꿇으며 정중하게 인사를 올렸다.

"하찮은 용병 나부랭이가 높고도 높은 황제 폐하게 인사드리옵니다.

크크크……."

"하하하하! 네 녀석은 변하지를 않는구나."

"오랜만이다, 페드로!"

그의 말에 웃음을 터뜨리는 페드로를 이스트는 자리에서 일어나 안았다. 황제가 되기 위해서 대륙 용병 총길드장인 페르난도와 계약을 했다는 것은 알고 있었지만 실제로 만난 것은 이번이 처음이어서 반가울 수밖에 없었다.

한참을 그렇게 서로를 부둥켜안고 있던 두 사람 중 먼저 말을 꺼낸 사람은 페드로였다.

"이제 모두 온 것 같군."

"그래……."

물론 이곳에 있는 네 사람들에게는 자신들의 곁에 꼭 누군가 빠져 있는 듯한 느낌이 들었고, 그런 느낌을 들게 하는 이가 누구인지 잘 알고 있었다.

한참을 그렇게 침묵으로 일관하고 있다 이스트는 머리를 긁적이더니 고개를 저으며 말했다.

"휴… 아무래도 난 긴장감하고는 거리가 먼 것 같군."

"과연 이스트답군요."

침묵을 깨는 그의 말에 헤레나는 미소 지으며 그를 탓할 뿐이었다.

"이제 가볼까?"

"그래, 수석 마도사에게도 말해 놓았으니 그곳으로 텔레포트 마법진을 준비했을 것일세."

"아! 맞다. 너의 수석 마도사가 도리스였지?"

"그래."

페드로의 말에 이스트는 그제야 생각이 났는지 손바닥을 치며 말했다. 놀랍게도 제국의 황제 페드로의 황궁 수석 마도사는 과거 블러드 스톰과 대적했던 도리스였던 것이다.

루드그레인의 도움으로 간신히 목숨을 건진 도리스는 몸이 나은 후 세상을 떠돌다가 우연히 페드로를 만나게 되었다. 당시 황제의 자리를 노리고 있던 그로선 도리스와 같은 뛰어난 마법사의 도움이 필요했기에 그를 영입했던 것이다.

페드로의 예상대로 그는 제국의 어떠한 마도사보다 더 뛰어난 마법 실력을 지니고 있어 지금은 황궁 수석 마도사가 될 수 있었던 것이다.

"휴… 세상이 변했긴 변했나 보구나."

페드로의 대답에 이스트는 검을 잡고 있는 손에 힘을 주고 있었다. 사실 그의 탓으로 블러드 스톰이 죽었다 해도 과언이 아니었기 때문이다.

하지만 그의 죽음은 도리스가 아니어도 막을 수 없는 것이었기에 이스트는 길게 한숨을 내쉴 뿐이었다.

"자! 가자고."

"그래."

페드로의 말에 이들은 마법진이 있는 곳으로 걸음을 옮겼다.

"아! 레비나, 이번에 일급용병이 됐다며?"

"예."

"이야, 내가 네 나이 때 일급용병은 그저 꿈과 같은 것이었는데… 과연 블러드 스톰의 딸답구나."

"이런, 스승이 그만큼 뛰어나기 때문이지."

그녀의 말에 이스트는 아니라는 듯이 검지손가락을 저으며 자신의

덕이라는 듯한 말투로 이야기를 했지만 그녀는 그저 콧방귀를 뀔 뿐이었다.

"흥! 이스트, 너를 본받았다면 아직 삼류용병도 면하지 못했을걸?"

"이런, 특급용병을 바라보는 사람에게 그런 말을……."

"특급? 호호호, 용병 등급에 뒤로 가는 것이 없어서 다행인 줄 알라고! 아니면 지금쯤 이급이나 삼급일걸? 호호호!"

"크윽……."

조롱 섞인 그녀의 말에 화가 나는 이스트였지만 제국의 황비에게 화를 낼 순 없는지라 참을 수밖에 없었다.

투덜거리는 이스트를 보며 웃음을 터뜨린 이들은 잠시 후 하나의 탑에 도착할 수 있었다. 그곳은 페드로가 도리스를 위해 만들어준 마법탑이었다.

탑의 입구에서는 검은 로브를 입은 마법사가 후드를 깊게 눌러쓴 채일행들을 기다리고 있었다. 이들의 모습을 확인하자 그는 페드로와 헤레나 앞에 정중히 인사를 올리며 말했다.

"황제 폐하와 황비마마께 도리스 인사드립니다."

"그래, 부탁한 것은 준비했는가?"

"예, 제가 좌표를 알고 있는지라 그리 어렵지는 않았습니다."

"다행이군."

"자, 안으로 드십시오."

도리스가 일행들을 탑으로 안내하자 이스트는 그의 모습을 보며 소름이 끼치는 것을 느꼈다.

"어이, 헤레나… 도리스가 원래 저랬나?"

"그때 마신과의 싸움에서 상처가 심했으니까."

"저건 마치 리치 같잖아."

리치는 극한에 이른 마법사가 죽음이라는 운명의 틀을 벗어나기 위하여 스스로 언데드가 되어 영원히 살 수 있게 하는 네크로멘서 계의 마법이었다. 도리스의 몸에서 어둠의 힘이 강하게 느껴져 이스트가 그런 말을 한 것인데 헤레나는 그의 말에 놀랍다는 표정을 지으며 말했다.

"이런, 이스트, 꽤 날카로워졌네?"

"응?"

"맞아, 도리스는 리치야."

"헉!"

대륙에서 리치라는 것은 공포의 존재일 수밖에 없었기에 이스트는 크게 놀란 표정으로 뒷걸음질쳤지만 헤레나는 손을 내저으며 말했다.

"괜찮아. 리치라고 다 사악한 마도사는 아니라고."

"녀석은 원래 사악한 마도사잖아."

"휴… 그래, 혼자 남아라. 우린 갈 거니까."

"야!"

이스트로선 리치라는 것이 껄끄러울 수밖에 없었지만 안 갈 수는 없었기에 불안한 마음으로 그들의 뒤를 따라갔다.

도리스의 안내로 일행 등은 잠시 후 마법진에 도착할 수 있었다. 페드로는 아무런 망설임 없이 마법진의 중앙으로 걸음을 옮겼고, 다른 이들 역시 그의 뒤를 따라갔다.

"삼십 분 정도 후에 다시 되돌아올 수 있는 마법진이 생길 것입니다."

"알겠네."

"그럼."

페드로가 고개를 끄덕이며 답하자 도리스는 천천히 마법진에 주문을 외우기 시작했고, 그의 손에서 어둠의 마나가 흘러나오며 마법진에 서리기 시작했다.

그리고 잠시 후 일행들은 짙푸른색 빛의 공간을 지나 전혀 다른 곳에 도착할 수 있었다.

이스트는 텔레포트 마법진을 나온 후 보이는 세상의 모습에 고개를 갸우뚱거릴 뿐이었다.

"응? 이곳이 맞아?"

"지형은 맞는 것 같군. 아마 마신 시드라의 힘이 사라지자 이곳도 원상태로 돌아온 것이겠지."

"그렇군."

과거 마신 시드라가 있었을 때는 짙은 어둠이 깔려 있는 마계와 같은 곳이었지만 지금은 보통의 세상과 다를 것이 없어 이스트가 이상하게 생각했던 것이다.

하지만 페드로의 말에 자세히 훑어보자 과거와 다르지 않다는 것을 알 수 있었다.

"그럼 가볼까?"

"그래."

과거의 기억을 더듬어가며 걸음을 옮기자 오 분여 정도 후 드디어 목적했던 곳에 도착할 수 있었다.

레비나를 제외한 세 사람은 그곳에 도착하자 과거의 치열했던 싸움의 기억이 떠올라 뭐라 말할 수 없는 감정이 온몸을 휘어감는 듯했다.

"이, 이곳인가요……?"

그때 이들의 상념을 깨는 목소리가 들려왔다. 레비나였다.

같이 온 사람들의 슬픈 표정을 그녀는 이곳에서 자신의 아버지인 블러드 스톰이 죽었다는 것을 알 수 있었기에 이들에게 물어보았던 것이다.

"그래… 바로 이곳이다."

이스트가 레비나를 보며 조심스럽게 말을 하자 그녀의 눈에서는 서서히 눈물이 흘러나오고 있었다.

"아… 아버지……."

어린 나이였지만 레비나는 아직도 블러드 스톰이 자신에게 보였던 사랑을 잊지 않고 있었다. 그녀로선 아버지의 마지막을 지켜볼 수 없었던 것이 크나큰 한일 수밖에 없었다.

레비나가 소리 죽여 오열을 터뜨리자 세 사람 역시 무어라 말할 수 없는 슬픔이 밀려왔다.

이스트는 천천히 레비나의 어깨를 쓰다듬어 주며 낮은 목소리로 말했다.

"네가 이렇게 울면 블러드의 마음이 편하지 않을 것 아니냐."

"흑흑흑… 예."

이스트의 말에 레비나는 간신히 울음을 참으며 준비해 놓았던 꽃을 땅에 내려놓았다.

"아… 아빠… 레비나가 이렇게 컸어요. 이젠 떼만 쓰던 레비나가 아니에요."

적막한 대지에서는 어떠한 대답도 나오지 않았지만 레비나에게는 그의 목소리가 들려오는 듯했다.

이제 장성한 자신을 보며 기뻐하고 있는 블러드의 웃음소리가 들려오는 듯했기에 레비나는 슬픈 미소를 지을 수밖에 없었다.

부디 안식의 땅에서 편안히 계시기를 기원하면서.

그렇게 한참을 그곳에서 서성이던 사람들이 돌아가려 할 때 이스트는 태양의 빛을 받고 대지의 한 부분이 빛나고 있는 것을 볼 수 있었다.

"응? 저건?"

그 빛은 자연 현상으로는 쉽게 볼 수 없는 붉은색을 띠는 빛이라 이스트는 이상하단 생각을 하며 그곳으로 천천히 걸음을 옮겼는데 그곳에서 놀라운 것을 찾을 수 있었다.

"헉!! 페, 페드로!"

"무슨 일인가?"

이스트의 떨리는 목소리에 페드로는 무슨 일인가 하는 생각에 그에게 다가갔다가 그 역시 이스트가 찾은 것을 보며 크게 놀랄 수밖에 없었다.

"이럴 수가……."

그리고 천천히 붉은 빛을 내고 있는 물체에 손을 가져갔다. 그것은 놀랍게도 블러드 스톰의 애검이던 블러드 소드였던 것이다.

페드로는 대지에 모습을 감추고 있는 블러드 소드를 천천히 들어 올렸다. 설마 그와 함께 땅으로 묻혔으리라 생각했던 블러드 소드를 찾으리라고는 생각지도 못했었다.

레비나 역시 그 검이 아버지의 애검이라는 것을 알고 천천히 그의 곁으로 걸음을 옮겼다.

"아저씨… 이건……."

"그래… 네 아버지의 검인 블러드 소드다."

"아버지의……."

레비나는 페드로가 들고 있던 검을 천천히 받아 들었다.

과거 아버지의 체취가 묻어 있을 검에 아직도 그의 온기가 남아 있는 듯해 레비나는 격정에 뭐라 말을 할 수가 없었다.

"이런… 그 녀석… 딸 하나만큼은 지독하게 아끼는군."

"무슨 소리야?"

자신의 말에 헤레나가 물어보자 이스트는 콧날이 시큰해진 듯 손가락으로 연신 코를 문지르며 말했다.

"딸이 검사가 된 것을 알고 이렇게 검을 보낸준 거잖아. 짜식, 내가 생일 선물로 수백 골드나 되는 검을 선물했는데 이것과 비교하면 상대도 안 되잖아. 젠장, 빌어먹을 녀석."

이스트가 블러드를 욕하며 투덜거렸다. 그의 눈은 시뻘겋게 충혈되어 있는 것이 당장이라도 눈물을 흘릴 것 같은 모습이었다.

레비나는 한참 동안 아버지의 애검을 잡고 움직일 수 없었다. 그러다 어느 정도 시간이 지나자 천천히 블러드 소드를 들고는 허리에 차고 있던 검을 뽑아 그곳에 검을 집어넣었다.

다행히 레비나는 아버지와 같은 블러드 소드를 사용하고 있었기에 검은 아무런 문제 없이 검집으로 들어갔다.

"아버지……."

마지막까지 아낌없이 모든 것을 건네주는 블러드를 생각하며 레비나는 그저 고개를 숙일 뿐이었다.

"자자, 블러드의 선물도 받았으니 이제 그만 돌아가도록 하자고."

"…그래……."

"어이, 블러드. 가끔씩 찾아올 테니까 나한테도 레비나처럼 선물을
좀 달라고."

"흥! 물 좋은 저승으로 끌고 가기를 빌어야겠군."

"뭐야?"

"하하하하."

외전

죽음이란 무엇이고, 삶이란 무엇일까?

지난 수십 년간 난 이 두 가지가 공유하는 전장이란 곳을 떠나본 적이 없었다. 그리고 지금 이 순간에도 난 전장의 한복판에서 수많은 시체들과 함께 살아남은 자들의 절규와도 같은 함성 소리에 묻혀 있었다.

발 밑으로 보이는 고통스런 표정의 시체는 허리가 두 동강이 난 채 하늘을 보고 있었다. 그는 내 오른손에 들려 있는 애검 블러드 소드에 의해 세상과 하직해야 했고, 그의 죽음을 끝으로 지루했던 싸움은 종막에 다다른 것이다.

"수고하셨습니다, 블러드 스톰님. 과연 대륙에 명성이 자자하신 특급용병이십니다."

나의 옆에는 발 밑에 쓰러져 있는 자의 죽음으로 엄청난 부를 가지게 될 젊은 귀족이 승리의 기쁨에 나를 향해 연신 감사의 인사를 하고 있었지만 나에게 그러한 말은 아무 의미가 없었다.

이곳에서도 역시 죽음을 가지지 못했기 때문이다.

딸아이의 죽음이라는 절망에서 얼마나 갈구해 왔던 죽음인가. 하지만 신은 나의 이 한목숨을 가져가지 않고 또다시 허명만을 세상에 알리게 만들었다.

그는 나의 죽음을 원하지 않는 것인가? 난 이렇게 죽음을 원하는데 말이다.

"잠시 쉬고 싶군."

"아! 이런 실수를. 잠시만 기다리십시오. 여봐라!! 블러드님께 빨리 말을 가져다 드려라."

"예!"

나의 말에 젊은 귀족은 크게 놀라는 표정으로 말하곤 부하들을 향해 소리쳤고, 잠시 후 한 명의 병사가 누군가의 피로 검붉은 딱지가 덕지덕지 붙어 있는 말을 끌고 왔다.

구차한 모습으로 나에게 존대를 해가며 연신 고개 숙이는 젊은 귀족의 모습에 코웃음을 치고 싶었다.

이제 이 젊은 귀족은 귀족 중에서 가장 강한 힘을 가졌음에도 불구하고 자신보다 신분이 낮은 나에게 존대를 하는 것이다. 그것은 내 자신이 특급용병으로서 지금 남아 있는 대다수 용병들의 수장이기도 하기 때문이었다.

행여나 내가 남아 있는 용병들과 함께 자신을 치고 영지를 가지려 하지 않을까 하는 불안감이 그를 이렇게 구차하게 만들고 있는 것이다.

피 내음이 가득한 전장은 나의 유일한 안식처이기도 했지만 내가 이곳에 계속 있게 된다면 권모술수에 휘말릴지도 모르니 이곳에 오래 있을 생각은 없었다.

이제 모든 일이 끝났으니 또 다른 곳을 찾아야 하겠지?

"약속된 대금은 용병 길드에 나의 이름으로 맡겨놓으시오. 후에 그것을 찾아갈 것이니."

"알겠습니다."

그의 대답을 들은 난 내 전용 천막이 있는 곳으로 말을 몰아갔다. 이러한 나의 행동이 저 귀족에게는 기분이 나쁠 수도 있겠지만 나에게 그런 것은 상관없었다. 아니, 이러한 행동에 그가 어쎄신이라도 불러 나를 죽여주었으면 하는 생각이 들었다.

물론 소드 오버러에 이르는 어쎄신을 고용하려면 차라리 모욕을 당하는 한이 있어도 그냥 떠나가기를 바라겠지만 말이다.

십여 일 후 난 전장에서의 모든 것을 끝내고 계약을 완료할 수 있었다. 이제 이곳의 용병 길드로 가 남은 대금을 챙기는 일만이 남았다.

오랜 전쟁으로 인하여 피폐해진 마을의 모습과 달리 전쟁의 중심에 위치해 있는 용병 길드만은 그 성세를 잃지 않고, 아니, 더욱 번성해진 모습으로 서 있었다.

이제 막 전쟁이 끝난지라 아직도 많은 용병들이 드나들고 있기에 일곱 명 정도가 한꺼번에 지나갈 수 있을 정도의 입구는 용병들로 붐비고 있었지만 나에게 그러한 혼잡은 문제가 되지 않았다.

"블러드 스톰이다!"

누군가가 나의 모습을 확인하자 용병들의 시선은 모두 나에게로 모였고, 내가 입구로 걸음을 옮기자 많던 용병들은 일제히 갈라져 나에게 길을 만들어주었다.

그들 사이를 지나 접수대에 도착한 난 긴장한 표정을 하고 있는 용병 길드의 접수원을 보며 말했다.

"돈을 찾으러 왔다."

"아… 예. 잠시만 기다려 주십시오."

나의 말에 접수원은 떨리는 목소리로 도망치듯이 달려나가더니 잠시 후. 십여 명의 용병 지부 지부원들과 함께 나와 나의 앞에 일제히 고개를 숙이며 말했다.

"어서 오십시오. 이곳은 조금 번잡하니 안으로 들어가서서 편히 기다리십시오."

이곳 지부의 중간 간부쯤 되어 보이는 오십 대 용병의 말에 난 고개를 끄덕이고 안내하는 자의 뒤를 따라나섰다. 많은 이들의 관심을 받는 것은 나에게도 그리 달갑지 않은 일이었기 때문이다.

이들이 안내해 준 방으로 들어선 난 의자에 앉아 명상에 잠겼다.

친구의 죽음 이후 나에겐 언제나 이러한 명상이 일상화되어 있었다. 나의 모든 것을 되돌아볼 수 있는 시간, 하지만 피와 눈물로 범벅이 되어 있는 삶을 돌아본다는 것은 고통과도 같았다.

눈을 감으면 떠오르는 딸아이의 처참한 모습과 친우의 모습. 그러한 것은 육체적으로 아무런 해도 가하지 않았지만 정신을 갈기갈기 찢어놓았다.

그러나 난 명상을 할 수밖에 없었다.

그때에만 오로지 사랑하는… 아니, 사랑했던 딸의 모습을 볼 수 있었기 때문이다.

그것이 비참하고 참혹한 모습일지라도 그 한 가닥의 끈마저 놓고 싶지는 않았다. 물론 그것은 언제나 나에게 슬픔을 안겨주었기에 명상은 악순환만을 되풀이할 뿐이었다.

얼마간의 시간이 지났을까. 문이 열리는 소리가 들려 눈을 떠보니 오십 대 정도의 족히 이 미터는 넘을 듯한 거한이 미소 지으며 나에게 다가오는 것을 볼 수 있었다.

"오래 기다리셨습니다. 이곳의 지부장인 알디렌이라 합니다."

덩치와 달리 두 손을 모으며 공손히 다가오는 그의 모습, 강자에 대한 비굴함일까?

"공작이 이곳으로 보냈을 남은 대금을 받기 위해 왔소."

"당연히 드려야지요."

내 말에 그는 이마에 흐르는 식은땀을 닦으며 손뼉을 두드렸고, 잠시 후 돈이 들어 있을 한 보따리의 짐을 들고 용병 한 사람이 낑낑거리며 다가와 나의 앞에 내려놓았다.

"특급용병의 일 년치 대금과 지금까지 블러드 스톰님께서 베신 적의 목에 해당하는 돈 칠십오만 골드입니다. 그중에서 저희 지부에서 소개료로 3%를 제했습니다."

확실히 내가 받을 액수이기는 했지만 커다란 보따리를 보며 난 미간을 찌푸릴 수밖에 없었다.

"나에게 저것을 들고 가라는 것인가?"

"예?"

"저 금액 중 오십만 골드는 보석으로 대체해서 다시 가져와라."

"아! 예. 알겠습니다!"

되묻는 나의 말에 무엇이 잘못되었나 하는 생각에 얼굴이 시퍼렇게 변했던 그는 다음 이어지는 말에 그 이유를 알고는 급히 보따리를 가져온 용병에게 소리 죽여 지시를 내렸다.

용병 중 현금을 선호하는 사람이 많았기에 저런 방법을 택한 것 같지만 다른 자들과는 달리 난 용병단에 속해 있지 않았고, 그러한 것을 거느리고 싶지도 않았기에 저런 보따리는 쓸데없는 짐이 될 수밖에 없었다.

지부장은 자리에 앉지도 못하고 안절부절못한 모습이 역력했다.

내가 특급용병이라는 것보다 나의 피로 얼룩진 명성에 더욱 겁을 먹고 있을 것이다. 바로 블러드 스톰이라는 피의 이름.

처음에는 나 역시 다른 이들과 같이 평범한 이름을 사용했었다. 하지만 수없이 헤쳐 와야 했던 피의 수렁 속에서 나의 이름은 점점 바뀌어져 갔고, 지금에 와서는 블러드 스톰이란 이름을 가지게 되었다.

단지 죽음을 바라며 싸워왔음에도 피의 폭풍이라는 이름으로 모두에게 두려움을 가지게 하는 존재가 되어버렸을 때 난 절망해야 했다.

제발 죽음이 나에게 다가오기를 바랬는데 그 이름으로 인하여 죽음이란 존재는 나에게서 더 멀어졌기 때문이다.

"묻겠다. 나에게 죽음을 가져다 줄 수 있는 전장이 있는가?"

"예?"

또다시 나의 알 수 없는 말에 그는 어찌 답변해야 할지 고민하는 표정이 역력했다. 산만한 덩치를 가졌음에도 불구하고 저런 모습을 보이는 자를 보며 경멸감마저 밀려들고 있었다.

"나를 상대할 수 있는 자가 존재하는 전장이 어디냐 물었다."

"그것이… 잠시만……."

내 말에 그는 진의를 알았는지 생각에 잠기는 듯한 표정을 지었다. 특급용병, 소드 오버러의 단계, 그러한 것으로 인해 내가 싸울 수 있는 장소를 찾기란 어려울 수밖에 없었다.

내가 이곳의 전투에 참여하게 된 이유는 나와 적이 될 자들 중에 테

베스라는 검사가 있었기 때문이었다. 공작의 작위와 함께 나와 같은 소드 오버러의 경지에 닿아 있던 자.

난 그에게서 바라던 죽음을 찾으려 했지만 어이없게도 그는 헛된 명성만으로 썩어 있던 자, 소드 오버러라는 단계의 능력은 이미 퇴화되어 피로 물들어져 있는 나의 일검마저 제대로 받지 못하고 두 동강이 난 채 내 발 밑에 굴러야 했다.

그를 만났을 때 가졌던 희망은 그가 내 검에 쓰러짐으로써 절망으로 바뀌어야 했다.

전설의 그랜드 소드 마스터라는 존재가 나타나지 않는 이상 난 죽을 수 없는 것일까? 제발 나와 같은 경지에 나를 죽일 존재가 빨리 나타났으면 하는 생각이 들었다.

그래야만 영혼이 도착하는 공간에서 아직도 신음하고 있을 딸아이를 위로해 줄 수 있을 텐데…….

나의 말에 고민하고 있던 그는 무슨 생각이 들었지 손바닥을 치며 말했다.

"로아냐드 제국으로 가시는 것이 어떻습니까?"

"로아냐드 제국?"

"예. 현재 그곳은 중앙 귀족과 지방 호족 간의 내전으로 많은 용병들을 모집하고 있습니다요. 개중에는 블러드 스톰님과 같은 특급용병인 뇌검 유라이와 화룡 페레이라님이 계시고 제국의 기사들 중에서는 마스터는 물론 오버러의 단계에까지 검을 익힌 기사들도 있다 하니, 그곳이라며 능히 블러드 스톰님께서 검을 겨룰 수 있는 자를 만나실 수 있을 것입니다."

"제국이라……."

그의 말이 사실이라면 난 제국으로 가야 했다. 물론 이번 일로 인해 오버러의 단계에 이른 자가 나를 죽일 수 있을까 하는 의문이 남긴 했지만, 같은 단계의 검사라면 나보다 높은 검술을 지닌 자가 어딘가엔 존재할 것이라 여기기로 했다.

약속한 대금을 금화와 보석으로 받은 난 또 다른 전장, 나를 죽일 수 있는 자를 찾기 위하여 로아냐드 제국으로 향했다.

물론 내가 있는 곳에서 그곳까지 가는 데 족히 한 달 이상의 시간이 소비될 것은 분명했지만 죽음이라는 존재에 조금이라도 가까이 갈 수 있다면 기꺼이 갈 수 있었다.

내가 살아가는 유일한 희망. 그것은 단 하나, 죽음뿐이기 때문이다.

제국의 내전 때문일까? 제국에 기대어 살던 수많은 중소국가들은 이로 인하여 끝없는 싸움에 시달리고 있었다. 그리고 그것은 내가 가는 길을 온통 붉은 피로 물들이고 있었다.

물론 내가 이 싸움에 참여하고 있는 것은 아니었지만, 마치 나의 여정을 암시하고 있다 할까?

제국으로 가기 위해 들렀던 어떠한 곳에서도 전쟁이 없는 곳은 없었고, 그것으로 인하여 수많은 사람들이 신음하고 있었다.

"멈춰라!!"

그리고 그러한 살생의 손길은 나에게도 뻗어왔다. 이미 끝나 버린 전장이라 할지라도 살아남은 병사들은 자신의 생존을 위해 수단 방법을 가리지 않기 때문이다.

죽음에서 벗어난 자들은 삶을 위하여 또다시 죽음을 향해 다가서고 있었고, 나의 앞에 있는 자들 역시 그러한 자들이었다.

살기 어린 눈으로 나를 바라보는 그들은 검붉은 피로 물들어 있는 허술한 레더 아머를 걸치고 있었다.

검과 창을 들고 있는 이들은 전장을 피해 도망친 탈영병임이 분명했다. 귀족들이나 왕족들의 잇속 다툼에서 피를 보는 자들은 이러한 평민들, 개중에는 죽는 것이 싫어 도망치는 자들이 속출했지만 자신의 고향으로 돌아가면 탈영병으로 죽임을 당할 것이 분명한 자들이었기에 이렇게 도적질을 하며 연명하는 일들이 많았다.

이들의 숫자는 족히 이십여 명을 넘어서고 있었지만 상대를 잘못 만났다고나 할까? 자신들의 숫자만을 믿고 용병 차림을 하고는 있지만 혼자인 나를 노린 것이다.

"가진 것을 모두 내려놓고 사라진다면 목숨만은 살려주겠다!"

녀석들 중 한 명이 나를 보며 소리치고 있었기에 난 허리춤에 있는 주머니에서 보석 하나를 꺼내어 그들 앞에 던져 주며 말했다.

"그것으로 만족해라!"

이런 자들을 상대하기 위해 시간을 끌기 싫었던 난 족히 만 골드는 됨 직한 보석을 던져 주며 이곳을 빠져나가려 했다. 하지만 그것은 나의 헛된 바람이었을까?

내가 던져 준 보석을 받아 든 녀석은 눈이 휘둥그레지는가 싶더니 다음 순간 보석이 나온 나의 주머니를 보며 탐욕스러운 눈으로 침을 삼켰다.

"그… 그 주머니를 내려놓고 가라! 그런다면 우리… 우리도 물러나겠다."

만 골드만 해도 저들이 평생을 살아가는 데 그리 부족하지 않을 것은 분명했음에도 그는 탐욕을 이기지 못하고 나의 주머니까지 노리고 있었다.

인간이라는 존재는 왜 제가 가진 것에 만족하지 못하는 것일까? 그것이 그들의 삶임을 부정할 순 없지만, 그로 인하여 죽음마저 가까이 두고 있음을 알지 못하는 자들을 보며 난 더 이상 말하고 싶은 생각이 없어 그대로 말을 몰아가려 했다.

하지만 나의 마음대로 되지 않았고, 녀석들 중 한 녀석이 나의 말을 향해 들고 있던 창을 던졌다.

히히힝!

복부에 창이 꽂힌 말이 울음소리를 내며 그대로 땅에 주저앉고 말아 난 어쩔 수 없이 가던 길을 멈추고 대지에 발을 내디딜 수밖에 없었다.

쓰러지는 말 위에서 아무렇지도 않게 균형을 유지한 나를 보며 웬만한 자들이라면 실력을 어느 정도 눈치 채야 했지만 아쉽게도 이들은 돈에 눈이 어두워 진실을 바라보지 못하고 있었다.

"피를 보아야 하는가."

나로선 이러한 자들을 많이 상대해 왔고, 베지 않으면 떨구어낼 수 없다는 생각에 어쩔 수 없이 검에 손을 가져갔다.

내가 검을 잡으려 하자 나에게 보석을 받은 자는 다른 이들에게 손짓하곤 소리쳤다.

"죽여라!!"

그의 외침과 함께 이십여 명의 탈영병들은 나를 향해 달려들었고, 십여 개의 창이 나의 몸을 향해 밀려들어 왔다.

슈슉!!

하지만 삼류용병의 급수에도 들지 못한 자들의 공격이란 것은 나에게 어떠한 해도 끼칠 수 없는 그런 종류였다.

사방에서 몰려오는 그들을 보며 난 차분히 검을 휘둘렀으나 이들 중 어느 누구도 나의 검의 궤적을 볼 수 있는 자는 없었다.

그리고 이들의 손에 들려 있던 창의 끝이 나의 몸에 닿았을 때 그들의 몸은 양단되어 붉은 피를 뿌리며 땅으로 쓰러지고 있었다.

"헉!!"

단 한 번의 검으로 인하여 나에게 달려들던 이십여 명의 탈영병들 중 삼 분의 이가 죽임을 당하자 보석을 들고 있던 자는 크게 경악한 표정으로 뒷걸음질치다 땅에 쓰러지고 말았다.

"우와아!!"

나의 검에 십여 명의 동료들이 죽임을 당하자 다른 자들은 감히 나에게 대적할 생각도 하지 못하고 도주하기 시작했지만 난 그들을 살려 두고 싶은 마음이 없었다.

이들로 인하여 죽음을 찾는 나의 여정이 늦추어졌다는 생각에 화가 치밀어 올랐기 때문이다.

"블러드 애로우!!"

도망가는 자들의 등을 보며 난 내가 가진 기술 중 하나인 블러드 애로우를 날렸고, 붉은 피의 색깔을 지닌 검기는 미친 듯이 도망치는 자들의 등을 꿰뚫었다.

"끄아악!!"

"컥!!"

검기에 당한 자들은 외마디 비명과 함께 땅으로 거꾸러졌고, 잠시 후 나의 곁에는 단 한 사람, 처음 보석을 던져 줬던 자만이 아랫도리를 적신 채 공포에 떨고 있었다.

난 그 역시 처리해야겠다는 생각에 검기를 날리려 했는데, 그때 녀석이 고개를 숙이며 두 손을 올리고는 빌기 시작했다.

"아이구!! 기사님, 제발 살려주십시오! 보석에 눈이 어두워서 기사님을 몰라뵈었습니다요!!"

내가 검기를 사용하려는 모습을 보고 그것이 동료들을 죽일 때의 자세임을 안 그자는 머리를 땅에 박고 연신 살려달라며 나를 향해 빌기 시작했다.

탐욕에 눈이 어두워 앞뒤도 가리지 못하던 자가 동료들의 죽음을 보고서야 진정한 죽음의 공포를 알게 된 것이다.

그리고 그것은 극히 일반적인 인간의 모습이었다.

어쩌면 저자의 모습은 용병이 되기 전 나의 모습과 다를 바가 없을 것이다. 그때의 나 역시 동료의 죽음을 보고서야 겨우 죽음의 공포를 느꼈었으니까.

하지만 이자와 다른 점이 있다면 나에게 어떠한 재물보다 중요한 딸이 있었다는 것이다.

딸아이만을 위해 살아남았던 난 탈영병이란 누명을 쓰고 사랑하는 딸을 잃어야만 했기에 그의 모습에서 과거가 생각이 난 나는 그에게 말했다.

"…딸이 있는가……."

"살려주십시오. 살려주십시오!"

하지만 나의 물음에 그는 연신 살려달라는 말만을 할 뿐 대답하지 않았다. 아니, 대답할 정신도 없는 것이겠지.

그런 그의 모습에 이내 고개를 저은 난 천천히 걸음을 옮겼다.

내가 그를 죽인다 해도 달라질 것은 없었다.

삶과 죽음이 공존하는 이곳 전쟁터에서 하나의 목숨이라는 것은 숫자의 관념으로도 존재하지 않는 희미한 개체에 지나지 않는다.

'나 역시 죽음의 순간에는 그와 같겠지……'

수없이 떨구어져 있는 시체들 중 하나가 나였으면 하는 생각이 들었지만 그것은 헛된 바람이기에 제국을 향해 걸음을 옮길 뿐이었다.

그렇게 또다시 죽음을 향해 떠난 난 라프라이얀 평원을 걷고 있었다. 이제 일주일 정도의 여정만 지난다면 다시 한 번 내가 죽음의 기회를 얻을 수 있는 로아냐드 제국의 국경에 도착할 수 있을 것이다.

과연 그곳에서 난 죽음이라는 유일한 소망을 얻을 수 있을까?

아니면 또다시 승자라는 원치 않은 자리에 서서 딸과 만날 수 없는 비통함을 삼켜야 하는 것일까.

그때 난 무엇인가 전쟁터의 시체들 사이로 움직이고 있는 것을 발견하고는 그쪽으로 시선을 돌렸다. 내가 서 있는 곳은 평원의 전쟁터, 이미 많은 시간이 지나 백골들만이 남아 있었지만 약간의 썩은 육신이라도 있을까 노리며 어슬렁거리는 코볼트와 같은 존재가 있었다.

"하이에나인가……."

하지만 이내 그것이 전쟁터를 돌아다니며 시체들이 가지고 있는 병기들을 주워 파는, 바로 전장의 하이에나라 불리는 자들이라는 것을 알 수 있었다.

어느 시체에서 벗겼음 직한 낡고 헐렁헐렁한 옷을 넝마와 같이 두르고 있는 어린아이, 하루라도 살아남기 위하여 발버둥 치고 있는 존재의 모습에 난 더 이상 신경 쓰지 않고 걸음을 옮기려 했다.

수많은 죽음의 현장에서 죽음보다 못한 삶을 살고 있는 아이, 만약 내가 죽었고 딸아이가 살아 있다면 아마 그 아이 역시 이러한 모습으로 살아남았겠지 하는 생각에 난 무의식적으로 또다시 하이에나 쪽으로 눈을 돌렸다.

그리고 그 순간 심장이 떨구어지는 듯한 충격이 밀려왔다.

"레, 레비나?"

힘들게 시체들을 헤치다 작은 쇠붙이를 찾아내며 미소 짓고 있는 아이의 모습… 그것은 바로 딸아이의 모습이었다.

너무나 사랑했기에 죽음까지도 같이하고 싶었던 사랑하는 나의 딸.

〈6권 끝〉